小說歷史104

宮本武藏

(五)

空之卷

吉川英治著

劉敏譯

遠流出版公司

小說歷史⑩④
宮本武藏——劍與禪 (五)空之卷 （全七冊）
作　　　者／吉川英治
譯　　　者／劉　敏
主　　　編／楊豫馨
特 約 編 輯／孫智齡
發　行　人／王榮文
出版・發行／遠流出版事業股份有限公司
臺北市汀州路三段 184 號七樓之 5
郵撥／0189456-1　電話／2365-1212
傳眞／2365-7979・2365-8989
著作權顧問／蕭雄淋律師
法 律 顧 問／王秀哲律師　董安丹律師
排　　　版／正豐電腦排版有限公司
1998 年 3 月 1 日　初版一刷
1998 年 5 月 30 日　初版三刷
行政院新聞局局版臺業字第 1295 號
售價：新台幣 400 元(若有缺頁或破損，請寄回更換)

ISBN　957-32-3437-8 (一套・平裝)
ISBN　957-32-3442-4 (第五卷・平裝)
YLib 遠流博識網
http://www.ylib.com.tw　E-mail:ylib@yuanliou.ylib.com.tw

出版緣起

歷史小說是以歷史事件和人物爲素材，尋求它的史實，捕足它的空隙，編織而成的小說。

透過具有歷史識見和文學技巧的歷史小說家，枯燥的史料被描摹成了動人的筆墨。我們看到人物在歷史的舞臺上鮮活過來，栩栩如生，我們也看到事件在歷史的銀幕上鉅細靡遺，歷歷如繪。讀者所期盼的歷史知識和小說趣味都因此而達成了。

歷史小說的寫法彈性甚大。從服膺歷史的眞實、反對杜撰、史料的選擇和運用一再審慎考慮而趨近史家考證的一派，到僅僅披上歷史的外衣，而以主題濃厚、節奏明快見長的這一派，歷史小說的範圍可以說十分遼闊。但大體上，它包含了歷史的眞實和文學的眞實，而以小說的形式呈獻在讀者的面前，構成既在歷史之中，又在歷史之外的微妙境界。

王榮文

我國的歷史小說，是有長遠傳統的，《三國演義》就是其中最著名的一個例子，胡適認為它是一部絕好的通俗歷史，在幾千年的通俗教育史上，沒有一部書比得上它的魔力。

在近代日本，從盡其可能達到歷史境界的明治時代文豪森鷗外，到近年來大眾文學傾向濃厚的司馬遼太郎、井上靖、黑岩重吾等，眞可說是名家輩出，這其中還包括了菊池寬、芥川龍之介、吉川英治、山岡莊八、新田次郎……等大家。而歷史小說的興盛至於蔚為風氣也給讀者大眾帶來了深遠的影響。

由於歷史小說的深遠影響，它的出版便成了極具意義之事。數年前，我們曾經出版了一套包含《三國演義》在內的「中國歷史演義全集」，受到廣大讀者的歡迎。如今，我們在出版歷史讀物（柏楊版資治通鑑）和小說讀物（小說館）的同時，再接再厲，策畫出版一系列的「小說歷史」，這一次，我們企圖以日本的歷史小說為主，更廣泛地為讀者蒐羅精采動人的歷史小說。

我們期望採取一個寬廣的態度，與讀者一起從小說出發，追尋它與歷史結合的趣味。

目錄

宮本武藏

(五)

空之卷

空之卷

無論如何，劍必須立於道之上。謙信或正宗等人所提倡的士道，大都指軍隊紀律。若將此運用得更深入、更透徹，我該如何將自己的生命託付大自然，並與之融通和諧？如何方能與天地宇宙生息並存，達到安身立命的境界？武藏領悟之後，決心要將劍提升至「道」的境界。

普賢

1

木曾路一片白雪皚皚。

白雪覆蓋了整座駒岳山，山脊稜線有如一把彎刀，從凹陷的山頂一直延伸到山腳。陽光照著白雪反射出光芒，山上的樹木已萌生淡紅的芽苞，殘雪開始融化，露出的地表看起來斑斑點點。

雪融化了，田裏也露出淺綠色的田埂。當春天來臨時，萬物欣欣向榮，到處長滿嫩綠的青草。

城太郎的體格日漸強壯，身體如頭髮般快速發育，可以看出他長大的模樣。

當他稍微懂事的時候，就涉足江湖，隨波逐流。尤其撫養他的又是一個浪跡江湖的人，這使他尚未成熟就歷經顛沛流離的生活。因此，個性上他比較老成世故，這些皆因環境所造成，無可厚非。但是，最近他已漸漸成長，卻還不懂克制自己的任性叛逆，常常搞得阿通啼笑皆非。

「我爲什麼老拿他沒輒呢？」

阿通時常對他搖頭嘆氣，有時甚至兩人怒目相向。

不管阿通怎麼責備城太郎都無效，因爲城太郎太瞭解她了。他知道阿通表面上生氣，其實心底很疼愛自己。

而眼前這個季節又令他胃口大開，再加上他一向任性，不管走到哪兒，只要一看到食物就食指大動。

「喂！喂！阿通姊，買那個給我吃！」

他們來到須原之宿。以前木曾將軍的四大天王之一今井兼平曾在此處修築要塞，現已成爲古蹟，因此招來販賣「兼平煎餅」的攤販。阿通拗不過他，只好說：

「只買這個，不下爲例。」

可是城太郎走不到半里路就吃個精光，又是一臉飢餓狀。

今早起床後，兩人便在客棧的茶館裏提早吃了午餐，所以這會兒城太郎早餓了。爬過了一座山，來到上松，城太郎又開始打主意。

「阿通姊，有人在賣柿子乾，妳想吃嗎？」

阿通騎在牛背上，充耳不聞，城太郎只好眼巴巴望著柿子乾過去。沒多久，來到木曾比較熱鬧的地方，也就是信濃福島的街上，正是飢腸轆轆的時刻。

城太郎又按捺不住了。

「在那裏休息一下吧！」

「好不好嘛，拜託啦！」

城太郎死纏活纏開始耍賴，說什麼也不肯往前走。

「嘿！嘿！吃點糯薯吧！妳不喜歡吃嗎？」

到後來也搞不清是在央求阿通，還是脅迫她。反正城太郎拉著牛隻韁繩，而阿通騎在牛背上，城太郎停在糯薯店前，阿通也拿他沒辦法。

「你稍微收歛一點，好不好？」

阿通終於忍不住生氣了。城太郎賴著不走，連那頭牛也與他狼狽爲奸，一直嗅著地面尋找食物。

阿通坐在牛背上瞪著城太郎。

「好，你再耍賴我就要告訴走在前面的武藏喔！」

阿通假裝要跳下牛背，城太郎一逕笑著，根本無意阻攔她。

2

城太郎故意使壞：

「我才不相信……」

因爲城太郎吃定阿通絕不會向武藏打小報告。

阿通既然下了牛背，只好走進糯薯店。

「好吧！那就吃快一點吧！」

城太郎擺架子。

「老闆，買兩盒。」

城太郎大聲交代完，到外面將牛拴在屋簷下。

「我不吃。」

「爲什麼？」

「老是吃個不停，會得『吃』呆症。」

「好吧！那阿通姊那一分就給我吃吧！」

「唉！眞拿你沒辦法。」

城太郎只顧著吃，根本聽不進話。

城太郎一蹲下來，木劍就會碰到肋骨，妨礙他享受美食。因此他把木劍拽到背後，大口大口地吃了起來，眼睛還盯著來往的行人。

「還不吃快一點，別邊吃邊玩了。」

「奇怪？」

城太郎把最後一塊糲薯塞入嘴裏。突然跑到大馬路上，用手遮著陽光，似乎在找人。

「你吃夠了嗎？」

阿通付了錢跟出來，卻被城太郎推回去。

「等一下！」

「你又在耍什麼把戲了？」

「剛才我看到又八走到那邊去了。」

「騙人。」

阿通不相信。

「又八不可能會出現在這裏的。」

「可是我明明看到他往那邊去了。他還戴著斗笠，阿通姊，妳沒注意到剛才他一直盯著我們看呢！」

「眞的？」

「不相信的話，我去叫他。」

這怎麼行呢？阿通光聽到又八的名字就嚇得臉色蒼白，像個病人。

「不必，不必，如果又八要欺負我們，我們就去叫走在前面的武藏來對付他。」

但如果因爲害怕碰到又八而老躲在這兒，那就會離前面的武藏越來越遠了。

阿通不得已只好再騎上牛背。才剛大病初癒的她，又遭此刺激，內心的悸動一時無法平息。

「阿通姊，有一件事我覺得很奇怪。」

城太郎走在牛前，突然回頭問阿通。

「我覺得在我們到達馬籠山的瀑布之前，師父和阿通姊一路上有說有笑，我們三個人相處融洽。可是，爲什麼妳從那時候開始就不太開口了呢？」

阿通沒有回答。

「爲什麼呢？阿通姊，妳跟師父趕路時離得那麼遠，晚上也不睡在同一個房間……你們是不是吵架了？」

3

城太郎又多嘴了。

本以爲他不再要東西吃可以鬆一口氣，可是這會兒又嘮叨個沒完。這不打緊，他還打破沙鍋問到底地討論阿通和武藏之間的情感。

「小孩子懂什麼？」

阿通傷心之餘無心回答。

阿通騎著牛趕路，體力恢復不少。但是她的心病尚未痊癒。

在那馬籠山下的女瀑男瀑下的淺灘，當時阿通的哭泣聲和武藏的怒吼聲，猶如湍急的水聲打在雙方的內心，成爲二人之間生生世世的誤會，只要這個心結未解，深深的怨恨將永遠無法消除。

當時的情景依然鮮明地映在阿通的腦海裏。

「爲什麼我會那樣呢？」

當武藏向自己表白強烈的情感和欲望時，自己竟然用盡全力拒絕他。

這是爲什麼？爲什麼？

阿通除了深深後悔之外，百思不解自己爲何會拒絕武藏的求愛？腦子裏整天都在想這件事。難道男人都是用強硬的方式向女人示愛嗎？

阿通旣悲傷又煩惱。長年來深藏在心底的戀愛聖泉，在經過旅途中女瀑男瀑之後，也像瀑布般狂野奔騰，攪亂了她的心湖。

除此之外，尙有一事更令阿通矛盾。旣然自己逃開了武藏親密的擁抱，現在卻又跟隨其後，唯恐見不到武藏，好不矛盾。

因爲發生這件事，所以兩個人不講話了，也不走在一塊。

武藏雖然走在前面，但刻意放慢步伐配合牛的速度。當時他們相約一起到江戶，武藏是不會食言的。有時城太郎在半路上逗留，武藏一定會等他們。

他們經過福島鬧區之後，來到興禪寺。轉個彎，爬上山坡，望見遠處有座關卡。烏丸家發給他們的通行證非常管用，關兵立刻准許他們通過。道路兩旁的茶屋裏坐著不少人，看著他們走過去。

「普賢？阿通姊，什麼是普賢？」

城太郎問阿通。

「剛才那茶館有個像和尙的旅客，指著妳說——那個女人好像騎馬的普賢……」

「大概是指普賢菩薩吧！」

「原來是指普賢菩薩啊！這麼說來，我就是文殊囉！因爲普賢跟文殊兩位菩薩都是形影不離的

「你是貪吃鬼文殊菩薩！」

「那妳就是愛哭蟲普賢菩薩囉，我們是絕配！」

「你又來了。」

阿通紅著臉，不太高興。

「文殊和普賢菩薩爲何老是形影不離呢？又不是一對情人。」

城太郎又提出奇怪的問題。

阿通是在寺廟長大的，當然知道詳情，但又怕說多了，城太郎會問個沒完，只簡單扼要地說：

「文殊代表智慧，普賢代表行願。」

話才剛說完，牛後有一名男子像蒼蠅般尾隨過來，那個人高聲喊住他們。

「喂！」

他就是城太郎在福島瞥見的本位田又八。

4

又八想在此攔截他們。

這個男人眞卑鄙。

啊！」

阿通一見到又八，恨意湧上心頭，無法抑制。

「……」

又八一見到阿通，內心愛恨交織，熱血沸騰。情欲形於臉，幾乎要喪心病狂了。再加上從京都一路尾隨阿通和武藏，看著他們出雙入對。雖然後來他們互不理睬，也不並肩走，但又八自己推測，他們一定是怕大白天引人注目才會如此。到了夜晚，孤男寡女獨處一室，必是乾柴烈火不可收拾了。

又八胡思亂想，更加深他心頭的怨恨。

「下來！」

又八命令牛背上的阿通。

阿通不想回答。在她心中這個人已經死了。數年前，又八叫自己另尋對象嫁人，毀了兩人的誓言。而且，前幾天又八在京都的清水寺山上，持刀追殺自己。又八已是個面目可憎的人了。

「事到如今，還有什麼好談的？」

阿通心想。也毫不隱藏心中的憎恨和輕蔑。

「喂，妳不肯下來嗎？」

又八再次咆哮。

又八和她母親阿杉婆一模一樣，不改往日在村子裏的囂張跋扈。現在又用命令的口吻對解除婚約的阿通說話，使阿通更加氣憤。

「有何貴事，沒事的話，我不想下來。」

「什麼？」

又八走到阿通身邊，伸手扯她的衣袖。

「不管怎樣都給我下來。妳沒事，我可有事。」

又八無視於路人，大聲叫喊威脅。

城太郎本來不吭氣，在一旁靜觀其變。這時他丟下手上的牛繩，開口說道：

「她說不下來，就不要勉強她！」

城太郎聲音宏亮蓋過又八。假如光是動口，本來是沒事的，沒想到城太郎竟然還出手推了又八一把，使得事情變得無法收拾。

「咦？你這個小毛頭。」

又八被城太郎一推，踉蹌了一下。他重新穿好草鞋，挺著胸膛對城太郎說：

「哦！我本來就看你這鼻屎眼熟，原來是北野酒館的小夥計啊！」

「謝謝你的抬舉，你當時還不是常常被艾草屋的阿甲罵得抬不起頭來。」

這話揭穿了又八的瘡疤。而且是在阿通面前。

「你這小鬼。」

又八正要出手，城太郎立刻躲到牛背後。

「你說我是鼻屎，那你就是鼻涕囉！」

又八氣極敗壞地追打城太郎，城太郎用牛當擋箭牌，在牛腹下來回穿梭，閃躲又八。最後還是被又八給逮住。

「你敢再說一次。」

「我當然敢。」

城太郎還沒完全拔出木劍就被又八像抓貓般地甩到街樹下。

5

城太郎跌到樹旁的陰溝裏，像隻落湯雞。好不容易才爬上路面來。

「咦？」

城太郎四處搜尋，終於看到牛搖晃著笨重的身軀載著阿通往遠方走去。

他看到又八抓著牛繩，並不斷鞭打牛背，奔跑的時候揚起一陣塵土。

「哼！畜牲！」

城太郎見狀，急得手腳慌亂。只想到自己該負責，竟忘記趕緊向他人求救。

話說武藏這邊。

白雲佇立於無風的空中，肉眼根本看不出它是否在移動。

聳立雲霄的駒岳，正無言地俯視山坡上歇腳的旅人。

「奇怪，我一直在想什麼呢？」

武藏從沈思中驚醒，看看四周。

他的眼睛雖然望著山峯，內心卻糾纏著阿通的身影。

武藏自己也解不開這個心結。

女人心猶如海底針。尤其是清純少女，更難以捉摸。

武藏窮思苦想，甚爲惱怒。坦白向她表明自己的情感，難道錯了嗎？勾起自己內心欲火的人，難道不是她嗎？自己只是毫不保留地對她盡吐熱情罷了。她竟然用力推開拒絕，甚至像厭惡自己似地躲開了。

武藏內心交織著慚愧和恥辱，他感到無地自容。嘗著男人苦悶的滋味，本來決心把這些煩惱付水流，洗淨內心的污垢，然而這分迷惘卻與日俱增。有時武藏自我解嘲：

「爲何不把女人甩開，向前邁進?!」

武藏也曾鞭策自己，但這都是表面的藉口罷了！

有一天晚上，他對阿通發誓，只要到江戶，她可以選擇自己喜歡走的路，而武藏也要追求自己的志向——因此他們才離開京都的。武藏有責任遵守諾言，怎能中途棄阿通於不顧呢？

「兩個人再如此下去，我將如何練劍？」

武藏仰望山岳，緊咬嘴唇等著。看著雄偉的高山，更形自己的渺小，連面對駒岳都令他傷感。

「還沒來？」

武藏等得不耐煩，最後站了起來。

因爲阿通和城太郎應該在這個時間趕上才對啊！

說好今夜要在藪原過夜，而離宮腰的旅館還有一段路，眼見天就要黑了。

武藏從山崗回望一公里遠的山路，根本不見人影。

「奇怪？他們會不會在關卡耽擱了？」

本來武藏還猶豫不決要不要管他們，現在看不到他們，反倒心亂如麻，一步也無法往前走了。

武藏於是沿原路跑回去。原野上有一些野馬被他驚嚇得四處奔竄。

「喂！這位武士，你是不是那位騎牛女人的同伴呢？」

武藏一跑回街上，便有個路人向前問他。

「咦？那個女子是不是出事了？」

武藏沒等對方說完，已經意識到事情不妙了。

木曾冠者

1

本位田又八在關卡的茶屋附近，鞭打阿通所騎的牛，連同人、牛一併劫走的消息，立刻經由目擊的路人傳開，現在這整條街道的人都知道這件事了。

不知情的大概只有留在山崗上的武藏吧！

等武藏知情跑回原路時，離出事的時間已過了半刻鐘，要是阿通有任何危險，還來得及救她嗎？

「老闆！老闆！」

下午六點時關卡木柵關閉，茶屋的老闆也準備收拾攤子。他回頭看背後氣喘吁吁的人：

「你是不是把東西忘在店裏了？」

「不，我在找半刻前經過這裏的女子。」

「你是指坐在牛背上像普賢菩薩的女子嗎？」

「沒錯，有人說她被一名浪人劫走了，你知道往那裏去嗎？」

「我沒親眼目睹，不過聽來往的人說，那名浪人從店門前的坡道轉入別的岔路，往野婦池的方向走了。」

老闆才剛伸手指方向，武藏的身影便已消失在濃濃的暮色中。

綜合路人的說法，也判斷不出是何人為何要擄走阿通？

武藏萬萬沒料到下手的人是又八。之前他跟又八約好在前往江戶途中碰面，或是到江戶城再相見。武藏從叡山的無動寺前往大津途中，在路邊茶屋巧遇了又八，終於化解兩人五年來的誤會，再次重拾昔日的友誼。

「不愉快的往事全讓它過去吧！」

武藏的鼓勵令又八感激涕零。

「你也要認真努力，對未來抱持希望。」

又八滿心喜悅：

「我要學習、改過自新。請你視我如手足，引導我走上正途吧！」

武藏根本想不到說要改過自新的又八竟又幹出這種事來。

武藏猜測，若非戰後失業的浪人就是不得志、投機取巧的鼠輩所為。要不然就是人口販子，或是這地方剽悍的野武士，才會做出此等下流之事。

武藏雖然擔心，眼前卻猶如大海撈針，唯一的線索便是往野婦池尋找。此時，太陽已經西沈，天空雖已布滿星光，地面上卻是伸手不見五指。

武藏照茶屋老闆的指示前往野婦池，但怎麼也找不到像池子的地方。眼前一大片田地和森林都是斜坡地，道路也往上坡了，似乎已到達駒岳的山腳下，武藏裹足不前。

「好像走錯路了？」

武藏迷失了方向，環顧四周一片漆黑。只見駒岳巨大的山壁前，有一戶被防風林環繞的農家。透過樹林可見熊熊燃燒著爐火。走近一看，院子裏有一隻身上有斑點的母牛。武藏一眼就認出那是阿通所騎的那隻牛，雖然不見阿通人影，但是牛被拴在廚房外面，正哞哞地叫著呢！

2

「哦！那隻牛在那裏。」

武藏鬆了一口氣。

阿通的牛被拴在這裏，毋庸置疑阿通也一定在這裏。

可是——

到底是何方神聖住在這防風林內的屋子裏呢？武藏小心謹慎，生怕打草驚蛇反會對阿通不利。

武藏躲在外面窺探屋內狀況。

「阿母，您該休息了！您總說眼睛花了，卻又老愛摸黑工作。」

有一個人從堆滿薪柴和米糠的地方大聲說話。

武藏屏氣凝神地聆聽其他動靜。廚房隔壁點著燭光的房間，或是再隔壁有著破格子門的房間，隱約傳出紡織聲。

那位母親聽到兒子的話，馬上停工收拾東西。紡織聲一下子就消失了。

她的兒子在角落的屋裏做完事，關上門之後又說：

「我現在要去洗腳，阿母快點做飯好嗎？」

那兒子提著草鞋走到廚房外的水溝旁，坐在一塊石頭上洗腳。牛將頭探到那兒子肩膀後。

那兒子摸摸牛鼻，又對著屋內始終沒吭聲的母親大聲說道：

「阿母，您待會兒忙完就出來看看，我今天可撿到寶了。您猜猜是什麼？是一條牛吔！而且是隻品種優良的母牛，不但可以犁田，還可以擠奶呢！」

武藏站在籬笆門外聽得一清二楚。如果當時他夠冷靜，瞭解那個人之後，也就不會有後來的魯莽行爲。但是武藏一感到不對勁，就立刻找到入口溜進去，並躲在房子的側邊。

這個農家非常大，牆壁破舊，看得出是棟老房子。裏面似乎沒有工人也沒有其他女人。茅草的屋頂長著青苔，無人清理。

「？……」

武藏來到亮著燈火的窗前。他腳踩著石頭，探頭看屋內的情形。

他首先看到牆上掛著一把薙刀。一般老百姓不可能使用這種刀。至少也是頗有來頭的武將所擁有的物品，因爲皮革刀鞘上的金箔花紋雖已褪色，仍依稀可辨。

看來——

武藏思前想後，更加狐疑。

剛才那位年輕男子在屋外洗腳時，雖然燈火微弱，但仍可看出他的長相並非泛泛之輩。

那人身著及腰粗布衣，裏著沾了泥的綁腿，腰上繫著一把野大刀。他的臉很圓，頭髮用稻草向上紮起，眼尾看起來更為上揚。身高雖不及五尺五寸，但胸肌寬厚，足腰動作紮實。

「可疑的傢伙！」

武藏在一旁窺視。

屋裏果然有一把和一般農家不相稱的薙刀。鋪著藺草的臥室空無人影，只有大竈的爐火啪啪燃燒著。爐火的煙從窗戶吹了出來。

「呵！」

那股煙衝著武藏而來。他趕緊用袖子掩住口鼻，但已嗆到喉嚨，忍不住咳了一聲。

「是誰？」

廚房裏傳來老太婆的聲音，武藏趕緊蹲到窗下躲藏。那老太婆好像進到竈房來對她兒子說：

「權之助，倉庫的門關好了嗎？好像又有小偷來偷粟米了。」

3

「來了最好！」

武藏打算先擒住莽漢，再逼問他把阿通藏到哪裏了。

老太婆的兒子看起來非常勇猛。除了他之外，也許還有兩、三個人會突然衝出來呢！可是，只要先抓住這個男子，就不必擔心其他的人了。

武藏趁老太婆喊著「權之助、權之助」的時候，趕緊逃離窗下，躲到籬笆樹林裏。

一會兒，那個叫做權之助的男子從後面大步飛奔過來：

「在哪裏？」

他大聲地問：

「娘，剛才是什麼事？」

老太婆靠著窗邊：

「剛才我聽到咳嗽聲。」

「您聽錯了吧！娘您最近不但老眼昏花，連耳朵都重聽了。」

「才不是，剛才確實有人在這裏被煙嗆到才咳嗽的。」

「眞的嗎？」

權之助在附近來回走了二、三十步，就像士兵繞城郭巡邏一樣。

「娘這麼一說，我也嗅到人的氣味了。」

武藏小心謹愼，不敢立刻現身。因爲在黑暗中，仍可看出權之助炯炯的目光充滿敵意。

而且權之助全身上下戒備森嚴，無懈可擊。武藏看不出那人手上拿的是什麼東西。所以屏氣凝神專心注視對方的身影。最後終於看出他的右手外側到手肘之間，藏著一支四尺長的圓棒。

那不是支普通的擀麵棍或棒子。也不是樹枝，而是精心打造閃著光芒的武器。不止如此，在武藏眼裏，那人與棒已經合爲一體，可見這個男子平常隨身攜帶武器，片刻不離手。

「嘿！誰在那裏？」

棒子猛然揮過來，掀起一陣強風。武藏受強風襲來，身子向旁一斜閃開了棒子的攻擊。

「我來向你要人。」

對方直瞪武藏默不吭聲。

「你從街上擄來的姑娘和男孩還給我。要是你不乖乖交出來並向我道歉的話，休怪我不客氣。」

武藏鄭重地說著。

這裏的天然屏障駒岳山積雪的溪谷經常吹著刺骨的寒風，向人襲來。

「交出來，把他們交出來。」

武藏再次警告。

武藏比刺骨寒風更加冷峻的語氣，令這個手握木棒、兩眼直瞪武藏的權之助的毛髮因憤怒而豎了起來。

「你這混帳，你說我擄走的？」

「沒錯，你一定看他們婦孺好欺侮，就把他們擄走了。快把人交出來！」

「你，你說什麼？」

權之助突然揮出四尺餘長的棒子，速度之快，令人分不清打過來的是手還是棒子。

4

武藏除了閃躲之外，別無對策。眼見這名男子精湛的技巧，加上勇猛的體力，武藏心中暗驚，只能望著對方：

「不肯交出人來，你可別後悔！」

武藏說完，往後退了幾步，而棒功高強的對方卻吼道：

「少囉嗦！」

對方直逼過來，間不容髮。武藏退十步，對方就逼近十步；躲五步，對方即緊追五步。

武藏在閃躲之餘，有兩次幾乎可以握住刀柄，但他覺得這樣做太危險而放棄。因爲即使是在短時間內握住刀柄，手肘也會暴露在敵前。這情況因人而異，有的人不會察覺這種危險，有的人則會有所戒備。由於對方的棒子攻擊速度比武藏預備反擊的動作還快，要是逞一時之勇，小看對方是個鄉巴佬，可能就要吃一記悶棍了。更何況光從呼吸就可感受到對方的強勁，稍有閃失，便會露出破綻。

武藏小心謹愼的另一個理由是因爲他尙未摸淸這名權之助的底細。

對方揮動棒子有固定的章法。而且步伐穩健，看起來渾身無懈可擊。這個充滿泥土味的農夫，連指尖都散發出高超武藝，非武藏以往所碰到的對手所能匹敵。而且這男子身上洋溢出武道精神的光芒，正是武藏夢寐以求的尙未達到的境界。

如此詳述武藏內心的思緒，彷彿他們對峙良久。事實上，一切均在彈指之間，權之助不斷揮棒攻擊武藏。

「噉！」

對方發出怒吼，拳打腳踢，全力攻擊武藏。

「嘿！」

他還口出穢言：

「你這混帳東西！」

「王八蛋！」

對方時而單手，時而雙手持棍。或打、或抽、或刺、或旋，變化萬千。

一般的大刀，分爲握柄和刀刃部分，只能利用刀刃傷人。而棒子不分方向皆可攻敵。權之助的棒子功，已達出神入化，就像拉麵師傅在拉麵條一樣，忽長忽短，令武藏眼花撩亂。

「阿權，小心喔，對方可不是泛泛之輩哟！」

他的母親突然從主屋窗口喊著。武藏如臨大敵，對方母子也視他為大敵。

「娘，您別擔心。」

阿權得知母親在一旁觀戰，更加勇猛。但武藏卻趁此空隙，颼──的一個閃身抓住阿權的手。阿權霎時有如巨石落地般咚──的一聲背部著地，跌個四腳朝天。

「等等，浪人！」

那母親擔心兒子安危，猛搥窗枱大叫。淒厲的聲音穿過竹窗，傳入武藏耳中。這一喊，阻止了武藏下一個攻擊行動。

5

母子連心，骨肉之情使老母急得毛髮豎立。

那老母看到兒子阿權被打倒在地，頗感意外。而武藏在摔倒權之助之後，本想砍他一刀的。

然而武藏並未下手。

「好吧！我等妳。」

武藏騎坐在權之助胸前，並用腳踩住權之助仍握著棒子的右手，回頭看了一眼那老母站立的窗口。

「？」

武藏面露訝異。

因爲，老母已不在那窗口了。被壓倒在地的權之助不斷地掙扎，試圖掙脫武藏的手。沒被壓制的雙腳不停地彈踢，企圖以腰力和腳力來扭轉敗勢。

老母覺得大意不得，便離開窗戶從廚房旁的門跑過來。雖然兒子已經被敵人制服在地，那老母依舊破口大罵：

「瞧你這副德性，爲何如此不小心呢？老母來助你一臂之力了，你可別輸了。」

武藏本來以爲那老母從窗口處叫自己等一下，想必是到跟前跪地求饒，不料她是來激勵戰敗的兒子，要他繼續努力奮戰。

武藏瞧見老母的手上藏了一把沒帶鞘的薙刀，映著星光閃閃發亮。她站在武藏背後觀戰，並說：

「你這個臭浪人，以爲自己有兩下子，就可以欺負種田人嗎？你以爲我們是普通的老百姓嗎？」

以武藏目前的處境，幾乎無法再應付背後的敵人。因爲被他壓倒在地的是個生龍活虎的人，他無暇分神轉身。權之助不停地扭動，幾乎快磨破背上的衣服和皮膚了。他企圖藉全力的掙扎，幫母親製造有利的情勢。

「這浪人算什麼?!娘，您別擔心，可別太靠近啊！我現在就打倒他，讓您瞧瞧！」

阿權呻吟地說：

「別急躁！」

老母又搖旗吶喊著：

「本來就不能輸給這種野浪人，拿出我們祖先的英雄本色。木曾家族鼎鼎有名的太夫房覺明的血液流在哪裏啊？」

這一說，權之助大叫：

「流在我身上。」

說完，抬起頭咬住武藏的大腿。

權之助的棒子已離手，雙手活動自如。現在又用力咬住武藏的大腿，使他無法施展身手。老母則趁此機會，拿起薙刀，朝武藏背後砍去。

「等等，老太婆。」

這會兒，換武藏喊停。因爲他知道爭強好鬥是愚昧之行，再如此下去，必有人傷亡。如果這般作爲救得了阿通和城太郎的話也就罷了，問題是無法確定。總之，先得把事情搞清楚再說。

武藏考量再三，才要求那老太婆把刀放下，但她並未馬上答應。

「阿權，你說怎麼辦？」

兒子雖然被制伏在地上，但老母還是徵詢他是否要妥協。

6

爐中的柴火熊熊燃燒著，這一家的母子和武藏，雙方把話說開之後，才知道這一切都是誤會。

「哎呀！哎呀！剛才眞是好險啊！眞是天大的誤會。」

老母這才放下心地坐下來，他兒子也正想坐下。

「喂，權之助。」

「娘，什麼事？」

「先別坐下，帶那位武士好好地看一下屋內，好證明我們並未藏匿那位女子和少年。」

「對了，他還懷疑是我在街上綁架他們呢，眞是太冤枉了。這位武士，請你跟我來察看屋內吧！」

武藏接受他們的招待，脫掉草鞋進到屋內，坐在爐前。這會兒又聽到母子二人的對話。

「不，我知道你們是清白的，我不該懷疑你們，請原諒。」

武藏不斷地致歉，權之助也覺得過意不去。

「剛才我也不對，應該先向你問明白再生氣也來得及啊！」

說完，靠到爐邊盤腿而坐。

話雖如此，武藏仍心存疑問。剛才在外面看到那頭有斑點的乳牛正是自己從叡山帶過來，交給城太郎，好讓體弱多病的阿通騎乘的。

那隻母牛為何會拴在這裏呢？

「怪不得你會懷疑我。」

權之助回答道：老實說，雖然自己在這一帶有一些田地，但在傍晚都會到野婦池捕魚。今天返家途中，看見池邊有一頭母牛腳陷在泥淖裏。

泥淖很深，牛愈掙扎就陷得愈深，所以我便把那頭牛拉上來，一看是隻母牛。我到處問人，怎麼也找不到飼主。所以猜想這條牛一定是哪個盜賊偷出來丟在這兒的。

「當時我心裏盤算著，一隻牛抵得上半個人工。因為我太窮了，無力供養母親，老天憐憫我，才送給我的吧！所以我就將牠拉回家了。現在既然知道你是主人，我一定還給你。至於阿通和城太郎之事，我一無所知。」

事情說清楚之後，武藏才瞭解權之助不但是個坦誠率直的年輕人，而且是個純樸的鄉下漢子。也因為他這種個性，才會發生剛才的誤會吧！

「如此說來，你一定很擔心他們了！」

老太婆以母親的口吻，對兒子說：

「權之助，快點吃，好快點幫忙尋找那兩名可憐的同伴吧！如果他們還在野婦池附近的話就不打緊。但若已進入駒岳山區，恐會遭到不測。因為那裏有很多山賊出沒，專偷別人的馬匹，甚至別人的農作物，萬一碰上這些無賴漢就慘了。」

7

火把迎著晚風飄忽不定。

一陣強風從巨大的山岳直吹山腳下，席捲草木，引起一陣巨響。吹過之後又是風平浪靜，令人不禁屏氣凝神，傾聽四周的動靜。然而四周寂靜得可怕，唯有閃爍的星星高掛在天空。

「朋友！」

權之助手上拿著火把，等待後頭的武藏。

「眞不幸，問不到結果。從這兒到野婦池途中，就是那座丘陵的雜木林裏，有一戶以狩獵和耕種維生的人家，如果向他們打聽也沒結果的話，就無法可想了。」

「謝謝你熱心的幫助。我們已經問了十幾家，仍毫無線索，可能是我走錯方向了。」

「也許吧！那些誘拐人口的惡棍非常狡猾，不太可能會往有人煙的方向逃走。」

這時已過半夜。他們兩人整晚幾乎走遍駒岳山腳的每個村落——野婦村、樋口村以及附近的山崗和樹林，四處都走遍了。

武藏本以爲至少可以打聽到城太郎他們的消息，不料根本沒有人看到。

而阿通姿色出眾，如果有人見過，一定印象深刻。

但是，無論到那兒詢問，那些農民都斜著頭說：

「沒看過吔！」

武藏因擔心他們二人的安危而黯然神傷。與自己毫無交情的權之助竟如此賣力幫忙，令武藏更加過意不去。況且權之助明天還得下田工作呢！

「我給你增添太多麻煩了。再問一家，如果依然沒有結果的話就別找了。」

「走幾步路對我而言毫不費力氣。但我很想知道那兩位朋友是您的僕人還是手足呢？」

「他們是——」

武藏開不了口告訴對方那女子是自己的情人，少年則是自己的徒弟。所以便回答道：

「他們是我的知交。」

也許權之助同情武藏缺乏骨肉至親而為他感到寂寞吧！只見他默不作聲，逕自走向通往野婦池的雜木林小路。

武藏雖然擔心阿通與城太郎，但在他內心深處不由得感謝製造此機緣的命運——即使是個惡作劇。

要是阿通沒碰到這個災難，自己可能也無緣認識權之助了。當然更無緣一窺棒子功的祕笈。

在顛沛流離的日子裏與阿通走散，假如她平安無恙，武藏認為這也是無可避免的災難。但如果今生無緣親見目睹權之助的棒子功，在武藏的武藝生涯裏將是一大遺憾。

是以武藏打從剛才就暗自盤算，一有機會定要問出權之助的家族姓氏，進而向他討教棒子功。但是以武道規矩而言，不應隨便詢問別人，所以一直找不到機會開口，只得默默跟隨在後。

「朋友，請你在那裏等一下——這裏有一戶人家，我去叫醒他們，打聽此事。」

權之助用手指著隱藏在樹林中的一間茅草屋，並撥開雜草走近叫門。

8

過沒多久，權之助回到武藏身旁，告知詢問的詳情。

住在那兒的是以狩獵營生的一對夫妻。他們的回答有如天馬行空，不知所云。但那名妻子說她在傍晚外出購物的歸途中，在街道上曾看見一件事，也許能提供一些蛛絲馬跡。

根據那名妻子的描述，當時天色已暗，微露點點星斗。陣陣晚風吹著不見人影的街樹，更襯托出道路的寂靜。只見一個小男孩哇哇大哭，像隻無頭蒼蠅般飛奔過來。

他的手腳、臉上都沾滿了泥巴，腰際掛著一把木刀，正要跑向客棧的方向。那名婦人便問他發生什麼事了。他被這麼一問哭得更厲害，問道：

「可否告訴我村長住在哪裏？」

那名婦人繼續追問，找村長做什麼?他回答：

「我的朋友被壞人抓走了，我想請村長幫忙找。」

那名婦人告訴他，這種事找村長無濟於事。因爲村長只有在權貴人士經過此地，或是有上級命令之時，才會慌慌張張淸除道路上的馬糞，甚至舖上容易行走的沙子。至於市井小民的事情，根本不放在心上，更甭提幫忙搜尋了。尤其是像誘拐女子，或是被剝削得身無分文的這類小事經常發生，不足爲奇。

因此那婦人告訴男孩，還是先到客棧再到奈良井比較妥當。奈良井街上有一個十字路口，很容易便可以找到住在那兒的大藏先生。他取百草製藥，開了一間藥舖。可以向那位大藏先生求救，說明事由，請他幫忙尋找。這個人不同於一般的官員，向來濟弱扶貧，態度和善。只要是正當行徑，他都樂於助人，即使花光身上的錢財也在所不辭。

權之助一五一十地轉述那位婦人所說的話，又說：

「那名腰佩木刀的小男孩聽完之後，便停止哭泣，頭也不回地跑走了。說不定那個小男孩就是你要找的同伴城太郎。」

「噢，一定是他。」

武藏腦中浮現城太郎的影子。

「這麼說來，我根本就找錯方向了。」

「沒錯，這裏是駒岳的山腳，離往奈良井方向的道路還很遠。」

「謝謝你的鼎力相助，我也趕緊去向奈良井的大藏先生探聽。托你的福，這才能稍稍鬆一口氣。」

「反正你一定要折回原路，不如先到我家過一夜，明早吃過早飯再上路吧！」

「那就叨擾了。」

「如果渡過這野婦池，從池尾回家的話，可節省一半的路途。剛才我已經借到一艘小船，我們渡船回去吧！」

他們來到一個長滿楊柳、洋溢太古風韻的大池子。大約六、七百公尺方圓的湖面上，映著山岳以及滿天星斗的倒影。

不知爲何湖的四周長滿了這一帶不易見到的楊柳，權之助將火把交給武藏，自己則拿起船槳划向湖心。

船上的火把映在黑幽幽的水面上，倍增明亮。那時候阿通也看見了這個在湖面上移動的火把。是命運捉弄人？還是阿通和武藏緣淺？兩人相隔這麼近卻不知道。

毒齒

1

夜深人靜，往湖心移動的火把和映在水面上的倒影，從遠處看來，宛如兩隻火鴛鴦在水面上游水般。

「啊？」

阿通發現火把。

「啊！有人來了。」

又八驚叫出聲，抓緊綁住阿通的繩子。又八自己幹壞事，現在碰到突發狀況，卻開始焦躁不安。

「怎麼辦？……對了，妳過來，躲到這邊來。」

湖邊有一座四周長滿了楊柳的祈雨堂。鄉裏的人也不太清楚這堂裏祭祀的是什麼神，只知道夏季旱災的時候來此祈雨的話，就會有豐沛的雨量從後面的駒岳山上，宛如天降甘霖落至野婦池。

「我不要。」

阿通不肯動。

又八把阿通抓到這兒之後，將阿通綁在祈雨堂後面，並斥責阿通的不是。

阿通雙手被綁，動彈不得，要不然眞想與又八一拚死活，但她毫無辦法。阿通眞希望自己能跳入眼前的湖水裏，變成祈雨堂裏雕樑畫棟上那條蜷在楊柳樹幹、嘴裏即將吞噬一個被詛咒男子的蟒蛇，但是她無能爲力。

「妳不站起來嗎？」

又八手上拿著樹藤鞭打阿通的背。

阿通越是被打意志越是堅強，反倒希望又八最好能將自己打死。因此阿通默不吭聲，直瞪視又八，這讓又八無法得逞。

「嘿，快點走。」

又八再度催促。

見阿通賴在地上不肯起身，又八用力抓住她的領子。

「過來。」

被又八拖著走的阿通，正要對湖心的火把大聲求救時，又八立刻用手巾綁住她的嘴，然後扛在肩上把她拋入堂中。

又八靠在格子門上偷窺遠處火影的動向。湖上的小船最後在離祈雨堂約兩百公尺處轉入一個河口，火把也漸漸消逝了。

「啊！太好了。」

又八拍拍胸口鬆了一口氣，但心情尚未平靜。

阿通人雖在自己的掌握之中，但她的心仍未屬於自己。又八從昨天傍晚開始，感到自己有如帶著一個行屍走肉的人，倍覺辛苦。

若是強佔阿通，她想必會以死相向，也許會咬舌自盡也說不定。又八從小就瞭解阿通的個性。

（不能殺了她啊！）

又八連盲目的衝動和情欲都大受挫折。

（阿通為何如此討厭我，只愛慕武藏呢？以前在她心中，我和武藏剛好處在相反的地位啊！）

又八無法瞭解。他深信自己比武藏還受女人歡迎。事實上，在他與阿甲以及其他女子的經驗當中，使他更信心十足。

由此可見，一定是武藏誘惑了阿通之後，一次又一次地說自己的壞話，讓阿通更加討厭自己。

武藏如此中傷自己，卻又在與自己見面時說兩人友誼情深。

（俺人太好才會上武藏的當，竟然會為了他虛偽的友情而掉眼淚……）

又八靠著格子門，想起了在膳所的青樓時──佐佐木小次郎對自己忠言逆耳的告誡。

2

他好像恍然大悟。佐佐木小次郎曾經恥笑自己個性太懦弱，並責罵武藏黑心肝。

「你連屁股上的毛都會被他拔去喔！」

如今他才頓悟到這個逆耳的忠言可眞是一針見血。

同時又八對武藏也完全改觀。以往，無論兩人間有再大的巨變，都能恢復友誼。但是這回，又八是恨上加恨。

「武藏竟然如此對俺……」

又八打從心底詛咒武藏，恨得咬牙切齒。

又八的個性雖然愛憎強烈分明，好詛咒他人，卻不懷恨別人。

然而發生這件事之後，對武藏憎恨至深，甚至恨起他的祖宗八代了。

武藏與自己有同鄉之誼，兩人一起長大，爲何會結下世仇呢？

因爲又八現在認爲——武藏是個僞君子。

每次武藏與自己見面時，總是要自己認眞做人，奮發圖強。還說讓我們攜手並肩邁向光明的前途！現在想起武藏這些話，又八更覺得他面目可憎。

又八更是懊悔自己爲武藏的話而落淚。就因爲自己是個爛好人，才會被武藏玩弄於股掌之間。又八想到這裏更是悔恨交加，血脈賁張。

（世上所謂的善人，全都像武藏一樣，掛著僞君子的面具。等著瞧吧！我一定要奮發圖強，努力學習，發誓要超越武藏，絕不與這個僞君子做朋友。就算被人說是壞人也無所謂，即使做盡壞事，這一生也要阻止那傢伙出人頭地。）

本來又八是個直腸子的個性，但這回卻是他有生以來第一次把事情藏在心底。

又八暗下決心之後，突然用腳「咚」的一聲踢翻了背後的格子門。把阿通關進寺廟前的又八，與剛才在門外拱手沈思後走入屋內的又八，在須臾之間已經判若兩人，有如小蛇變成了巨蟒。

「哼！妳哭什麼！」

又八望著祈雨堂中黑暗的地面，冷言道：

「阿通……」

「快點回答我剛才問妳的話，快回答！」

「……」

「妳光哭不說，我怎能知道？」

阿通看又八抬腳正要踢過來，肩膀趕緊閃開。

「我對你沒什麼好說的。如果你是個男子漢，就快點殺了我吧！」

「說什麼傻話？」

又八嗤之以鼻——

「我剛已經下了決心。妳跟武藏誤了我一生，我也將終生對妳和武藏報仇。」

「沒這回事。誤你一生的，是你自己還有那個叫做阿甲的女人。」

「妳說什麼？」

「爲什麼你或阿杉婆都要如此憎恨他人呢？」

「廢話少說，我只要妳回答是否願意當我的妻子。」

「這種答案，我可以說好幾次！」

「胡說八道。」

「在我有生之年，我的心裏只有宮本武藏這個名字，再也容不下其他人了……何況是像你這種懦弱的男人，我阿通最討厭這種人，厭惡得起雞皮疙瘩了。」

3

任何一名男人要是聽到這些話，一定會殺死或吊死對方的。

阿通說完，一副豁出去的神情。

「哼！妳可是全說出來了。」

又八忍著顫抖的身體，勉強擠出一絲冷笑。

「妳這麼討厭我嗎？妳明講就好。但是，阿通，這回換我要明白的告訴妳了。無論妳是討厭我還是喜歡我，今天晚上我都一定要得到妳。」

「？……」

「妳在發抖嗎？妳剛才不是有相當的覺悟才敢說出那些話嗎？」

「沒錯，我在寺廟長大，是個不知身世的孤兒，對於死絲毫不畏懼。」

「別開玩笑了。」

又八蹲到阿通身旁，不懷好意地望著阿通避開的臉。

「誰說要殺妳了？殺了妳不足以洩恨，我要這麼做！」

又八說完，突然抓住阿通的左肩膀，並用牙齒緊咬阿通的手臂。

阿通一聲慘叫。

她躺在地上掙扎，越想掙脫，又八的牙齒就咬得越深。

鮮血淋漓沿著袖子流到被綑綁的雙手指間。

又八像隻鱷魚般緊咬住獵物不放。

「……」

阿通的臉映在月光下更爲慘白。又八見狀趕緊鬆開牙齒，然後解開綁住阿通嘴巴的手巾，檢查她的嘴唇，因爲又八生怕她會咬舌自盡。

劇烈的疼痛使阿通一時昏厥過去。她的臉上汗水涔涔，像一面起了霧的鏡子，但是口中並無異樣。

「喂，妳醒醒啊！阿通，阿通！」

又八搖晃著，阿通回過神來，突然又倒在地上大喊：

「痛，好痛啊！城太，城太！」

「痛嗎？」

又八臉色也變得慘白，聳著肩膀，喘吁吁地說：

「妳的傷口即使止血了，再過幾年齒痕也不可能消失。要是有人看到我所留下的齒痕，他們會作何想法呢？武藏知道了會怎麼樣呢？反正再過不久，妳的身體還是我的，所以我就先做個記號。妳想逃就逃吧！我會公告世人，要是有誰敢碰有我齒痕的女人，便是我的情敵，我一定會報仇的。」

「……」

黑漆漆的堂內，屋樑上偶爾散落一些灰塵，地板上傳來陣陣飲泣聲。

「好了，要哭到什麼時候？都被妳哭倒楣了，我不再罵妳了，妳給我安靜點……我去給妳打些水來吧！」

又八說完，從祭壇上取下一個容器，正要走出門外，發現有人站在格子門外偷看。

4

「是誰？」

又八心中一驚，門外的人影倉皇逃走，又八立刻拉開格子門。

「你這傢伙。」

又八大叫一聲追了過去。

又八抓住那個人，仔細一看，原來是附近的農民。他說自己用馬馱了一些穀物，正準備連夜趕到前面的一家店鋪。說完，還嚇得渾身發抖。

「眞的，我沒別的居心，只是聽到堂中有女子的哭聲，覺得奇怪才過去偷看的。」

對方極力解釋，跪地求饒不斷道歉。

又八遇弱則強，立刻擺起架子。

「只是這樣嗎?你沒別的目的嗎?」

他的語氣如官僚般耀武揚威。

「是的，只是這樣而已……」

對方顫抖不已。又八說道:

「嗯!那就饒了你吧!但是你得把馬背上的貨全卸下來，載著那堂裏的女子，照我指示的方向走，一直到我的目的地爲止。」

像這般無理的要求，即使不是又八，任何人聽了也會反抗。

對方卻毫無反擊之力，乖乖讓阿通坐上馬背。

又八拾起一枝竹子來鞭打拉馬的人。

「嘿!種田的。」

「是。」

「不准走到街上去。」

「那您要往哪裏去呢?」

「盡量走人煙稀少的小路，我要到江戶。」

「這…這是不可能的。」

「什麼不可能!只要繞小路就可以了。你給我乖乖的避開中山道，從伊那往甲州去。」

「那必須從姥神山穿越權兵衛山，這條山路崎嶇不平很不好走。」

「爬過去不就好了嗎?你要敢偷懶，小心我揍你。」

又八不斷揮響鞭子，警告拉馬的人。

「我會給你飯吃的，你不必擔心，盡管走就是了。」

那位農夫哭喪著聲音:

「先生，我陪您走到伊那，過了伊那之後請你放了我吧!」

又八搖頭。

「囉嗦!我說行了，你才能離開。還沒到目的地之前，若是你敢輕舉妄動，小心我砍了你的腦袋。我只是需要這匹馬，我還嫌你礙手礙腳呢!」

道路昏暗，越往上走山路越加險峻。人馬一路行來，疲憊萬分。最後終於爬到姥神山的山腰處，微弱的晨曦照著腳邊的雲海。

阿通被綁在馬背上，一路上不吭一聲，現在望見晨曦，心情漸漸平息下來。

「又八，拜託你，放了那農夫吧！也把這匹馬還給他。我絕不會逃走，那農夫太可憐了。」

又八雖然懷疑阿通的話，但經不起她數度請求，終於將她自馬背上鬆綁，然後說道：

「妳一定要乖乖跟著我走。」

又八再次確認。

「好，我絕不逃走。手臂上的這不名譽的齒印尚未消失之前，逃了也沒用。」

阿通說完緊咬著嘴唇，並用手壓住手臂上的傷口。

星夜

1

武藏現在已經練就一身功夫，無論何時何地都能倒頭就睡。雖然他的睡眠時間非常短暫，卻能常保精神充沛。

昨夜亦是如此。

回到權之助家裏之後，借了一個房間，沒換衣服倒頭便睡。翌日清晨，小鳥開始鳴叫時，武藏已醒來。

昨晚從野婦池繞到池尾回到此地，已過半夜。想必權之助也是疲憊萬分，他的母親一定也還沒起床。武藏想到這，並未起身。他躺在床上聽鳥鳴，安靜地等候有人起床的開窗聲。

接著——

有人在細聲飲泣。那聲音不在隔壁房間，而是從另外一個稍遠的房間傳過來。

「奇怪？」

武藏豎耳聆聽，這才聽出來原來是那位精悍的兒子在哭泣，有時甚至像小孩般號啕大哭。

「阿母，您這麼說就太過分了，難道我就不懊惱嗎？難道阿母您不知道，我比您還懊惱嗎？」

武藏只能斷斷續續地聽到兒子的隻言片語。

「一個大男人在哭什麼——」

他的母親就像在責備三歲孩童一般，語氣果敢且平靜。

「你要是覺得後悔，今後就必須更加戒備，一心鑽研武道……光哭有什麼用，眞難看，快點把臉擦乾淨。」

「是的……我不哭了。昨天我太疏忽大意，請母親大人原諒。」

「我雖然責備你，但是仔細思量，應該說武功高低自有差異。而且，如果每天過著平靜的生活，人就會漸漸遲鈍，也許你本來就是會輸的。」

「阿母這麼說我，讓我覺得好難過。平常早晚都接受您的庭訓，至昨夜才知道自己尚未成熟，才會輸得如此悽慘。我這種人竟然還立志要在武道上功成名就，簡直自不量力。所以我決定這一生都要當個農夫，與其練武不如荷鋤耕種，才能讓阿母您過快樂的日子。」

武藏本來納悶他們在感慨何事，還以爲事不關己。細聽之下，原來這對母子討論的人正是自己。

武藏心頭一驚，坐了起來。沒想到他們對於勝敗竟然如此執著。

武藏原以爲昨晚造成的錯誤，是因爲雙方的誤解所引起，事情談開之後便已了事。不料，這對母子竟然認爲輸給武藏是天大的恥辱，甚至爲此痛哭流涕、懊惱萬分。

「……這種輸不起的人，令人駭怕。」

武藏自言自語悄悄地躲到隔壁房間，透過微薄的晨曦從門縫中偷窺另一個房間的動靜。

仔細一看，原來是這家的佛堂。老母背對佛壇而坐，兒子伏在佛壇前哭泣。那位勇猛精悍的大男人權之助，在母親面前竟然哭得涕泗縱橫。

他們並未察覺武藏正在偷看，老母動怒說道：

「你剛才說什麼……權之助，你剛才說什麼了？」

老母抓住兒子的衣領，尖聲責問。

2

兒子竟然說要捨棄幾年來學習武道的志向，決定明天開始終生務農，以孝養老母。兒子的這番話，不但不中聽，而且更加激怒了老母。

「你說什麼？一生要當農夫？」

她抓住兒子的衣領將他拉到膝前，就像在責備三歲的孩童一般。她咬牙切齒不停地責罵權之助。

「我本來還期待你能出人頭地，重振家聲，不料你竟這麼沒出息。我長年抱持的期望，看來與這草屋一起老朽，壽終正寢了。早知如此，我就不必爲了讓你念書，鼓勵你學武而過著粗茶淡飯的日子。」

老母手抓兒子的衣領說到這裏，聲音開始哽咽。

「你因大意而失荆州，為何不湔雪恥辱？幸好那個浪人還住在家裏，等他醒來，向他要求再比武一次，以討回你的信心。」

權之助抬起頭來，面有難色。

「阿母，要是我有能力的話，又何必在此對您吐露我的心聲呢？」

「這不像平常的你，你為何變得如此頹廢呢？」

「昨晚我也一直想趁半夜與那浪人同行之時，給予一擊，但是我怎麼也找不到機會下手。」

「那是因為你太懦弱了。」

「不，不是如此。我的身體流著木曾武士的血液，我曾經在御岳的山神前祈願二十一天。在冥想當中體悟棒子功的精髓，怎能輸給一個沒沒無聞的浪人呢？我自己也想了好幾次，但是只要一看到那浪人，我就無法出手，因為在出手之前，就已喪失鬥志。」

「你曾經手持棍棒在御岳山神前發誓，一定要習得一流棒子功。」

「但是反省過去都是獨自閉門造車。我是如此不成熟，又如何能創出一流的武功呢？而為了達到這個目的連累家裏，讓阿母貧窮挨餓，倒不如放棄習武。今天我已下定決心，專心耕種才是為人子的義務。」

「以前你與人交手，從未曾敗過。昨天雖被打敗，我認為那是因為你過於高傲自大，山神要懲罰你，所以即使你放棄習武、專心奉養我，在我心裏，也無心享受豐衣足食的。」

漫長的庭訓之後，老母意猶未盡，不斷慫動兒子，等睡在後面的客人醒來之後，要求再比武一次。

要是再落敗了，才能心甘情願務實耕農，放棄習武的志向。

一直躲在門後偷聽的武藏，內心暗忖：

這下子麻煩了……

武藏困惑不已，悄悄回到床上。

3

這該怎麼辦呢？

自己若是露臉，那母子準又會提出比武要求。

果眞比武的話，自己穩操勝算。

武藏如此確信。

但是，那位權之助萬一又輸了，恐怕往昔他所抱持的自信心將爲之瓦解而斷送他一生的志向。

還有，他的母親雖然生活貧困，卻不忘對其子諄諄教誨，望子成龍，是她一生唯一的願望。如果兒子又被打敗了，她將是何等傷心呢！

「對！避開這場比武。我偷偷地從後門溜走吧！」

武藏輕輕打開後門，溜出屋外。

這時，泛白的朝陽已穿透樹梢。武藏回頭看見倉庫門外的角落，拴著那頭昨日與阿通分散而被撿來的母牛，牠正悠然自得地沐浴在晨曦裏，輕鬆自在地吃草。

祝你們平安幸福！

武藏滿心祝福，即使是對那頭牛亦是如此。他走出防風林的圍牆，沿著山腳下的田埂大步快走。

雖然山岳的陰影，使他半個人籠罩在寒意中。但是今晨山岳展現全貌，令人爲之亮眼。武藏腳步輕快地迎著山風向前走，昨夜的疲勞和焦慮霎時間一掃而空。

仰望蒼穹，白雲悠悠。

悠悠白雲一望無際，千變萬化怡然自如，逍遙自在與藍天嬉戲。

不必焦急，不必擔心。月有陰晴圓缺，人有悲歡離合。此乃命中註定，不可避免。城太郎和阿通雖然柔弱無能，但吉人自有天相，一定會有善心人士保護他們的。也許應該說冥冥之中自有神明庇佑他們吧！

昨日武藏心頭的迷惘，不，應該說從馬籠的女瀑男瀑之後，一直徬徨躊躇的武藏——很奇妙的，今早突然心平如鏡。他已能看清自己該走的道路，不但能豁達於阿通和城太郎的芝麻小事，甚至能洞悉未來，知道這一生所要走的生涯之道。

過了午后。

他出現在奈良井的鬧區。此處商店林立，有賣熊膽的商店，屋簷下柵欄裏養著活生生的熊。也有店裏掛著獸皮的百獸屋，還有木曾名梳店等等。

武藏走到其中一家叫做「大熊」的熊膽屋前。

「請問一下。」

武藏往內探頭。

熊膽屋的老闆正在裏面舀鍋裏的開水喝。

「客倌，有何貴事？」

「請問奈良井大藏先生的店在那兒呢？」

「啊！大藏先生的店嗎？從這裏直走過一個十字路口——」

那位老闆端著水走到門外指給武藏看，正好店裏的小徒弟從外頭迎面回來，老闆便吩咐他說：

「喂！這位客倌要去大藏先生的店，他的店不好找，你帶他走一趟吧！」

小徒弟點點頭，在前面引路。武藏感懷對方的親切和善，同時想起權之助所說的話，奈良井的大藏先生的確德高望重。

4

武藏原先聽說大藏先生開的是百草舖，認爲應該與一般路旁的店舖沒兩樣，不料竟出乎人意料之外。

「先生，這裏便是奈良井大藏先生的家。」

原來如此，這棟宅邸若非有人帶路的確不易尋找。爲武藏帶路的熊膽屋小徒弟，指著眼前的大宅邸說完便轉身回去。

雖然這是一間店鋪，門外卻未掛店名的布條或招牌，只有塗上防銹漆的三面格子門，旁邊有兩個土牆倉庫，四周高牆圍繞。門口上掛著遮陽篷，這家老店庭院深深，確實不好找。

「有人在嗎？」

武藏拉開大門問道。

屋內一片昏暗。寬廣的泥地屋不亞於醬油店，冷澀的空氣迎面而來。

「是哪一位？」

有人從櫃枱角落回話，並走了出來。武藏帶上門。

「我叫宮本，是位浪人。我的同伴城太郎，一個年約十四歲的小男孩。聽說昨天或今早曾到貴府求助。不知他是否來過此地？」

武藏話還沒說完，掌櫃的直點頭，一臉清楚城太郎行蹤的表情。

「嗯、嗯……」

他親切地遞一個坐墊給武藏。打過招呼後，他的回答卻讓武藏非常的失望，他說：

「實在很遺憾。那位小孩昨晚半夜來敲門。剛好我家主人大藏先生正要出門遠行，大家爲了打點行李都尚未就寢——聽到敲門聲，有人開門一看，站在門外的正是你所說的城太郎。」

在老店鋪工作的人大都爲人正直，是以這位掌櫃鉅細靡遺地描述，內容大意如下——

「在這街上若有事發生時，可以去拜託奈良井的大藏先生。」

有人這般告訴城太郎。於是他哭著跑來大藏先生的住所，訴說阿通被壞人擄走一事。主人大藏先生回答他說：

「這種事情很棘手，為了愼重起見，我會派人去調查。如果是這附近的野武士或是挑夫所幹，立刻便能查出來。但如果是流浪漢所為的話，那可就難查了。不過無論是誰幹的，這些人一定會避開鬧區抄小路的。」

大藏先生如此推測，立刻派人向四面八方追查，一直搜索到今天早上。但就如大藏先生所言，他們並未找到任何蛛絲馬跡。

城太郎眼見他們查不出端倪，又哭了起來。正巧今早大藏先生要出遠門，於是他說：

「怎麼樣？要不要跟我一起走？也許一路上可以邊尋找那位阿通姑娘，說不定還能碰上你的武藏師父呢！」

大藏先生如此安慰城太郎，使他有如絕處逢生機，就決定跟隨。大藏先生便帶他啓程了——掌櫃一五一十地告訴武藏，並替武藏惋惜而一再地說——他們才剛離開二刻鐘呢！

5

的確，差了兩刻鐘再怎麼追趕也來不及。武藏好不惋惜，即使如此，他仍不放棄地問：

「請問大藏先生是要上哪兒去呢？」

他這一問，掌櫃的回答毫無頭緒。

「就像您所看到的，店前不但沒掛出招牌，而且草藥都是在山上採好，一年分爲春、秋二季出去販賣。主人帶著草藥到各國去行商，常有很多的空檔，閒暇之餘到神社、佛堂參拜，或是去泡溫泉養身，或走訪各地民所，享受旅行之樂——這次主人的旅程大概會從善光寺經越後路到達江戶。」

「這麼說來，你並不清楚他到哪裏了？」

「主人從未把他的行程告訴過我們。」

說完，掌櫃的又說：

「對了，您喝杯茶吧！」

掌櫃的突然改變話題，轉身進去拿茶。店面很深，看來得花點時間，而武藏根本無心在此逗留。

終於，掌櫃的端出茶來，武藏立刻向他詢問大藏先生的容貌和年齡。

「是，是，你在半路上若是遇見他，一定一眼就能認出是我們主人。他大約五十二歲，身體強壯，方形臉。面色紅潤，有些痘瘡的疤痕，右邊的小鬢微禿。」

「身高呢？」

「跟您差不多高。」

「他穿了什麼樣的衣服？」

「噢！他這趟旅行，聽說穿了一件在堺國買的唐木綿條紋衣服。這種衣服稀少，鮮有人穿，你若是想追趕的話，他的衣服將是很好的目標。」

武藏已約略瞭解此人特徵，如果繼續與掌櫃的談下去，將會沒完沒了。因此掌櫃殷勤倒來的茶水，武藏只喝了一口，便立刻起身趕路。

在天黑之前無法趕上，但是如果連夜從洗馬趕過鹽尾的客棧，在今夜爬上那裏的山腰等待的話，應該可以追上兩刻鐘的路程的。在明日天破曉之前，從後面而來的奈良井大藏先生和城太郎將會通過那山腰。

「對！我先超過他們，在前面等候。」

當武藏經過贄川、洗馬，到了山腳下的客棧時，已近黃旨時刻。裊裊炊煙籠罩著街道，家家戶戶已點上燈火。雖時值晚春時節，這個山國卻瀰漫著寂寞幽靜的氣氛。

從山腳爬到鹽尾的山頂還有二里多的路程。武藏一口氣便登上山頂，在深夜之前就踏上伊宇高原。他這才放下心來鬆了一口氣。置身於星空下的武藏，疲憊得昏昏欲睡。

導母杖

1

武藏沈沈入睡。

他躺在一座小寺廟裏，廟簷上懸掛「淺間神社」的匾額。

這間小寺廟正好位在高原上一個像拳頭般的岩石上，是鹽尾山的最高點。

「喂！快上來啊！這裏可以看到富士山呢！」

人聲傳入耳際，本來以手當枕躺在寺廟屋簷下的武藏跳了起來。只見燦爛的晨曦映著彩霞，卻不見有人影爬上來，遙望雲海遠處，富士山頭已被朝陽染紅。

「啊！是富士山。」

武藏如少年般發出驚歎。以往只在圖畫裏見過富士山景，在內心描繪過它的景色，此刻卻是他有生以來第一次親眼目睹富士山。

尤其是在驚醒的一剎那，突然望見與自己同高的富士山，感覺上彷彿與它正面相逢似地令武藏一時渾然忘我，只有不停地讚歎。

「啊！」

武藏目不轉睛地眺望富士山。突然情不自禁地流下淚來。他不拂拭眼淚，迎著朝陽的臉龐，淚水泛出紅光。

人類何其渺小。

武藏深受衝擊，與宏偉的宇宙相較之下，更相形見穢、益顯渺小，不禁又悲從中來。

憑心而論，武藏在一乘寺下松時，吉岡幾十名弟子全都懾服於自己的劍下，是以讓武藏自以為——世上也不過如此。

自負的幼苗在他內心滋長，普天之下擁有「劍人」盛名者不在少數，但他們的實力也不過如此！此種傲慢心態，使武藏更加趾高氣昂。

但是，即使劍法高超、聞名於世的人再偉大！又能擁有多少的生命呢？

武藏感到悲傷。尤其看到富士山的亙古屹立和怡人風貌，更令他羞慚懊悔。

畢竟人類的生命是有限的，無法如大自然般長存不朽，比自己優秀者就是比自己偉大的人，而落後者為凡夫俗子，武藏無能如富士山般宏偉，不自覺中他已雙膝跪地。

「……」

武藏雙手合掌。

祈禱母親在九泉之下能享冥福。感謝大地之恩，並祈禱阿通和城太郎平安無事。他還暗自許下心願，那就是——雖然無能如天地神明般偉大，雖只是個渺小的人類，但也要鞭策自己成爲偉人。

「……」

他又再次合掌。

——我眞笨，爲什麼認爲人類是如此渺小呢？

他喃喃自語。

——大自然是因爲映在人類眼裏才顯得偉大。透過人的心，神才存在。因此人才是最偉大的，能做出最大的行動。況且，人類還是萬物之靈呢！

——人類、神和宇宙之間的差異，事實上相距不遠，甚至就在你腰間佩戴的三尺長刀前罷了。不，應該說這三者之間還存在差異時，那離偉人和名人的境界還相當遙遠。

武藏合掌祈禱，心頭閃過無數念頭。這時，耳際又傳來旅人的聲音。

「哇！看得好淸楚啊！」

「很少有機會能如此膜拜富士山神啊！」

四、五名登山旅人以手遮陽觀賞風景。這些人當中，有人望山見山，有人望山見神，各有春秋。

2

來自東西方向的旅人在拳頭山下交會之後，各自上路。這時旅人們的身影漸漸如螞蟻般渺小。

武藏走到池塘後面，注視這條山路——奈良井的大藏與城太郎應該會沿這條山路上來。如果沒在此相遇，他們也應該會看到自己的留言才對——因此武藏非常放心。因爲武藏爲了愼重起見，在山下的路邊拾了一塊石板，留言之後立於山崖邊。上面寫著：

奈良井的大藏先生，我在山上的小池塘邊等待您經過。

城太郎之師父　武藏

可是已經過了淸晨人潮多的時刻了，高原上艷陽高照，依舊不見像大藏先生的人路過，也無人看見他的留言板而從下面呼喚他。

「奇怪了。」

武藏滿心狐疑，都快按捺不住。

「他們應該會來的。」

武藏深信不疑。

因爲這條道路以此高原的山嶺爲分界，分別通往甲州、中山道、北國街道三個方向。而且河水全往北流入越後的海邊。

無論奈良井大藏是到善光寺的平原，或是通往中山道方向，必定經過這裏。

但是，世事變幻莫測，常出人意料之外。說不定有突發狀況，或者對方突然改變主意，改往他方去，還是在前一個山腳下便投宿旅館了。武藏雖然隨身帶有一日分糧食，考慮結果還是回山腳下的旅館把早、午餐一併解決了。

「就這麼辦！」

武藏正要走下岩石山。

岩石山下方忽然傳來怒斥聲。

「啊！他在那裏。」

那聲音就像前天晚上突擊自己的棒子一樣充滿殺氣。武藏心頭一驚，抓住岩石往下看，碰巧眼光與喊叫者四目相交。

「朋友，我可追到你了。」

原來是駒岳山下的權之助和他母親。

那母親騎在牛背上，權之助的手上握著那支四尺長的棒子和牛繩，兩眼直瞪著武藏。

「朋友，在這裏碰面太好了。想必你已知悉我們的計謀，才會不辭而別。如此一來，我也失去了立場。我們再來一次比武！來嘗嘗我這根木棍的厲害。」

3

武藏正走在岩石之間的狹窄山路上。這時，他停下腳步，靠在岩石上向下望。

在下面的權之助見武藏不肯下來，便說：

「母親，您在這兒守著。比武並不是非在平地不可，我爬上去把他打落山下讓您瞧瞧。」

他放開手中的牛繩。並重新握好腋下的木棍。正要爬上岩石山。

「兒子啊！」

他的母親再次交代。

「你上次就是因爲太疏忽才會失敗。這次你在採取行動之前，還是沒先摸淸敵意，要是他從上面推落岩石攻擊，那你該如何是好呢？」

接著，母子兩人又談了一會兒。武藏只聞其聲，不辨其意。

武藏在他們討論時決定——必須避開這個挑戰。

因爲自己已然獲勝。並且也已見識過對方的棒子功，根本無需再次比武。

而且，這對母子雖然失敗，卻嚥不下這口氣，竟然追趕自己來到此地。可見這對母子不但輸不起，而且瞋恨之心令人生畏。正如同自己與吉岡一門的宿怨一樣，這種比武只會增添怨恨。害多利少的事能免則免，否則一步錯步步錯。

武藏看到無知的老母盲目溺愛自己的兒子而胡亂詛咒別人，深覺恐怖。此種畏懼深植於心，教他害怕。

那便是又八的母親阿杉婆的陰影。

武藏沒必要再去惹另一位母親的詛咒。所以，無論如何這場比武必須避開，除此之外，再無更好的方法了。

他默不吭聲，本來已經從岩石山上下了一半，現在他又折回去，一步一步往上爬。

「啊！武士！」

背後傳來的呼叫聲，並非氣喘吁吁的權之助，而是他母親，她剛從牛背上跳下地。

「……」

那聲音有股威嚴，武藏停下腳步。

武藏回頭看到那母親坐在山腳下，抬頭直望著自己。那母親一見武藏回頭，立刻雙手伏地行禮。

武藏不得不急忙回身。畢竟她對武藏有借宿一宿之恩，況且自己未曾致謝便從後門溜出來，現在又怎能讓長輩伏跪向自己行禮呢！

「老母親，我承受不起，請您起身。」

武藏正要開口，不覺雙膝一彎也跪了下來。

「武士，也許你輕視我兒子，認爲他惹人厭，我引以爲羞。但是我們並非怨恨，也不自暴自棄地鑽牛角尖。我的兒子成長以來便無師自通地使用棍棒，但卻苦無朋友或對手可以互相切磋，我覺得甚可惜，希望你能指導他。」

武藏仍不吭聲，那母親自山下大聲說話，深怕武藏聽不到。她的語氣誠懇，令人不得不洗耳恭聽。

「若是我們就此分別，那就太教人遺憾了。所以才會決定再來找你。假如就此失敗，我們母子將無顏面對以武學享譽盛名的祖先。假如不能從失敗中求取教訓，追根究柢，終究不過是一介平凡農夫被人打敗罷了！如今難得遇到你這種高手，若不向您好好討教，有如入寶山空手而歸，令人扼腕。此所以我才會教訓兒子，並帶他來此。請你再與他比武，拜託你！」

那母親說完，又再次雙手伏地對著武藏的腳跟膜拜。

4

武藏走下來，走到跪在路旁的母親身邊，牽起她的手，將她送上牛背，說：

「阿權先生，你牽牛繩，我們邊走邊談。讓我考慮是否與你比武。」

於是，武藏默默地走在這對母子前面。雖然武藏方才說要邊走邊談，卻始終沈默不語。

武藏在猶豫什麼呢？權之助無法明瞭。只是以狐疑的眼神凝視武藏的背，並緊跟住腳步，不停吆喝慢吞吞的牛隻快步走。

武藏會拒絕嗎？

會答應嗎？

騎在牛背上的老母也忐忑不安。他們走在高原的小路上大約一、兩公里以後，走在前頭的武藏：

「嗯！」

他突然停下腳步。

「我跟你比武。」

武藏終於開口。

權之助丟開牛繩。

「你答應了嗎？」

武藏也察覺自己的決定太倉促，無視於權之助興奮的眼神。

「可是，這位老母親。」

他對牛背上的母親說道：

「如果有什麼閃失，也沒關係嗎？比武與生死決鬥只是差在使用的武器不同而已，其它可說毫無差別。」

武藏如此慎重其事，老母親臉上首次露出微笑。

「這位武士，你毋須如此謹慎，我兒子學棒子功已有十年，竟然還輸給年紀比他輕的你，丟盡我武家顏面。如果我們放棄武道精神，就等於失去活著的價值。所以就算他因此而喪生，那也是他自願的，我這母親絕不怨恨。」

「既然您已有此覺悟。」

武藏說完，臉色一正，撿起權之助丟下的牛繩。

「此處來往人多，最好將牛繫在偏僻的地方，我倆也能專心比武。」

在伊宇高原中央，有一棵快枯萎的巨大落葉松。武藏將牛拴在松樹下，說道：

「阿權先生，請準備好。」

武藏催促著。

等待已久的權之助立刻應聲並握好棒棍，站在武藏面前。武藏屹立不動，靜觀對手。

「……」

武藏手上並無木劍，也無意就近撿拾任何物品權當武器。他的肩膀不緊繃，輕鬆地垂下雙手。

「你不準備嗎？」

權之助問他。

武藏反問：

「爲什麼？」

權之助氣急敗壞，瞪大眼睛說：

「你得使用武器，任何東西都行。」

「我有。」

「赤手空拳嗎？」

「不是。」

武藏搖頭，左手緩緩地移到武士刀的護手下方。

「在這裏。」

武藏回答。

「什麼？用眞劍？」

「……」

武藏撇嘴微笑以示回答。此時，雙方對峙，氣氛緊張凝重，必須全神貫注，不可疏忽大意。

那老母親氣定神篤地趺坐在落葉松樹根上。聽到這番話，臉色霎時鐵青。

5

——用眞劍！

當老母親聽到武藏如此回答時，渾身一陣戰慄。

「啊！請等等。」

老母親突然開口。

但是武藏和權之助都緊瞪著對方。不動如山，對於老母親的驚呼聲充耳不聞。

權之助緊握在手的棍棒彷彿納盡這高原精氣，蓄勢待發。而武藏手握住刀鞘，銳利的目光直逼對手眼眸。

其實二人已在精神上纏戰廝殺一番了。各自的眼神炯炯發光，比大刀和棍棒更加犀利地交鋒，企圖以眼神懾人再運用武器對決。

「等一等。」

老母親再次喊叫。

「什麼？」

武藏往後退四、五呎後回話。

「你要用眞劍比武嗎？」

「沒錯——對我而言使用木劍或眞劍毫無差別。」

「我並非阻止此事。」

「您瞭解最好，只要我的手一握上劍，就別要求我只能使五成或七成實力了。要是害怕，現在就快點逃吧！」

「沒這回事。我阻止你並非此意，而是在比武之前若未先自我介紹，恐怕日後就沒機會了。所以我才會喊暫停的。」

「我瞭解了。」

「我一點也不怨恨。但你們有此良機能彼此切磋，是你們的緣分。阿權啊！由你先自我介紹。」

「是的。」

權之助恭敬地行禮。

「據傳我的祖先乃太夫房覺明曾經爲木曾殿下的幕下大臣。覺明在木曾殿下滅亡之後，便離家侍奉於法然大人麾下。我的祖先想必是這一族出身的，經過一段長遠的歲月，薪傳至我這一代，卻是一介鄉下農民。而父親因爲曾經遭受恥辱，深感遺憾，因此到山岳神社發誓，必將武道發揚光大。又在神明前將自創的棒子功命名爲夢想流，大家便以『夢想權之助』稱呼我。」

權之助語畢，武藏也回禮，並說：

「在下來自播州赤松的支流，乃平田將監末代的家臣，住在美作鄉宮本村，父親是宮本無二齋。我是獨生子武藏，無親無友，獨闖江湖，所以即使在此比武命喪於你的棍棒下，也無需爲我善後。」

又道：

「開始吧！」

武藏重新擺好架勢，權之助亦再度握好棍棒。

他回應道：

「好。」

6

權之助的母親坐在松樹根上觀戰。此時她屏息凝神，幾乎無法呼吸。如果要說這是天降災難的話，也是自找的。因爲是自己追上來，讓兒子面對白刃的挑戰。這位母親的作法異乎常人，這時她的心情卻篤定自若。不管將來別人會怎麼說，她自有一套信念存在。

「……」

這母親雙肩微傾地穩坐著，雙手扶膝，猶如端坐行禮似地。不知道她養育了幾個兒女，又有幾個兒子早逝，她的身體不知忍耐過多少貧困煎熬，使得外表看來更是羸弱瘦小。

但是這時眼看武藏和權之助在咫尺之間互相對峙。

「開始了！」

當他們出口開戰時，母親的眼神閃耀著光芒，彷彿天地諸神全都聚此觀戰。

她的兒子已將生命暴露於武藏的劍前。武藏拔去刀鞘的那一瞬間，權之助似乎也覺悟到自己的宿命，全身一陣冰冷。

奇怪，他跟前幾天判若兩人。

權之助突然察覺差異處。

前幾天在家裏與武藏搏鬥時的印象和現在完全不同。若以書法來形容的話，可說那天武藏動如行雲流水的草書，但是在今日嚴肅的氣氛中，武藏又像一筆一畫絲毫不含糊的楷書，字跡端正。權之助察覺自己低估了對手的實力。

在權之助察覺之後，原本自信滿滿的棒子功，這會兒卻只能舉棒於頭上，根本無法出手。

「……」

「……」

伊宇高原草地上的薄霧，慢慢聚攏，又慢慢散去。遠處山頭可見孤鳥瀟灑地飛過。

「啪」——一聲，兩人之間發出空氣的聲響，這個震動極其迅速，猶如飛鳥被擊落地，肉眼難辨。這聲響不知是棍子還是劍劃破空氣的聲音，無從判斷。猶如禪學上彈指之間的細微聲音。

不僅如此，雙方形體與武器合而爲一，行動迅捷，兩人的位置早已異位。

權之助揮棒攻擊，沒打中武藏。武藏還手，由下往上攻的刀刃，雖未擊中，卻削過權之助的右肩，幾乎要削掉他的小鬢毛。

這時，武藏所使用的刀法非常獨特。他的刀刃擊向對手身體之後，一個閃光猶如松葉形般收回刀刃。這個收回刀刃也是攻擊的一招，足以置對手於死地。

權之助根本無力反擊，只能緊握棍棒兩端舉在頭上抵擋武藏的攻擊。

「鏗」的一聲，大刀擊中他額前的棍棒。在此情形下，棍棒通常會被砍成兩段。但如果刀刃未斜砍的話，棍棒就不會斷裂。因此權之助接招時心裏有數，他雙手橫握棍棒擋在額前，左手手肘深深推向武藏手邊；右手肘彎曲抬高，企圖只以棍棒一端擊向武藏的肋骨。如此雖然擋住了武藏的大刀，但是權之助卯上全力的快速一擊並未成功。

因爲在權之助頭頂上方的棍棒與刀垂直觸擊而卡住了。棒子的一端直逼武藏胸前，只可惜尙差一吋就可擊中武藏。

7

現在雙方拉也不是。

推也不是。

若欲勉強推拉，勢必是急躁者落敗。

假如是刀與刀的對決可能平分秋色。但是一方持刀，一方持棍棒，兩人一時無法取捨。

棒子既無護手亦無刀刃，又無刀尖和刀柄。

但是這把四尺長的圓棒子，可以說整支都是刀刃，也全是刀尖或刀柄。只要火候夠的話，千變萬化的棒子功並非刀劍所能匹敵。

如果對方以劍術接招——

棒子會攻過來吧？

果眞如此推測的話，恐怕會遭遇不測吧！因爲棒子可以因地制宜，同時兼具短槍特性。

武藏的刀與棍棒垂直交擊，他之所以未拔回大刀乃因他一時無法預測。

權之助更顯謹愼。因爲他的棒子在頭頂上撐著武藏的大刀，處於挨打劣勢。別說拔回，只要身體的氣勢稍有鬆弛，可能就讓武藏的大刀——

有機可趁。

這一打可能頭破血流了。

權之助雖然在山神前領悟夢想流的棒子功，且運用自如，但此刻卻一招半式也使不出來。

雙方在對峙中，權之助臉色轉白。他咬緊下唇，眼尾汗水涔涔。

「……」

在權之助頭頂上糾纏的棒與刀，如波浪般推動。站在下方的權之助呼吸愈來愈急促。

在這時，坐在松樹下屏息觀戰的老母親臉色比權之助更形蒼白。

「阿權！」

她大叫一聲。

當她呼叫阿權時，想必是忘我了。她挺直腰桿，不停以手拍打自己的腰部。

「腰部！」

老母親斥喝一聲後，彷彿力竭氣盡般直挺挺地往前倒了下去。

武藏和權之助有如化石般糾結在一起的刀與棒，在老母親叫了一聲之後，倏然分開。其力量比剛才砍在一起時還要強勁。

這股力量來自武藏。

即使武藏往後退也不會超過兩、三尺。但後勁太強，使得他的腳跟宛如挖土般倒退，強烈的反作用力使他被逼退了七尺左右。

但是權之助連人帶著四尺長的棍棒瞬間逼近這個距離，使得武藏猛然受壓迫。

「啊！」

武藏雖受攻擊，仍將權之助甩向一旁。

本來權之助起死回生，轉守為攻，欲趁機攻擊。不料反被一甩，頭差點栽到地面，整個人往前跟蹌。而武藏有如一隻面對強敵的老鷹做殊死搏鬥，權之助這麼一踉蹌，背部毫無防備的弱點全部暴露在敵人眼前。

一道像絲般細微的閃光，劃過他的背部。唔、唔、唔，權之助發出小牛般的哀鳴，往前走了三步便仆倒在地。

武藏也用手按住肋骨下方，一屁股跌坐在草叢中。

「完了！」

武藏大叫一聲。

權之助則無聲無息。

8

權之助往前不支仆倒之後，毫無動靜。他的老母親見狀傷心欲絕。

「我是用刀背打的。」

武藏對老母親說明，但是老母親並未站起來。

「快點給他水，妳兒子應該沒受傷才對。」

「咦？」

老母親這才抬起頭來，心存懷疑地觀察權之助的身體。正如武藏所言，並未見血。

「噢！」

老母親跌跌撞撞地爬到兒子身邊，給他喝水並呼叫他的名字，不停地搖晃他的身體。權之助這才甦醒過來。看見茫然坐在一旁的武藏。

「承蒙手下留情。」

說完便對武藏磕頭。武藏還禮之後，急忙握住他的手。

「不，輸的人不是你，是我。」

武藏掀開衣服給他們看自己的助骨下方。

「這裏被你的棒子打中，已經淤血了。如果力道再大點，恐怕我早已命喪黃泉。」

說完武藏仍感困惑，不解自己爲何會輸。

同樣的，權之助和他母親也都張口結舌，望著武藏皮膚上的淤血，不知說什麼好。

武藏放下衣襟，詢問老母親。剛才二人在此武當中，爲何大叫一聲「腰部」呢？當時權之助的架勢上有何疏漏？

這麼一問，老母回答：

「實在很羞愧，犬子用棒子拚命抵擋你的大刀時，雙足釘在地上進退兩難，陷於垂死邊緣。雖然我不懂武術，但旁觀者清，看出一個破綻，那就是權之助全心全意在抵擋你的刀刃，才會陷入僵局又猶豫不決要將手拉回好還是推出，根本未注意此破綻。依我看來，只要他保持架勢再蹲低腰部，棒子自然就會擊中對手的胸膛，所以我才不自覺地叫了出來。」

武藏點點頭，由衷感謝有此機緣得以學習。

權之助一旁默默地聽著，想必心有同感。這回不是山神的夢想流，而是在現實中的母親眼見兒子處於生死邊緣，因了母愛而激發「窮極活理」的道理。

權之助本來是木曾的一名農夫，後來得「夢想流權之助」的名號，是夢想流棒子功的始祖。在他的傳書後記上寫下了祕笈——

《老母親的一步棋》。

記錄著偉大的母愛，以及與武藏比武的經過，但並未寫「贏了武藏」。在他一生中，都是告訴別人，自己輸給了武藏，並且將輸的過程一一詳記下來。

武藏祝福這對母子，與其分手後，也離開伊宇高原。這時大概快到上諏訪附近了。

「有沒有看到一名叫武藏的人經過這裏呢？他的確是走這條路的——」

一名武士在馬子驛站向來往行人打聽武藏的下落。

一夕之戀

1

「眞痛！」

武藏被夢想流權之助的棒子擊中橫隔膜到肋骨邊緣，至今仍隱隱作痛。

此時他來到山腳下的上諏訪附近，尋找城太郎的蹤影並打聽阿通的消息，內心一直忐忑不安。

後來他到了下諏訪一帶。一想到下諏訪有溫泉可泡，他便急忙趕路。

這個位於湖畔的小鎭，大約住了千餘戶人家。有一家客棧的前面，搭了一間溫泉小屋，背向來來往往的大馬路，任何人都可以進去泡溫泉。

武藏將衣物連同大刀、小刀一齊掛在一支木樁上，全身泡在露天浴池裏。

「呼！」

武藏把頭倚靠在石頭上，閉目休憩。

今晨，受傷的肋骨經像皮革般腫硬。此時浸泡在熱呼呼的溫泉裏，以手輕揉，全身血液舒暢地循環，令他昏昏欲睡。

夕陽西下。

住在湖畔的多為打漁人家，家家戶戶隔著湖水，湖面籠罩著一層淡橙色的霧氣，好像是溫泉蒸發上昇的水氣。隔著數區田地外有條車水馬龍的道路，人聲熙攘。

路邊有家賣魚和日用品的小雜貨店。

「給我一雙草鞋。」

一名武士坐在店裏的地板上，正在整理他的綁腿和鞋子。

「順便向你們打聽一下，傳聞有一名男子在京都的一乘寺下松，單挑吉岡一門。類似這種精采的比武近來罕見，聽說他會路經此地，你們可曾遇見？」

看來武士在越過鹽尾山之後，便一路探聽有關這名男子的消息，雖然被詢問的人有些迷惑，追問這名男子的裝扮和年齡。武士卻含糊地回答說：

「嗯，這個我也不太清楚。」

大家七嘴八舌追問武士幹嘛要找這麼一個人？但當武士知道此處並無對方蹤影後，神色有些黯然。

「眞希望能一睹他的廬山眞面目……」

武士綁好草鞋後，仍一個人喃喃自語。

難不成他是在找我？

武藏泡在溫泉裏，隔著一片田區端詳那位武士。

那名武士因長途跋涉，全身曬得黝黑。大約四十歲左右。看來並非浪人而是某官家的人。他的鬢毛被斗笠的帶子磨擦得有如雜草叢生。若在戰場上，想必是位威猛的武士。如果他赤裸身子，一定全身肌肉發達，孔武有力。

「奇怪……我不認識此人啊？」

武藏正納悶著，那位武士已經走遠了。

剛才聽他提到「吉岡」二字，也許他是吉岡的弟子吧！

吉岡規模甚大，有些門人頗有骨氣，但也有老奸巨滑、試圖復仇者。

武藏擦乾身體穿好衣服，走出街頭。剛才那位武士不知打哪兒又冒出來。

「請問……」

那人猛然站在武藏面前，瞪大雙眼仔細打量武藏臉孔。

「閣下莫非就是宮本先生吧！」

2

武藏面露困惑之色，點點頭。

武士立刻歡呼。

「哇！果然是您。」

他為自己的直覺好不得意，無限懷念地說：

「終於讓我找到您了，實在是值得慶賀……打從我一開始外出旅遊，就預感能遇見您。」

他自得其樂，未待武藏回話，便邀請武藏今晚與他投宿同一家客棧。

「我絕非壞人。這種說法聽來有些可笑。我出門時一向都有十四、五名隨從和備用馬匹的。我先自我介紹吧！我是奧州青葉城的城主，是伊達政宗公的大臣，名叫石母田外記。」

介紹過後，武藏接受他的好意與他同行。外記選擇在湖畔一家大客棧投宿，櫃枱登記之後，他問武藏：

「您要沐浴吧？」

說完又自己否定：

「喔！閣下方才已在露天溫泉泡過澡了，請容我失禮先去盥洗。」

他脫掉旅裝，輕鬆地走了出去。

這男子頗有趣。但武藏一點也不瞭解他的底細。為何他要尋找自己？還如此殷勤款待？

「這位客倌，您不更衣嗎？」

客棧的侍女拿來客棧提供的便服給武藏。

「不用了，我尚未決定是否在此投宿——」

「噢！是嗎？」

武藏走到走廊，望著暮色漸濃的湖面。

「不知她現在怎麼樣了？」

他的眼眸彷彿映著阿通悲傷含淚的眼神。在他身後，客棧侍女準備晚餐的聲響已漸漸安靜下來。侍女點上燈，欄杆前的水波慢慢地由深藍轉為漆黑。

「奇怪，我是不是找錯方向了。如果阿通眞的被人擄走的話，歹徒想必不可能來到如此繁華的街道吧！」

正當武藏反覆思慮時，耳畔彷彿傳來阿通的求救聲。雖然武藏一向秉持盡人事聽天命的態度，此時卻感到進退兩難，不知如何是好？

「哎呀！我沐浴太久，實在失禮了。」

石母田外記回到房間。

「來吧！快吃！」

他立刻坐在餐桌前，邀請武藏也一起用餐，這才發現只有自己換了客棧的便服。

「您怎不換上輕鬆的便服？」

他的語氣略帶強求。

武藏也不甘示弱地推辭。說明自己早已習於餐風露宿，無論睡覺或旅行都是這身行裝，假如更換寬鬆的衣服，反倒不自在。

「嘿！就是這點。」

外記拍手叫好：

「政宗公他所欣賞的就是一個人的行住坐臥，並猜想您必定擁有獨特的風格。嗯！果然不出所料。」

外記忘我地打量武藏映著燈火的側臉，彷彿要看透他的一切。

回過神之後：

「來吧！讓我們乾杯。」

他洗了酒杯，對武藏殷勤招待。看來他是想把握今夜良宵，暢飲一番。

武藏雙手依然放在膝上，向對方行過禮之後，第一次問道：

「外記先生，您爲何如此好意？又爲何一路打聽在下的行蹤呢？」

3

武藏這一問，外記才警覺到自己的做法似乎太過於一廂情願。

「噢！我的做法的確會令你奇怪。但是我別無惡意。不過，你若追問我爲何會對於一個素未謀面的人如此親切……簡而言之是因爲我對你的敬仰之情。」

說完之後——

「哈哈哈！這就叫英雄惜英雄啊！」

他又重複說了一次。
石母田外記赤裸裸地表達內心的情感。但武藏並不認爲他已說明了事情的原委。
就算是英雄惜英雄吧！活到至今武藏尚未遇見能讓自己敬仰的人。若要討論令人敬仰的對象的話，澤庵似乎令人生畏；而與光悅又各自擁有不同的天地；至於柳生石舟齋則因過於自視清高，不易親近。
回顧以往的知交之中，似乎找不到能有英雄惜英雄之人。然而，石母田外記竟如此自然地表白出：
「我敬仰你！」
如果這句話是隨便脫口而出的話，反倒會被人視爲輕薄之人。
但是，憑外記的剛毅風貌，並非輕薄之徒，武藏似乎隱約瞭解其心境。
於是，武藏又問道：
「剛才您所說的敬仰是什麼意思？」
武藏嚴肅地問著，而外記好整以暇地回答：
「老實說，從我聽說閣下在一乘寺下松的戰績以來，我完全陷入尚未謀面的思戀之情。」
「這麼說來，從那時起您一直都在京都逗留了？」
「我是在一月分來到洛城，住在三條的伊達家裏。就在閣下如入無人之境的比武第二天，我照慣例前往烏丸光廣卿家拜訪時，聽說了有關閣下的種種傳言。光廣卿說他與你見過面，提及你的年齡和閱歷種種，更加深我對你的思慕之情，企盼能見你一面。而在這次的旅程當中，不料竟然在鹽尾山的山崖上看見閣下的留言牌子。」

「留言牌子？」

「閣下曾在一塊牌子上留言——等待奈良井的大藏先生，並將它掛在路旁的岩石上呢？」

「啊！原來你是看到那個啊！」

武藏忽然覺得人世間好不諷刺——自己要找的人未找到，反倒引來一名毫不相干的人如此苦苦追尋自己。

聽完外記的自剖之後，對於此人的一片眞情頗感惋惜，因爲自己對於三十三間堂的比武和所向無敵的血戰，充滿無限慚愧和懊悔，絲毫無半點誇耀之情。而此事似乎已震驚世人耳目，傳聞已蔓延全國各地。

「不，這件事讓我覺得有傷顏面。」

武藏由衷說著，一點也不認爲自己夠格讓英雄思慕。

然而，外記卻說：

「領俸百萬石的伊達武士當中，不乏優秀的武士。走遍世間，所見所聞的劍法高手亦不在少數，但是能如閣下這般的人實爲罕見，更可貴的是，閣下竟然如此年輕，更令我仰慕不已。」

外記讚不絕口，又說：

「今夜我的一夕之戀得以如願，即使有爲難你之處，也希望能邀你共度今宵，把酒言歡。」

說完，洗淨手中的酒杯。

4

武藏開心地接受那杯酒。酒一入口，如往常般滿臉通紅。

「雪國的武士個個都是酒中豪傑。政宗公更是海量，想必強將之下無弱兵。」

看來石母田外記毫無醉意。

送酒來的侍女剪了數次蠟燭的燭芯。

「今夜讓我們把酒言歡，通宵達旦吧！」

武藏也眞心回道：

「好。」

又笑著問：

「外記閣下，剛才您提到經常造訪烏丸官邸，您與光廣卿交情深厚嗎？」

「還不到深交的程度。因爲我的主人經常派我跑腿，而光廣卿個性豪爽，親和力強，所以漸漸地跟他也熟悉起來。」

「以前本阿彌光悅曾經介紹我在柳鎭的扇店與他見過面。印象中，他不像一般的公卿架勢十足，而是個性開朗的人。」

「開朗？不止如此吧……」

外記對這個評語似覺稍嫌不足。

「若你有機會與他長談，必定能感受到光廣卿的滿腔熱血和聰明睿智。」

「可能因爲地點是在青樓吧！」

「原來如此，您只見到他應酬世俗的一面而已。」

「那麼，他眞實的一面又如何呢？」

武藏順口問道，外記挺直身子，認眞地說：

「富憂患意識。」

說完又補充道：

「他的憂患意識在於幕府的橫行暴力。」

房間裏的燭光似乎配合一陣陣的水波拍岸聲而搖曳不止。

「武藏閣下，你認爲你磨練劍法是爲了誰？」

從未有人如此問過武藏。他率直地回答說：

「爲了自己。」

外記用力地點點頭。

「嗯，這樣很好。」

又問：

「那你自己又是爲了誰呢？」

外記追根究柢。

「……」

「難道也是爲了你自己嗎？像閣下如此劍法精湛的高手，該不會求得小我的榮耀就能滿足吧！」

兩人的談話，自此導入正題。不，應該說這是外記預先設定好的話題，表達自己眞正想說的話。據他所言，現在的天下在家康掌控之下，大致算得上四海昇平，國泰民安。但人民是否得到眞正的幸福呢？

經過北條、足利、織田、豐臣等人長期的爭權奪利，蹂躪之餘，飽受虐待之苦的豈不是人民與皇室。皇室受他們利用控制，而百姓則慘遭奴役之苦——而介於兩者之間的武家，只知謀求一己之繁榮昌盛，此乃賴朝以後武家所追尋的武家政道——當今的幕府制度不也是仿效此武家政道嗎？信長稍有注意到此弊端，所以興建大內裏以示大眾。秀吉後來也敬仰陽成天皇的行幸，制定能增添庶民福祉之政策。然而到了家康時，所有的一切全以德川家爲中心，庶民的幸福和皇室又再次被犧牲了。幕府權勢日益坐大，可預期專橫的時代已不遠矣。

能洞悉此一利害局勢者，於天下諸侯當中，除了我家主人伊達政宗公之外，別無他人。而眾公卿裏也唯有烏丸公廣卿一人罷了。」

石母田外記如此告訴武藏。

5

當我們聽到別人自誇自耀時，總覺刺耳。然而，若是推崇自己的主人時，情形倒不盡然。

這個石母田外記似乎頗以他的主人爲榮，他明白表示在當今諸侯中能眞心爲國擔憂，盡忠皇室者，只有政宗公。

「噢！」

武藏只能點頭。

對武藏來說，聽到正直的話題只能點頭稱是。關原之役以後，天下的分布圖改變了很多。但是武藏卻只知道——

這個世界變了不少啊！

對於以秀賴爲中心的大坂派系的大將軍們是如何變動？德川體系的諸侯究竟抱持何種企圖？島津或伊達等人曖昧的立場在這些勢力當中是如何維護尊嚴地生存著？武藏從未注意過這些大局勢，相關的常識甚至非常淺薄。

另外對於加藤、池田、淺野、福島等勢力，武藏僅有他二十二歲年輕人的看法。對於伊達則僅略有所聞。

這位內陸的大藩主，表面聲稱領俸六十萬石，實際上卻享有百萬石的俸祿。

除此之外，武藏對他毫無概念。

所以武藏除了頻頻點頭之外，只能時而流露懷疑之色，時而仔細聆聽。他心裏想：

原來政宗是這般人物。

外記更舉了好多例子：

「我的主人政宗，每年必定兩次拿出藩內的農作物，經由近衛家獻給皇上。即使在戰亂之年，仍不忘進貢。此次他亦親自攜帶貢品上京，來到洛城，並已呈獻給皇上。只有於歸途中稍有閒暇，能獨自沿途旅遊。現正於回仙台的途中。」

接著又繼續說道：

「眾諸侯當中，城內設置有皇座專屬屋舍的，只有我們青葉城吧！這設有皇座之處，乃於御所改建之時，自遠處以船舶運來古老的木材所建築而成的。雖然房內擺設樸實，我家主人依然早晚遙拜皇室。他更以武家政道的歷史爲鑑，無論何時，只要世上出現暴行，主人一定會以朝廷之名討伐武家的。」

外記說完，意猶未盡地說：

「對了，我曾聽說在朝鮮之戰時——」

外記繼續說道：

「在那次戰役中，小西、加藤等人爲爭權奪利，敗壞了家聲。而政宗公的表現又是如何呢？當時在朝鮮戰役中，背上插著太陽旗奮勇作戰的，只有政宗公一人而已。有人問政宗，有自己的家徽爲何還要插太陽旗呢？政宗公回答：我政宗率軍至海外作戰，並非只爲伊達一家的功名而戰，也不是爲太闊而戰，而是以太陽旗爲我故鄉之標誌，願意爲它犧牲奉獻。」

武藏聽得津津有味，外記更是忘了喝酒。

6

「酒冷了。」

外記拍手叫來侍女，準備添些酒菜。武藏見狀急忙推辭。

「已經夠了，我也想喝點熱湯。」

「怎麼了？酒還沒開始喝呢？」

外記有些掃興，又不好過於勉強，便說：

「那就送點飯上來吧！」

他重新吩咐侍女。

外記吃飯的時候仍繼續誇耀他的主人。其中讓武藏傾心的是，以政宗公爲首的伊達藩下的人，都會互相切磋琢磨，並追求——

眞正的武士道。

也就是追求武士的眞諦和「士道」。

當今世上，是否存在「士道」呢？武術興盛的遠古時代，士道的確存在。但其定義含糊不清，即使如此，那也是古老的道德觀。後因亂世不斷，道義塗地。現在連用刀劍的人都已失去這種古老的士道精神了。

他們大概只抱持一種觀念：

我是武士。

我是射箭高手。

這種觀念隨著戰國風暴，日益增強。在新時代漸漸來臨，新的士道尚未成形。因此那種自負於自己是個武士或是射箭高手的人，漸漸地落後於一般的農夫或商人，而越來越低劣。當然這種低級武將終將自取滅亡，而那些能夠覺悟，並能鑽研眞正「士道」，求取富國強兵的根本之道的武將卻又鳳毛麟角——甚至於豐臣派或德川派的諸侯當中，也鮮有其人。

以前——

武藏曾受澤庵影響，在姬路城天守閣裏的一個房間閉關三年，與世隔絕，埋首苦讀百家羣書。在池田家汗牛充棟的藏書當中，武藏記得曾經看過一冊手抄本。書名叫做——

《不識庵先生日常修身手冊》

不識庵指的便是上杉謙信。書的內容乃是謙信親手所寫平日修身養性的心得，以告示家臣。武藏讀過這本書之後，除了瞭解謙信的日常生活之外，也知道在當時越後這個國家的富國強兵之道。但是，那本書上還沒提到「士道」這件事。

現在有此機緣能聽到石母田外記這一席話。武藏除了深信政宗比謙信更為傑出之外，更瞭解到伊達全藩上下在這亂世當中，不知不覺間也孕育了不畏懼幕府權勢的「士道」精神，並互相砥礪，士氣蓬勃。光看眼前的石母田外記便能略窺一二。

「哎呀！就只有我滔滔不絕……如何？武藏閣下，想不想來仙台一趟呢？我家主人廣納賢能，只要是抱持士道觀念的武士，無論是浪人或無名小子，他都一定會親自接見。就說是我的引薦吧！請您務必來一趟。我們剛好趁此機會，可以同行回去。」

侍女收拾殘羹之後，外記更熱切地遊說武藏。武藏只是說道：

「我會考慮看看。」

然後便在房門口分手。

武藏到了另外一個房間之後，躺在床上，睜著眼睛無法入眠。

武藏在不停地思索這個問題，突然聯想到自己的劍而悟出一個道理：

——士道。

——劍術。

非我所願，我要追求的是：

——劍道。

無論如何，劍必立於道之上。謙信或政宗等人所提倡的士道，大都指軍隊紀律；若將此道理運用得更深入、更透徹——小我該如何將自己的生命託付大自然，並與之融通和諧？要如何與天地宇宙生息並存，達到安身立命的境界？武藏領悟之後，下定決心要盡己所能地完成此誓願。一心一意貫徹始終，將劍提昇到「道」的境界。

武藏下定決心之後，便沈沈入睡。

錢

1

一張開眼，武藏馬上想起一件事——阿通不知如何了？還有，城太郎又在何處呢？

「昨晚談得眞愉快。」

石母田外記與武藏共進早餐，還不忘提到昨夜的話題。吃完早餐，兩人走出客棧，走在往返於中山道的人潮當中。

武藏留意來來往往的行人，不斷地四處張望。

看到背影像阿通的人便心頭一震。

（是不是她啊？）

武藏猜測著。

外記察覺異樣。

「您是不是在找人呢？」

他問武藏。

「沒錯。」

武藏搔搔頭、一五一十地將事情的原委說給他聽。又說自己前往江戶的途中想一路尋找他兩人的下落。便在此地與外記分手，另走別道，並爲前一晚的款待致謝。

外記好不遺憾。

「我好不容易遇到一個同路人，但也不勉強你。誠如我昨夜所說的，請您務必來仙台一趟。」

「如果有機會，我一定會去打擾的。」

「我希望您能來看看伊達的士氣，要不然來聽聽祈雨歌也不錯。若您不喜歡聽歌，可以來欣賞松島的風光，我們期待你大駕光臨。」

說完，與這位一夕之友道別，朝和田山的方向先行離去。武藏望著他的背影，內心頗爲感動，決定將來只要有機會，一定要去拜訪伊達的藩地。

在那個時代，旅途中巧遇有緣人的情形，不只武藏一人吧！因爲當時的天下風起雲湧，諸國雄藩不斷招攬人才，而身爲家臣者更是極力於旅途中物色人才，推薦給自己的主人。這是他們最大的職責。

「客倌，客倌。」

後面傳來呼叫聲。

武藏本來往和田的方向走，又回頭改走下諏訪的方向。在甲州街道與中山道的分岔點躊躇不前，不知該走哪條路是好。客棧的伙計見狀，追過來叫他。

這些客棧的伙計當中，有扛行李的，有拉馬的，而且這裏正好是往和田方向的上坡路，所以還有專門爬山的轎夫。

「有何貴事？」

武藏回頭問道。

伙計們像螃蟹般拱著手腕走向武藏。

「客倌，剛才您好像在找人。您的朋友是由別處來的？還是與您同路的呢？」

2

武藏既無行李可扛，也無意叫轎子。

武藏覺得他們很囉嗦。

「沒什麼……」

他搖搖頭，默默地離開這羣人。正想走開，心裏不免猶豫。

往西？還是往東？

當他下決心要往江戶時，就決定一切聽天由命。但是一想到城太郎和阿通仍下落不明，實在無法放任不管。

對了，今天就在這附近一帶找找看……若仍未尋獲，只好放棄，自己先走了。

當他做此決定的同時——

「客倌，反正我們也只是在這兒曬太陽，閒著沒事幹。如果您是在找人的話，何不讓我們幫忙呢？」

其中一人如此說道，又有一人開口說：

「抬轎費用由您隨意給就是了。」

「您在尋找的人，是年輕女子或是老人呢？」

他們追根究柢，問個不停。武藏只得回答：

「事情是這樣子的——」

對他們說明來龍去脈之後，並詢問他們可有人曾在街上看過這樣的少年和年輕女子。

「這個嘛！」

大夥兒互相對望。

「好像還沒有人見過您要找的人。這樣吧！客倌，我們可以分三路往諏訪、鹽尾方向幫您去找。擄走女子的人不可能往荒郊野外去。而那些偏僻小路，到處是龍蛇出沒，除非是像我們熟稔地勢的人，是無法避開這些險境的。」

「原來如此。」

武藏點頭同意，他們的話的確有理。自己對這一帶地形並不熟悉，盲目搜尋，效果不彰，憑添焦慮罷了。不如找這夥人幫忙，也許很快就能查出兩人的下落也說不定。

「我就拜託你們幫忙尋找。」

武藏語氣乾脆。伙計們齊聲說：

「沒問題。」

他們七嘴八舌地討論該如何去找，最後終於推出一名代表。那個人出列，搓著手說：

「嗯！客倌，眞不好意思開口。我們是生意人，而且都尙未吃早餐，我們保證在天黑之前能打聽到你要找的人的下落，可否請您先預付半日工資，就當做是買草鞋的錢好了。」

「噢！這是應該的。」

武藏認爲理所當然。點了一下微薄的盤纏，就算全部掏空也不足對方開出的價碼。

因爲武藏孑然一身並四處旅行。他比別人更瞭解金錢的重要性。但他對錢財看得很輕，又是單身，並無任何負擔。形單影隻的他，時而住宿寺廟，時而結交知己，共享一杯羹，若空無食物時，不吃就算了。這便是他浪跡天涯的生活寫照。

回想來此途中，所有費用俱由阿通在打點。烏丸家給阿通一筆爲數不少的盤纏，阿通拿出來當旅費，也分一些給武藏。

（這些您收著吧！）

這時候，武藏將阿通給他的錢，全部都付給這羣伙計。

「這些夠嗎？」

武藏問他們。

伙計們均分了這些錢後：

「可以，就算你便宜一點吧！這樣好了，請您在諏訪門神的牌樓那邊等候。天黑之前，我們必定捎來好信息。」

說完，猶如一羣小蜘蛛般各自散去。

3

雖然已派人四處尋找，但是自己也不能一整天在此空候，武藏從高島城出發繞了諏訪一周。

爲了尋找阿通和城太郎，漫無目的地遊走了一整天。武藏覺得就這樣子過一天太可惜了，便隨地將這一帶的地理形勢和風土人情牢記在腦海裏，並且到處詢問是否有武學家等等……他的心裏除了尋找他們兩人之外，還包括這些事情。

但是這兩件事皆無斬獲。眼見夕陽西下，武藏來到和伙計們約定的諏訪門神寺廟裏，然而牌樓附近杳無人蹤。

「啊！好累啊！」

武藏一屁股坐在牌樓的石階上。

可能精神太疲憊了，他的自言自語聽起來彷彿是在嘆息，武藏很少如此。

他又等了一會兒，還是沒有人來。

武藏好生無聊，便在寬廣的寺廟裏逛了一圈，又回到大門前。

相約在此碰面的伙計們，依然不見人影。

黑暗中，有時候可以聽到喀喀喀，好像是在踢什麼東西的聲響，武藏被這個聲響喚過神來。

武藏頗在乎這個聲響，他走下門前的階梯，來到林中一棟小屋前。窺視屋內，看見裏面繫著一匹人們奉獻給神社的白色駿馬，剛才耳聞的聲響，正是這匹駿馬踢地板的聲音。

「這位浪人，有何貴事？」

一名正在餵馬的男子瞧見武藏，回頭問他。

「你到寺廟裏來有何貴事呢？」

男子流露出苛責的眼神。

武藏對他說明原委，也解釋自己並非壞人。穿著白褂子的男子聽完之後，捧腹笑個不停。

「啊哈哈！啊哈哈哈……」

武藏心底一陣憤怒，問對方何事可笑。那名男子一聽，更加笑得人仰馬翻。

「虧你還是個旅人，竟然會遇到這種事？像那種食人蒼蠅般的壞蛋，先拿了錢，難道會老老實實的花一整天的時間爲你找人嗎？」

聽完男子的說法，武藏問道：

「那他們說要分頭去找，是騙我嘍？」

武藏又再確認一次。這回那名男子頗爲同情武藏，便一本正經地回答：

「你被騙了。對了，我今天在後山的雜木林裏看到十幾名跑腿的伙計，圍坐著喝酒賭博，搞不好他們就是你所說的那羣人吧！」

說完，這名男子又告訴武藏，在這諏訪、鹽尾一帶來往的人羣當中有很多跑腿的伙計向旅客使詐，剝削他們的盤纏。這名男子還舉出了好些例子。

「不管你走到哪裏，都可能遇到同樣的事情。今後你最好多注意一點。」

男子說完之後，提著空的馬糧桶子，兀自離開了。

武藏一臉茫然。

「……」

如今他才發現自己還這麼天眞。

本來他對自己的劍法頗爲自負，認爲他人無隙可乘。不料，在與凡夫俗子打交道時，竟然被客棧這些跑腿給捉弄。很明顯的，自己的歷練還不足以應付複雜的社會。

「這也沒辦法。」

武藏自言自語。

雖然他並不惋惜這些錢，只是他的歷練如果不夠成熟，將來在帶軍統兵時，也會呈現出不成熟的作風。

武藏決心今後要謙虛地放下身段，向世俗人間多加學習。

他又回到牌樓處，看見一個人站在那兒。

4

「噢！客倌。」

那個人在牌樓前四處張望，一看到武藏便走下階梯。

「我打聽到您要找的兩人當中其中一人的下落，這就趕緊回來向您報告。」

那人告訴武藏。

「咦？」

武藏面露訝異。細看之下，正是今天早上拿了酬勞應允幫忙找人的伙計之一。

剛才自己被馬房裏那位男子嘲謔：

「你受騙了。」

因此，武藏感到非常意外。

同時也瞭解到，雖然有幾十個人騙了酬勞去飲酒作樂，不過——

世界上並非全都是騙子。

武藏心中一陣欣慰。

「你說打聽到的一個人，是那名少年城太郎？還是阿通姑娘呢？」

「我打聽到那位帶著城太郎的奈良井先生的消息了。」

「眞的嗎？」

即使只是這點消息，武藏還是放心不少。

這位老實的跑腿伙計述說事情的始末。

——今早，同伴們雖然拿了酬勞，卻並非眞心去尋找。一夥人不做事，沈溺於賭博，只有自己聽了武藏的遭遇，頗爲同情。便獨自從鹽尾到洗場的每一個驛站，都一一詢問。打聽的結果，無人知曉那女子的下落。倒是奈良井的大藏先生今天中午才經過諏訪，越過和田山嶺。這是午餐時從客棧的侍女那兒聽來的消息。

「謝謝你的通報。」

武藏很想送點酒錢給這位老實的跑腿伙計以示感謝，只可惜口袋裏的盤纏都已被那羣狡猾的伙計們拐騙一空，算計一下就只剩今晚的飯錢了。

可是，眞想謝謝他。

他又想到這一點。

然而隨身無一物値錢。最後他決定即使今晚自己挨餓，也要將此僅有的飯錢付給對方。因此他掏出口袋裏僅剩的錢全送給那名男子。

「非常謝謝您！」

老實的伙計盡了自己的本分，又從武藏那兒獲得賞錢，好生感激。他將錢貼在額頭上再三地向武藏道謝，然後離去。

武藏這會兒身無分文了。

他下意識地望著對方的背影。錢全給了別人，又覺得自己走投無路，而且從傍晚起就已經饑腸轆轆。

但是，話說回來，把錢給那位老實的伙計所得到的正面效益，一定比給自己裏腹來得高。何況，那伙計明白忠實處事所得來的酬勞，以後在街道上一定更能忠實地爲其他的旅客工作。

「對了……與其在此過夜，不如趕緊越過和田嶺，去追趕奈良井的大藏先生和城太郎。」

若是能在今夜越過和田嶺，也許明天在某處與城太郎會面——武藏心中閃過這個念頭，他立刻離開諏訪的客棧街，暗夜裏踽踽獨行，武藏很久沒嘗過這種滋味了。

5

武藏喜歡暗夜獨行。

也許是他生性孤僻所致。聽著自己的足音伴著天籟。無言獨行，可以使他忘卻世俗的煩惱而自得其樂。

當武藏身處熱鬧的人潮中，總會無來由地感到寂寞。而獨行於寂寞的暗夜時，內心反變得沸騰洶湧。

這是因爲在人羣當中，無法表達的心情這時全都浮現出來。除了能夠冷靜地思索世俗瑣事之外，甚至可以跳開自己的形體，猶如觀察他人一般地冷靜看自己。

「噢！那兒有燈火。」

雖然——

武藏走一步算一步，但在夜路中突然望見燈火，還是讓武藏鬆了一口氣。

那是人家的燈火。

返回自我之後，他的內心因對人的依戀和懷念而悸動不已。此時已無暇自問爲何自己會如此矛盾。

「好像有人在烤火。我也過去借個火，烘乾被夜露沾溼的袖口吧！啊！肚子好餓，若是有殘粥剩飯那該有多好。」

武藏快步向燈火處走去。

此時應該是半夜了。

他是在傍晚時離開諏訪街道，越過落合川的溪橋之後，幾乎全是山路。雖已越過一座山嶺，但離和田的大嶺，大山嶺和大門嶺，還隔著好幾層星空。

這兩座山嶺的尾脊相連接，形成一面廣大的溼地。就在那溼地盡頭上，可望見閃爍的燈火。

走近一看，原來是一間驛站茶棚。廂房門前立了四、五根栓馬匹用的木樁。在此深山夜裏，似乎還有其他客人。客棧裏傳來劈劈啪啪的柴火聲，混雜著粗野的談話聲。

「這下子怎麼辦？」

武藏一臉茫然站在屋簷下，不知所措。

如果這只是普通的農家或樵夫家，大可拜託對方讓自己歇歇腿休息，想討杯粥果腹不難。但這是做生意的茶屋，即使是一杯茶水也必須付錢才能離開。

武藏身上一毛錢都沒了。可是空氣中不斷飄來陣陣飯菜香，更令他饑餓難耐。他已無法離去。

「不妨據實以告……」

武藏想到可以抵付飯錢的，便是他背後包袱裏的一樣東西。

「對不起。」

武藏叫門前，內心掙扎好久。而對正在屋內喝酒聊天的那些人而言，武藏的出現顯得異常唐突。

「……？」

大家都嚇了一跳，頓時安靜下來，用奇怪的眼神望著武藏。

廚房中央的天花板上垂下一個大掛勾，下面挖了一個小爐，客人不必脫下草鞋就可以圍坐在火爐四周。那掛勾上掛著一個大湯鍋，鍋裏是熱騰騰的豬肉蘿蔔湯。

有三名野武士裝束的客人坐在地板和酒桶上，喝著肉湯。並將酒壺埋在炭火裏溫酒，他們互相傳遞酒杯暢飲著。背對門口的店老闆正在切小菜，一邊和客人聊天。

「有何貴事？」

代替店老闆回話的是三名客人當中目光犀利且剃著半月形束髮的男子。

6

肉湯的香味加上屋內溫暖的燈火，讓武藏飢渴難耐。

剛才回話的那名野武士，不知又問了什麼。武藏並未回答，逕自進入屋內，坐在一個空位上。

「老闆，快點給我來碗湯泡飯！」

店老闆端上涼飯和肉湯。

「客倌，您要連夜爬越山嶺嗎？」

「嗯！我晚上也在趕路。」

武藏已經拿起筷子，又叫了第二碗肉湯。

「白天時，你們可聽過一名住在奈良井的大藏，帶著一名少年越過山嶺呢？」

「嗯，沒聽說。喂！藤次，你們有沒有聽過這樣的路人呢？」

店老闆隔著爐火上的鍋子向大家詢問。

本來促膝在喝酒閒聊的那三個人，異口同聲地搖頭回答：

「不知道吔！」

武藏吃飽又喝完最後一碗肉湯，身體也暖和了。這會兒他想起該如何付飯錢的事。

要是在吃飯之前先把事情說淸楚就好了。可是剛才其他三名客人正在喝酒，而且武藏也想祈求對方的憐憫施捨，所以就先塡飽肚子。可是現在，萬一店老闆不肯接受，那又該如何是好呢？

最後他決定如果不行的話，就以刀笓（譯注：插於刀鞘，類似女人之髮插，武士戴帽或甲冑時，用以搔癢）相抵。

「老闆，我有一個不情之請。老實說在下身無分文，但我決非存心白吃白喝，可否以物品抵押飯錢呢？」

沒想到店老闆非常和氣。

「沒問題。你說的是什麼東西呢？」

「是一座觀音像。」

「這種東西?!」

「這並非名人之作，是在下於旅途中用梅樹雕刻而成的小觀音像。也許不值這一頓飯的價值，但仍請你過目。」

當武藏正要解開身後的包袱時，坐在爐子對面的三名野武士們也都忘了喝酒，直望著武藏的雙手。

武藏將包袱放在膝上。他的包袱是以雁皮樹的纖維沾上麝墨編織而成。一般的俠士包袱裏都帶著貴重物品，而武藏的包袱裏除了剛才他提到的木雕觀音之外，只有一件內衣和寒酸的筆墨用品而已。

武藏抖一抖袋子想拿出木雕觀音，不料從袋子裏掉出一樣東西在地板上。

「咦？」

茶棚老闆和坐在爐邊的三名野武士不約而同地脫口叫了出來。武藏看著掉在腳邊的東西，一時啞口。

那是一個錢包。
銀色、金色的慶長大頭散落滿地。
這是誰的錢？
武藏心中納悶。其他四個人似乎也有相同的疑問。大家噤不作聲，魂魄彷彿被地上的金錢懾住了。
武藏又再抖一抖包袱，這一來除了掉出更多的金子之外，裏頭還夾著一封信。

7

武藏滿臉狐疑地打開書信一看，原來是石母田外記所留的。
裏面只有短短一行字。

請當作閣下路上的盤纏。　　外記

只有一句話。
錢數卻不少。武藏似乎瞭解這行字的本意。不只是伊達政宗，各國大將軍都在施行這種政策。要召募有才幹的人並非易事，可是時勢所趨，越來越需要有爲的人才。關原之役以後，四處流竄的浪人比比皆是。他們到處遊走，求取功名利祿，然而能稱得上人才的卻是少之又少。若能遇上可造之才，就算花幾千石或幾百石的高俸來收攬也在所不惜，甚至照顧其一家老少。

只要戰爭號角一響，要聚集多少雜兵都不成問題。然而平時各個藩所仍然極力招攬難得的人才。每當藩所找到這種人才，一定會想辦法施予恩惠，或與他訂下默契。

提到人才，大坂城的秀賴不惜爲後藤又兵衛花費鉅資。這是全天下眾所皆知的事。而關東的家康也非常清楚。大坂城每年花不少金銀財寶給歸隱於九廣山上的眞田幸村。

遊手好閒的浪人根本不需要這麼多的生活費。但是那些金錢又從幸村手中，分散給好幾千人，成爲他們的生活費。是以在戰爭爆發之前，有許多人隱藏於市井街道，遊手好閒。

伊達政宗的臣下，聽了武藏在下松的事蹟後，當然會想要極力招攬他。

——現在已經可以確定這筆錢乃代表外記的心意。

——這筆錢也讓他好生困惑。

如果使用了便是欠他人情。

若是沒有的話？

對了，因爲見著了這些錢才會迷惘，不如把它收起來，就當做沒看見吧！

武藏想著，立刻拾起掉在腳邊的金子，放回包袱裏。

「這樣吧！老闆，這東西拿去抵我的飯錢。」

武藏將手上自己雕刻的木雕觀音拿給店老闆，店老闆面露不悅之色。

「不行啊！客倌，這個我不接受。」

老闆拒收。

武藏問他爲何拒收，老闆回答：

「你還問我爲什麼？客官你剛才說身無分文，所以才用觀音像來抵押……可是你身上竟然攜帶大筆金錢呢！你別光獻給人看，還是請你付錢吧！」

旁邊那三名野武士，從剛才看到掉了滿地的金錢，早已從酒醉中清醒，抿著口水在一旁觀望著。這會兒聽到店老闆的抗議，也跟在他身後不斷點頭附議。

8

如果向對方解釋這並非自己的錢財，簡直是愚笨至極的做法。

「是嗎？……那也沒辦法了。」

武藏迫不得已，只好取出一枚銀元，交給店老闆。

「哎啊！我沒零錢找你……客倌你有沒有更小額的銀子？」

武藏找了一下。但是包袱內除了慶長大頭之外，並無更小額的銀子。

「不必找了，就當茶水費用吧！」

「那眞是太謝謝您了。」

店老闆的語氣立刻緩和下來。

武藏已經動用了這筆錢。他將金子綁在褲腰上，並拿起店老闆拒收的木雕觀音像，放回包袱裏，背在背上。

「哎呀！客倌身體暖和了再走吧！」

店老闆在爐上添加木柴，武藏趁機走到屋外。

夜已經深，而武藏這才塡飽了肚子。

武藏打算在天亮之前，越過這座和田嶺和大門嶺。若是大白天，應該看得到這一處的高原上盛開著石楠花、龍膽花，以及薄雪草。但此刻的夜空下，眼前一片渺茫的霧水，像潔白的棉絮般覆蓋著大地。

地面上開滿了花朵。滿天星斗的夜空，猶如一片星辰花田。

「喂！」

武藏離開驛站茶棚大約二公里之後，聽到有人喊他。

「剛才的客倌啊！你掉了東西了。」

原來是剛才在茶棚吃飯的野武士中的一人。

他跑到武藏身旁。

「您腳程好快啊！您走之後沒多久，我們發現這枚銀子，是您掉的吧！」

那名野武士將一枚銀片放在手掌上給武藏看，說明是爲了要把錢還給他，才追趕過來的。

武藏表示那不是自己的錢，而那名野武士卻堅持把錢推回來。並說，這枚銀子一定是您剛才錢包掉地的時候滾到牆邊的。
武藏由於不知身上錢數多寡，聽對方如此一說，也覺得或許如此吧。
武藏道謝之後，便將錢收入袖口裏。但武藏自己一點也不感激這名男子的行為。
「請問您的武功是跟誰學的？」
男子換過話題，一直跟在武藏身邊。
「我是自我流派。」
武藏語氣略帶不耐煩。
「我現在雖然流落在山裏幹這種行業，但我以前也是個武士喔！」
「哦！」
「剛才和我一起吃飯的那些人都是如此。就像龍困淺灘一般，有些人當樵夫在山裏採草藥維持生計。一有戰事，雖然不像佐野源左衛門那麼神勇，但我們還是準備腰繫山刀，身披舊盔甲，藉著有名的大將軍陣營，一展昔日雄風。」
「你是大坂派？還是關東派？」
「哪一派都可以。若不能見風轉舵，只怕一生皆無出人頭地的機會。」
「哈哈哈！的確如此。」
武藏不想繼續與他周旋，便大步快走。然而那名男子亦快步緊隨在後。
不但如此，更令武藏心生厭煩的是，那名男子任意跟隨在自己左側方。這個位置乃有心者最忌諱之處，因爲這會影響自己拔刀自衛的行動。

9

武藏明白這位兇暴的陌路人在打什麼壞心眼，因此故意將左側露出空隙，讓對方以爲有機可乘。

「怎麼樣？這位武士。如果您不嫌棄，今夜就到我家來過夜……這和田嶺後頭還有一座大門嶺。想要在天亮之前攀越過這兩座山嶺，恐怕您會因路況不熟而備加辛苦。何況前面的路越來越崎嶇不平，容易發生危險的。」

「非常謝謝你。那麼我就接受你的建議，到府上借住一宿吧！」

「可以，可以，沒問題——但是我們可能沒什麼東西好招待你。」

「只要有個地方能讓我躺下來休息就行了。你住哪裏呢？」

「從這山谷往左約爬五、六百公尺的地方。」

「你住在深山裏啊！」

「剛才我也說過，在時勢尚未來臨之前，我們隱姓埋名，靠採草藥、打獵維生。我跟剛才那兩個人一起生活。」

「那麼，我走了之後，那兩位在做什麼呢？」

「還在驛站喝酒呢！他們老是喝得爛醉如泥，每次都是我把他們扛回家。今晚我就不管他們了……噢，俠士，下這山崖就是谿川的河邊了，路不好走，你要小心一點。」

「要渡河到對岸嗎？」

「嗯……過了溪流上的獨木橋之後，再沿著河川往左上山……」

那名男子說完之後，在小山崖途中停了下來。

武藏頭也不回地逕自往前走。

當他正要過獨木橋的時候。

那男子突然跳下小山崖，用手抓住武藏所站的獨木橋，並舉起木頭欲將武藏甩入激流中。

「你做什麼？」

這時武藏已跳離獨木橋，宛如金雞獨立般佇立於飛沫上的岩石。

「啊！」

那男子拋開的獨木橋落在溪中，濺起了水花。就在這些水花尚未落回水面之際，那獨立於岩石上的金雞，啪的一聲反跳回來，才一眨眼間便砍死了這名老奸巨狡猾的壞蛋。

在這種情況下，武藏通常絕不再看被自己砍死的屍體。屍體猶在滾動，武藏的劍已經準備下一個動作了。他怒髮衝冠，猶如滿山皆敵般地眼觀四面，嚴加戒備。

「……」

「碰」一聲，從溪流對岸傳來巨響，擊向山谷。

不用說，那是獵槍的子彈。子彈咻的一聲穿過武藏剛才站的位置，打在後面的懸崖上。子彈打中懸崖之後，武藏立刻撲向落彈之處，並仔細觀察對岸，望見閃爍有如螢火般的紅光。

——兩個人影正鬼鬼祟祟地爬到河邊。

先去見閻王的那名男子騙武藏說那兩名朋友還在驛站的茶棚喝得爛醉如泥，原來他們早就先行繞到前面埋伏，準備攻擊武藏。

這早在武藏的意料之中。

方才，野武士說他們是獵人和以採草藥維生。當然是一派謊言。毋庸置疑的，他們個個都是山賊。不過，剛才那名男子所說的——

時機未到。

這句話倒是有幾分道理。

沒有任何一個當盜賊的希望自己的子孫也幹盜賊的勾當。他們是在亂世波濤中，爲求生存不得不出此下策。現在各國到處都是山賊和強盜，等到哪一天天下大亂，戰爭爆發，這些人全都會扛起生鏽的武器，穿上破舊的盔甲，跟隨軍營恢復昔時鐵錚錚漢子的本性。可惜的是這些人在生命的雪天裏，沒有爲客人焚梅煮茶的優雅情懷。

焚蟲

1

二人中的一名將火繩銜在口中，似乎重新上膛裝彈。另外一人屈著身子注視武藏的動靜。他的確看到武藏的身影撲倒在對岸的懸崖上，但還是覺得有些不妥。

「沒問題吧！」

他小聲詢問夥伴。

重新裝妥子彈的人回答說：

「沒問題。」

他點頭。

「打中了。」

兩人這才放下心來，踩著剛才那座獨木橋想渡河到對岸來。

拿槍的人才走到獨木橋中間，武藏突然一躍而起。

「啊！」

那名男子雖然扣了扳機，當然不可能打中目標。轟的一聲，子彈射向空中，在山谷裏迴響。

啪嗒啪嗒地兩個人連滾帶爬，沿著溪流逃跑了。武藏緊追不放，就在此時——

「喂、喂，幹嘛！抱頭鼠竄啊？對方只有一個人，光是我藤次就足以應付他。快點回來幫忙。」

沒帶槍的人說完，停下腳步。

那名自稱「藤次」的男子，從他身上的配件來看，似乎是這山寨的頭目。

被他叫住的另一名山賊，受到了鼓動，便回答：

「噢！」

本來以爲他已經把火繩丟掉了，不料卻又拿起獵槍攻擊武藏。

武藏馬上察覺到對方並非只是單純的野武士。光看這名男子揮動山刀的架勢，就知道絕非泛泛之輩。

雖然如此，這兩名山賊才剛靠近武藏便被他打得飛了出去。拿槍的男子，肩膀上的衣服被武藏劃破，下半身已經跌入溪流中。

名叫藤次的盜賊頭目，壓著手腕上的傷口，死命地往河岸上逃。

他逃走時腳邊的土石不斷崩落，武藏依然緊追不捨。

此處是和田和大門嶺的邊界，山上長滿了山毛櫸，這個山谷因之名爲山毛櫸谷。武藏爬上河岸時，看到一戶屋外四周圍繞著山毛櫸的人家。那是一棟山毛櫸木蓋成的小屋子。

木屋裏透出燈火——

武藏看見燈火是由一個人拿著紙蠟燭站在屋前，照得屋裏屋外一片通亮。

盜賊頭目逃向小木屋，邊逃邊怒斥道：

「把燈吹熄！」

站在屋外的人立刻用袖子遮住火，並問道：

「怎麼回事？」

那是女人的聲音。

「哎呀！你流了好多血，是不是被砍了？剛才我聽到山谷裏傳來槍聲，正擔心著呢！」

盜賊頭目回頭注意追趕而來的腳步聲。

「笨、笨蛋！快點熄燈，屋裏的燈也全部熄掉。」

他氣喘吁吁的怒斥道。

整個人連滾帶爬進入屋裏，女人立刻吹熄燈火急忙躲藏起來。

武藏終於追到小木屋的外面。此時屋內已無燈光，武藏試著用手推門，發現所有的門戶都緊閉著打不開。

2

武藏非常地憤怒。

但那並不是因爲對人的虛僞和卑劣而憤怒，而是像這些吸血蟲般的鼠賊竟然存在於這社會，才讓武藏如此憤憤不平。它可說是一種公憤。

「開門！」

武藏咆哮著。

門當然不可能打開。

門戶破舊不堪，一腳便可以踹破。但是武藏爲了謹慎起見，一直與門保持四尺左右的距離。因爲在這種情況下，即使不是武藏，只要是一個稍有常識的人，根本不會貿然去做敲門或搖晃門戶的蠢事。

「還不開門嗎？」

屋內依然一片寂靜。

武藏兩手抱起一塊岩石，猛地拋向大門。

武藏是瞄準門縫砸過去的，因此兩扇門向屋內倒下。這時門板下突然飛出一把山刀，接著一名男子連滾帶爬地逃到屋後。

說時遲，那時快，武藏跳過去揪住他的衣領。

「啊！請饒命。」

壞人被抓到必定會說這句話。

那名男子雖然口中求饒著，卻非眞心投降，而是趁隙與武藏展開肉搏戰。一交手，武藏便警覺到此人不愧是盜賊頭目，拳頭的確勇猛銳利。

武藏嚴陣以待，緊緊地封住對方打過來的拳頭。最後，武藏正要制伏他的時候——

「混、混帳！」

男子猛然使出吃奶力氣，騰空躍起，並拔出短刀刺過來。

武藏一個閃躲。

「你這個鼠賊！」

武藏順勢抓住他的身體，咚——的一聲，將他丟到隔壁房間。大概是四肢撞上爐子上的掛勾，使得掛勾上腐朽的竹子斷裂開來。霎時爐口有如火山爆發似地揚起一陣白灰。

從白霧迷濛的煙灰當中，鍋蓋、柴火、火鉗和陶器物等不斷飛向武藏，以防武藏接近。

那陣煙灰慢慢散開來之後，仔細一看，眼前的人並非盜賊頭目，原來的那名頭目剛才被武藏用力一甩撞上柱子，奄奄一息地跌落地面了。

在這種情況下，對方還拚命地大罵：

「畜牲、畜牲。」

看來是盜賊的妻子。她只要手邊能抓到的東西，通通往武藏丟去。

武藏以腳壓制住那名女人。女人雖被壓制在地，卻反手拔出髮簪。

「畜牲！」

大罵一聲後，髮簪刺向武藏，武藏用腳踩住她的手。

「老公，你到底怎麼了，竟然會敗給一個乳臭未乾的小毛頭。」

那女人咬牙切齒，一副不甘心地斥罵已經昏倒的丈夫。

「啊？」

武藏突然不自覺地放開那女人。她卻比男人更爲勇猛，立刻爬起身子，拾起丈夫掉落的短刀，又砍向武藏。

「噢！妳是伯母？」

那名賊婆聞言愕然。

「咦？」

她倒吸一口氣，屏息注視武藏的臉孔。

「啊！你是……哦，你不是阿武嗎？」

3

除了本位田又八的母親阿杉婆之外，還有誰會叫自己的小名呢？

武藏懷疑的表情，仔細端詳這位能順口叫出自己小名的盜賊妻子。

「哎呀！阿武，你可成爲一名道地的武士了。」

女人的聲音聽來頗令人懷念。她就是住在伊吹山的艾草屋——後來將自己的女兒朱實推入京都青樓，經營茶室的那位寡婦阿甲。

「妳怎會在這種地方？」

「你問這個會讓我羞愧難當的。」

「那麼，倒在那邊的那個人……是妳丈夫嗎？」

「你可能也認識他，他是以前吉岡武館的祇園藤次。」

「啊！這麼說來，吉岡門下的祇園藤次竟然……」

武藏張口結舌說不出話來。

藤次在吉岡沒落之前，捲走武館所募捐得來的金錢，與阿甲私奔。當時在京都爲人唾棄，都罵他是個膽小鬼，不配當一名武士。

此事武藏也略有耳聞。但是沒想到藤次竟然落魄到如此下場。雖然事不關己，但武藏心底一陣淒然。

「伯母，妳快去照顧他吧！我若是知道他是妳丈夫，絕不會出手這麼重的。」

「哎呀！要是地上有個洞，我眞想鑽進去呢！」

阿甲來到藤次身邊，給他喝水並包紮傷口。然後告訴仍處在半昏迷狀態的藤次有關武藏的事。

「啊？」

藤次從迷糊中驚醒過來，望著武藏。

「如此說來，他就是那位宮本武藏囉？啊！我眞沒面子。」

藤次抱著頭表示歉意，久久無法抬起頭來。

武道中落，躲在山林為賊。從大處看來也是一種求生之道，就像是飄浮於人生大海中的泡沫一般。然而，一想到竟須藉此種方式來求生存，甚至落到這般田地，眞讓人覺得既可悲又可憐。

武藏忘記憎恨。這對夫妻則連忙淸掃塵土，拭淨爐灶，重新點燃爐火，就像歡迎貴客到臨一般。

「沒什麼可招待你的。」

武藏看到他們正要溫酒，說道：

「我已經在山上的驛站吃飽了，你們就別忙了吧！」

「可是，在這山上好久沒徹夜閒聊了，你就嘗嘗我做的酒菜吧！」

說完，阿甲在爐子架上鍋子，並拿出酒壺。

「這令人想起在伊吹山上的日子。」

屋外山風呼呼作響。雖是門窗緊閉，強風仍自門縫鑽進來，吹得爐中火焰張牙舞爪，火舌直往上竄。

「讓我們聽聽分別後你的遭遇吧！……還有朱實不知如何了？可有聽過她的消息？」

「聽說她從叡山往大津的途中，在山上的茶館盤桓數日。後來搶走同行的又八的財物逃跑了……」

「這麼說來，這孩子也眞可憐。」

看來朱實的遭遇比自己還要坎坷。

4

不只阿甲感到慚愧，祇園藤次也覺得好不羞愧。他希望武藏能將今晚所發生的事拋之腦後。他日重建江山之後，必定以昔時祇園藤次的身分向武藏致歉，今夜之事就請付諸東流吧！

雖然武藏認爲淪落爲山賊的藤次，即使恢復昔日的祇園藤次，也不會有何大改變。但是，既然對方如此懇求，同是天涯漂泊人，此事就算了吧！

「伯母，妳也不要再做這種危險的事了。」

武藏略帶酒意地提出忠告，阿甲聽了便說：

「什麼啊？你以爲我喜歡做這種事嗎？本來我們看見京都沒落，想要到新興的江戶去討生活。到了半路，這個人竟然在諏訪賭博，把身上的盤纏全輸光了。走投無路之下才會想到重操舊業，在這兒採草藥去城裏賣……今夜我們已經受到了懲罰，我保證以後再也不做壞事了。」

阿甲一喝醉酒，就會流露出昔日婀娜多姿的媚態來。她不知幾歲了，年齡似乎沒影響她的姿色。她宛如一隻馴養的貓會在主人膝蓋上撒嬌，但如果放到野外山裏，暗夜會露出炯炯眼神，覬覦行人甚至生病的路人的血腥味。即使是野外出殯的棺材，她也會撲上去剝得精光。

阿甲就是這種人。

「哎呀！老公。」

阿甲回頭望著藤次。

「聽武藏剛才的話，好像朱實也到江戶了。我們也該回到人羣，起碼過著像人樣的生活。而且，若能找到朱實這丫頭，說不定可以幫我們出一些做生意的點子……」

「嗯、嗯！」

藤次抱著膝蓋敷衍地回話。

這男子和這女人同棲之後，可能也會像被這女人拋棄的本位田又八一樣，抱著後悔的心情吧！

武藏望著藤次的臉，覺得他實在很倒楣。同時武藏也很同情又八的遭遇。他又想起自己也曾經被這女人誘惑，差點陷入魔窟裏，想到這，他不由得全身一陣顫慄。

「那是雨聲嗎？」

武藏抬頭望向黑色的屋頂。

阿甲拋著醉眼對武藏說：

「不是，因爲山風太大，樹葉和樹枝會被吹斷。山裏一到了晚上，沒有一天不落點什麼東西下來。即使明月皎潔，滿天星空，也會有落葉或土石崩落下來。有時起大霧，有時瀑布還會噴濺過來呢！」

「喂！」

藤次抬起頭來。

「夜已深沈，武藏先生可能也累了，妳快去幫他舖床讓他休息吧！」

「那就這麼辦吧！武藏，這邊很暗，請小心跟在我後面。」

「那麼我就打擾一宿了。」

武藏起身隨阿甲走在昏暗的屋簷下。

5

武藏下榻的小木屋是架在山谷之間的横木上。夜晚因爲天色暗看不清路況，也許地板下面便是千仞萬丈的懸崖。

山霧漸漸濃了。

瀑布的水也濺在小木屋上。

每當水一潑濺過來，小木屋便像船隻般搖晃。

阿甲踮著白皙的雙腳，踩著竹片舖成的地板，悄悄地回到前面有爐火的房間。

藤次坐在房間裏盯著照耀爐火沈思，一見阿甲進來便以銳利的眼神望著她，問道：

「睡了嗎？」

「好像睡著了。」

阿甲跪在藤次身邊。

「要怎麼做呢？」

她問藤次。

「把他們叫來。」

「決定這麼做嗎？」

「那當然。這不但可以滿足我們搶他錢財的欲望，而且殺掉他還可以報吉岡一門的大仇。」

「那麼我這就去。」

到底要去哪裏呢？

阿甲捲起袖垂走到門外。

夜已深沈，迎著暗夜晚風，飛奔出去的身影，白皙的雙足和身後飛揚的長髮，簡直就像一隻著魔的山貓。

棲息在深山巢穴的，不全都是飛鳥走獸。阿甲奔走過的山峰或沼澤，或是山上的田地，立刻冒出二十幾個人，糾結在一起。

他們訓練有素，比飄滾在地上的落葉還要安靜。大家悄悄地聚集在藤次的屋前。

「只有一個人嗎？」

「是名武士嗎？」

「他帶著錢吧！」

衆人比手畫腳地交頭接耳，互使眼色，各自依照平常的部署在自己的崗位上。

有些人拿著打獵用的長矛或槍以及大刀，在武藏所睡的臥室外窺伺。另一些人從小屋旁走下懸崖峭壁，似乎已經埋伏到山谷底了。

尚有兩三名盜賊匍匐地上，爬行到武藏睡覺的小屋正下方。

一切準備妥當。

懸架在山谷上的小屋，原來就是他們布下的陷阱。這棟小屋雖然舖著蓆子，還堆放很多曬乾的藥材、磨藥器以及製藥器等等。但是這些是一種讓進到小屋裏來的人昏昏欲睡的安眠藥。本來他們就不是從事採草藥、製藥的工作。

武藏在屋內躺下之後，聞著藥草味感覺好舒服。加上他身心疲憊不堪，連手指、腳尖都覺得疲倦。然而在山中出生、在山中長大的武藏，對這個懸架山谷上的小木屋有幾許猜疑。

自己的出生地美作鄉裏的山上，也有採草藥的小屋，可是藥草是非常忌諱溼氣，照理不可能把烘乾藥草的小屋蓋在這種樹木蒼鬱、雜木叢生的樹蔭下，況且還有瀑布的水會濺溼呢！

在他枕邊的磨藥枱上放著生鏽的燈盤。武藏望著微弱而搖曳不已的燈芯。他又發現不合理之處。那就是屋內四個角落的木頭與木頭之間的接縫。這些接縫雖釘著鐵椿，但是鐵椿的洞穴參差不齊，而且接縫和這些新木材之間都間隔了一、兩寸左右。

「啊！我懂了。」

他昏昏欲睡的臉露出一抹苦笑。但是他的頭仍躺在木枕上。

在滴滴答答的露水聲中，武藏感到一股詭異的氣氛不斷襲來。

6

「武藏……你睡了嗎？已經睡著了嗎？」

阿甲輕輕地靠到格子門外，小聲地問著。

她仔細聆聽屋內睡著的呼吸聲，輕輕地打開房門，潛至武藏枕邊。

「我把水放在這裏喔！」

說著，阿甲還故意湊近武藏的臉，放了水盆之後，又悄悄地退到格子門外。

祇園藤次則將整個屋子的燈全熄了。

「可以嗎？」

他小聲詢問阿甲，阿甲以眼神示意。

「他睡得可熟了……」

藤次一副已經得手的樣子，立刻飛奔到屋簷下，窺視山谷的黑暗處，並一閃一閃的揮動手中的火繩。

那是他們的信號。

隨著這個訊號，武藏所睡的那棟臨時搭蓋的小木屋，原本懸空架在崖上的柱子被拔掉了。「轟隆」一聲發出淒厲的聲響，整棟房子連著地板支離破碎，立刻爲千仞山谷所吞噬。

「幹得好！」

盜賊們就像捕獲野獸的獵人一般，發出勝利的歡呼，並像猿猴般各自滑下谷底。

原來他們如果看到可以搶劫的旅人，便將這些人拐騙到小木屋裏，再將小木屋與旅人一起摔入谷底，然後從屍體上輕而易舉地搶奪財物。

第二天，他們又會在懸崖峭壁上再架起另一座簡單的小木屋。

預先在谷底等待的盜賊，一看到小木屋四分五裂地往下墜，立刻像猛虎撲羊般聚集過來尋找武藏的屍體。

「怎麼樣？」

上面的幾個人也下來了。

「屍體呢？」

大家一起尋找。

「沒看到吔！」

有人說道：

「沒看到什麼？」

「當然是屍體啊。」

「怎麼可能？」

說這句話的人也開始覺得奇怪了。

「眞的沒有！奇怪了。」

藤次比任何人都著急。他瞪著布滿血絲的眼睛，不斷地怒罵著。

「不可能，也許是掉落的途中撞到岩石，被彈開了，再到那邊找找看。」

他這話尙未說完，目光所及的山谷、岩石、溪水和山坡上的雜草，一大片山地全都照得紅通通，猶如夕陽的餘暉。

「咦？」

「發生了什麼事？」

盜賊全都抬起頭往上看。懸崖峭壁大約有七十尺高，藤次的住屋便架在上面。整棟房子從門窗四面八方噴出紅色的火焰。

「哎呀！哎呀！快來人啊！」

發出哀叫聲的正是阿甲。

「糟了！快去看看。」

盜賊們沿著山路抓著藤蔓爬回去。懸崖上的房子四周空曠，剛好風助火勢，燃燒得旺盛。而阿甲則灰頭土臉，雙手被反綁在一旁的樹幹上。

武藏到底什麼時候逃走的呢？盜賊們簡直無法相信。

「趕快追，他一定尙未逃遠——」

藤次根本沒有勇氣說這句話。但是其他不瞭解武藏的嘍囉則像陣旋風般立刻追趕上去。

已經不見武藏的身影了。不知他是逃到小路上，還是已經逃到樹上熟睡了，大家一陣混亂。山上這場小火災燃燒著的火花，顯得異常淒美。就在此刻，和田嶺及大門嶺在旭曦中漸漸露出晨妝。

下行女郎

1

甲州街道的兩旁並無像樣的街道樹，而且驛站的交通和制度也頗不完備。

很早以前——說來也不太久，就是在永祿、元龜、天正年間，武田、上杉、北條、以及其他人曾在此交戰。當時所使用的軍事道路，後來的人只用來往返，所以這裏並無裏街道和表街道之分。

從都城來的人，感到最不便的地方便是旅館，舉例來說，客人早上從旅館出發的時候，若麻煩旅館準備便當，通常只用竹葉把糕餅一捲，或者是用樹葉包飯糰——也就是說從藤元朝時代的原始習慣一直沿襲至今。

然而，現在在世子、初守、岩町一帶比較偏僻處的客棧，已經門庭若市，不同往昔，而且是下行的旅客比上行的還要多。

「你看，今天又有旅行隊伍通過——」

坐在路邊小石佛（譯註：用石頭雕刻而成的佛像，用以祭祀早夭的小孩）上面休息的旅人，看到一羣遊客沿著自己剛才走過的山坡爬上來，覺得很有趣，便在路旁觀看，迎接他們。

最後，人羣吵吵嚷嚷地來到他們面前，這才知道人數竟然如此可觀。

這羣人當中有三十幾名是年輕女郎，清純少女大約有五人左右，再加上中年婦人以及男人們，總約四十人左右的大家族。

除此之外，他們所帶的行李有竹箱、長箱……箱子堆得滿滿的，其中一位四十來歲的男子，看起來是這個大家族的主人。

「妳們穿草鞋要是長水泡就換穿拖鞋，綁緊鞋帶繼續走。什麼？妳走不動了！嘿！快點看好小孩．看好小孩啊！」

那人對動不動就坐下來休息的女人們大叫，口氣尖酸刻薄，直催她們上路。

「今天也會通過。」

就像剛才路旁的人所說的，像這種都城女郎的運送，每隔三天就會出現一次。她們的目的地當然就是新開發的江戶。

自從新將軍秀忠鎮守江戶城後，都城文化突然移向此地，以進貢新開發的將軍膝下。而東海道或船路，幾乎是官用運輸，而且建築材料的搬運和大小將軍們的往來，往往佔用這些路線，所以像這樣的女郎隊伍只好忍受不便，取道中山道，或甲州道路。

今天帶領這羣女郎來到此地的主人是伏見人。他本來是一介武士，不知爲何淪落成妓女院的老闆。由於他生性機伶，頗有才幹，與伏見城的德川家攀上關係，取得移駐江戶的官方許可，不只他自己如此，更向其他同業者推薦後門，將女人陸續由西部移往東部，這個人叫做庄司甚內。

「好了，休息吧！」

隊伍來到路邊小佛像之處，順利找到休息的地方。

「現在離吃飯時間還早，就吃便當吧！阿直婆，分便當給這些女人和小女孩們！」

阿直婆立刻將一大箱的便當從行李車上卸下來，把用乾樹葉包著的飯糰一個個分給大家，女郎各自散開，狼吞虎嚥著。

這些女人個個皮膚被曬得焦黃，盡管她們的頭髮戴著斗笠或包著頭巾，仍沾上白色塵埃。中餐無茶無湯，但個個都大口大口地吃著飯糰，嘖嘖有聲。瞧見這般光景，任誰也無法想到她們將來會是賣笑的紅花——因爲現在她們看起來既不美也不香。

「啊！眞好吃啊！」

要是她們的父母聽到這些話，一定會傷心落淚的。

當中的兩、三位妓女看到一名旅裝的年輕人路經此地。

「喲！穿的可眞體面啊！」

「可不是嗎？」

女人品頭論足，其中一位說：

「我跟那個人可熟得很哦！他經常跟吉岡武館的門徒到我店裏來玩呢！」

2

從都城來看關東的話，感覺上關東人比北方人還要疏遠。將來要在什麼地方開店呢？女郎對於將來毫無頭緒，內心好不孤寂。因此一聽到是在伏見城熟悉的客人經過這裏，立刻引來一陣騷動。

「你說哪一個人啊？」

「到底是哪一個呢？」

大夥兒全都張大媚眼四處張望。

「就是那個背著大刀，威風凜凜的年輕人啊！」

「啊！就是那位瀏海的武士嗎？」

「對，對！」

「妳叫看看啊！他叫什麼名字呢？」

佐佐木小次郎走在小石佛的斜坡上，並不知道自己引來這麼多女人的注意，只是向她們揮揮手，便穿過馱馬和馱夫之間

這時，有個嬌嫩聲音呼喚他。

「佐佐木先生，佐佐木先生——」

即使如此，佐佐木小次郎渾然不覺得是在叫自己，仍頭也不回地繼續向前走著。

「瀏海先生！」

聽對方這麼一叫，小次郎覺得豈有此理，皺著眉頭往回看。

而坐在馱馬腳邊，正在吃便當的庄司甚內，見狀斥罵妓女們。

「幹什麼？不得無禮。」

說著抬頭看了一眼小次郎，他記得這個人曾經和大批吉岡門人來過自己伏見的店裏，也曾與他打過招呼，因此立刻說：

「這可眞巧啊！」

他拍一拍身上的雜草。

「您不就是佐佐木先生嗎？您上哪兒去？」

「哎呀！原來是角屋的老闆。我要下江戶，你們上哪兒？看來是大遷移啊！」

「我們跟您一樣，捨棄伏見前往江戶。」

「爲何要捨棄那麼古色古香的大宅第，移居陌生的江戶呢？」

「唉！混濁的水裏不斷湧出腐敗物，水草無法開花哪！」

「到新開發的江戶去，可以找到修築城池或是製造槍砲的工作，但一時還無法優閒地經營青樓生意吧！」

「沒這回事。就連大坂也是妓女比太閤（譯注：指豐臣秀吉）先生還早去開發呢！」

「可是你們到那裏要先找落腳處吧！」

「現在江戶不停地蓋房子。上面已經將一平方公里名叫葭原的沼澤地賜給我們了。其他同業者已經先行到那裏鋪路，打好關係了，所以我們不必為打頭陣而操心。」

「什麼？德川家竟然會賜給你們一平方多公里的土地？都是免費的嗎？」

「有誰會花錢去買雜草叢生的沼澤地呢？不但如此，我們也申請了石材和木材，應該就快批准下來。」

「噢！原來如此。這麼說來，你是帶著全家大小從都城下行到江戶了。」

「閣下是不是也想覓得一官半職呢？」

「不，我一點也不期望當官。江戶是新將軍的落腳處，也是新的施政中心，所以我想去見識見識。我本來也打算如能當將軍家的武術指導，也未嘗不可……」

甚內聽完默不吭聲。

對江湖內幕、經濟動向和人情世味相當老練的甚內，雖然不知對方的劍術如何——但從他剛才的口氣聽起來，甚內知道自己最好閉嘴別繼續往下談。

「好啦！差不多要走了吧！」

甚內不顧小次郎，催促大家上路。負責管理女郎人數，叫做阿直的人說道：

「奇怪，少了一位，到底是誰不見了？是几帳還是墨染呢？喔！她們兩人都在那裏。奇怪，到底是誰不見了？」

3

小次郎心想，自己怎能跟這羣妓女們同行？因此獨自先走了。而留在後頭的角屋大家族，因爲有人不見蹤影，大家都站在原地等待。

「剛才還在我們身邊啊！」

「到底怎麼了？」

「搞不好逃跑了。」

大家交頭接耳，兩、三個人還特地回頭尋找。

老闆甚內在這場騷動中，與小次郎道別後，也回頭看著大家。

「喂！阿直！妳說到底是誰逃跑了？」

阿直婆認爲自己必須負起責任，回道：

「就是那個名叫朱實的女人……就是老闆您在木曾路上碰見的那位旅行女子，您問她願不願意當妓女的那個人啊！」

「找不到人嗎？」

「剛才我已叫年輕人到山腳下尋找，看是不是逃走了。」

「我與那女孩一沒訂契約，二沒收她贖金，是她自願當妓女，只要答應帶她到江戶即可。我看她容顏姣好，是一塊可成氣候的璞玉，才答應帶她走。這一路行來雖然付了不少住宿費，但是算了，這也沒辦法，不管她了，我們趕快動身吧！」

今晚若能趕到八王子住宿，明天便可到達江戶。

老闆甚內認為無論多晚也都要趕到八王子，所以急著趕路，便走在前頭。

這時，路旁傳來聲音。

「各位，眞抱歉。」

讓大家找得昏頭轉向的朱實竟然出現了。她走入已經啓程的隊伍中，尾隨眾人出發。

「妳剛才去哪裏了？」

阿直斥罵道。

「妳不可以不吭不響地就離開隊伍。」

阿直還大聲地說所有的人都在擔心她呢！

「可是……」

朱實不管別人怎麼罵，怎麼生氣，都陪著笑臉。

「因爲剛才有一個熟人經過這裏，我不願意見到他，所以急忙躲到後面的芒草叢中。不料竟然滑到懸崖下，變成這副德性……」

她將劃破的衣服和受傷的手肘給大家看，並口口聲聲道歉，但是她的表情毫無歉意之色。

走在前頭的甚內聽到後面傳來的動靜，便叫道：

「喂！小姑娘！」

「你叫我嗎？」

「妳是不是叫朱實啊？這名字眞難記。如果妳眞想當妓女，最好改個順口的名字，不然挺繞口的。妳眞的下定決心要當妓女嗎？」

「當妓女還需要覺悟嗎？」

「這種行業可不是做一個月之後，不喜歡就能停止的。一旦當上妓女，對於客人的要求就毫無拒絕的餘地，若妳無此決心，最好早點放棄。」

「反正像我這樣，女人最重要的生命已經被男人摧殘得七零八落，也無所謂了。」

「但妳也不能因此而自暴自棄啊！到江戶之前妳最好考慮清楚……我不會向妳要回這一路上的花費。」

玩火

1

昨夜，有一名老人在高雄（編註：位於京都市右京區梅畑的一部分，是欣賞紅葉的名勝區。）的藥王院落腳。

除了僕人挑著衣箱之外，他還帶了一位年約十五歲的少年。

他們在黃昏時刻，來到藥王院大門口。

「我想在此借住一宿，明天再去參拜神明。」

這位老人今天起個大早，帶著同行的少年，在山上繞了一圈，近午時分，回到藥王院。眼見該院歷經上杉、武田、北條等戰亂之後，已經破舊不堪。因此他說：

「這些請拿去整修廟宇。」

他捐獻三枚黃金，正準備穿上草鞋離去。

藥王院的住持看他竟然奉獻這麼大筆金錢，非常驚訝，忙倉皇地送出門。

「請問尊姓大名？」

一旁的和尚聽到住持的問話，立刻回答：

「噢！我已經記在帳簿上了。」

說完便取出給住持看。

上頭寫著：

木曾御岳山下百草房　　奈良井屋大藏

住持猛然抬頭，對於昨晚草率的招待深感歉意，不斷地致歉。

「原來您就是……」

在全國神社、佛堂的捐獻簿上，到處都可以看到奈良井屋大藏這個名字。此人好捐黃金，甚至曾經在一個靈堂捐了幾十枚的黃金——這是他好樂施，抑或沽名釣譽？除了他本人無人知悉。總之，當今世上，他的作風非常獨特，住持早有耳聞。

這會兒住持急忙留住他，邀他欣賞廟裏的寶物，但是大藏已經帶著隨從走出了大門。

他推辭道：

「我會在江戶待一陣子，以後再來拜訪吧！」

「那麼我送您到山門吧！」

住持尾隨其後。

「今夜您要在府中住宿嗎？」

「不，我想趕到八王子。」

「那就不必急著趕路了。」

「八王子現在由誰管轄呢？」

「最近才改由大久保長安大人管轄。」

「啊！他是從奈良縣府調來的。」

「聽說佐渡的金山縣府也是由他管轄。」

「那他一定是個不可多得的人才了。」

太陽仍然高掛在天際的時候，大藏等三人已下了山，來到熱鬧的八王子二十五宿街道。

「城太郎，你看住哪裏比較好？」

城太郎像黏皮糖般一直跟在大藏身邊。

他率直地回答：

「大伯，我可不想住在寺廟裏啊！」

於是他們找到一家看起來似乎是城裏最大的客棧。

「掌櫃的，要偏勞你了。」

掌櫃的看見大藏人品高雅，而且還帶有僕人挑衣箱，所以絲毫不敢怠慢。

「客倌，您到的可眞早啊！」

掌櫃安排他們住在隔著中庭，靠裏面比較安靜的客房。

夕陽西下時，客人熙熙攘攘地進來了。客棧老闆和掌櫃的一起來到大藏房間，非常惶恐地拜託他們說：

「眞是不情之請。由於突然有一大批旅客住進來，樓下恐怕比較吵雜，想請您移到二樓房間。」

「沒關係。客棧生意興隆，這是好事。」

大藏輕鬆地答應了。僕人帶著行李換到二樓的房間。就在此時，與他們錯肩而過，進到這房間的原來是角屋的妓女們。

2

「哎呀！跟這些人住在同一間客棧，這下子可慘了。」

大藏來到二樓自言自語著。他四處張望，尋找讓自己感到舒適的地方。

一陣忙亂中，客棧的伙計怎麼叫也不上來，也無人送飯菜。

好不容易等到飯菜送上來了，吃過以後，又無人來收拾。

樓上樓下不斷傳來啪嗒啪嗒忙碌的腳步聲。大藏雖然有些不悅，但是看見那些伙計們忙得昏頭轉向，也頗同情，所以也不好對他們發脾氣。

房間無人來收拾，奈良井大藏只好以手當枕躺下來，他好像想起什麼似的，抬起頭呼叫僕人。

「助市！」

沒聽見回答，他坐起身又叫道：

「城太郎、城太郎！」

這個城太郎也不知跑到哪裏，不見蹤影。大藏走出房間，正好看見二樓的旅客們圍著走廊的欄杆，彷彿賞花似的爭看樓下靠裏面的房間。

大藏看到城太郎也混在人羣當中，窺視樓下的動靜。

「喂！」

大藏把城太郎抓回房間裏。

「你在看什麼？」

大藏流露出責備的眼神。城太郎將隨身攜帶的木劍擺在榻榻米上並坐了下來。

「可是大家都在看啊！」

城太郎理直氣壯地回答。

「大家，大家在看什麼啊？」

大藏似乎也感到好奇。

「在看什麼……嗯，大概是在看住在樓下裏面房間的那羣女人吧！」

「就這樣嗎？」

「對，就只有這樣。」

「她們有什麼好看的？」

「我不知道。」

城太郎搖搖頭。

大藏不得安靜的原因並非伙計的腳步聲，也不是住在樓下的角屋妓女，而是二樓的旅客們羣聚窺視造成的騷動。

「我到城裏走走，你最好待在房間裏。」

「可不可以帶我到城裏去呢？」

「不行，晚上不行。」

「爲什麼？」

「我平常不是說過了嗎？我晚上外出並非爲了遊樂。」

「那是爲什麼呢？」

「爲了增加信心。」

「你白天到處行善，不是建立了很多信心嗎？神明和寺廟晚上不也在睡覺嗎？」

「光是參拜神社是無法建立信心的，我還有別的心願。」

大藏不理城太郎。

「我想拿衣箱裏的布施袋，你能打開嗎？」

「沒辦法。」

「鑰匙在助市那兒，助市到哪裏去了？」

「剛才他到樓下去了。」

「還在澡堂嗎？」

「他在樓下偷窺妓女。」

「那傢伙？」

大藏連呼嘖嘖。

「快叫他上來。」

大藏說完繫緊腰帶，整理衣衫。

3

一羣四十多人，旅館樓下的房間幾乎被他們佔滿了。

男人們住在靠櫃枱的房間，女人們則住在面向中庭的裏間。

總之，一陣熱鬧之後也漸漸地安靜下來。

「我明天可能走不動了。」

有些妓女白玉般的腳被太陽曬傷，正塗著蘿蔔泥呢！

精神還不錯的人借來破舊的三弦琴，就地彈唱起來。

而那些累得臉色發白的人，已經對著牆壁蒙頭大睡了。

「好像很好吃吔，也給我一點吧！」

有女孩在搶食，有的則在燈光下揮筆寫信給留在故鄉的男友。

「明天是不是能抵達江戶呢？」

「天曉得。我問過旅館的人，聽說還有十三里路呢！」

「晚上到處都點著燈，實在很浪費。」

「嘿！妳可眞會替老闆設想。」

「可不是嗎？哎喲！累死我了，頭髮好癢，髮叉借一下。」

男人的眼睛很容易被這種景象吸引，尤其是京都來的女郎們。男僕助市洗完澡之後，也不怕著涼，站在中庭的花叢前看得出神。

突然有人從後面拉扯他的耳朵。

「你別看得那麼久啊！」

「啊！好痛。」

回頭一看。

「什麼啊？原來是你城太郎。」

「阿助，有人在叫你！」

「誰？」

「你主人啊！」

「騙人。」

「我沒騙你，你主人說他又要出去走走。那個老伯伯一整年都在到處走走啊！」

「啊！是嗎？」

城太郎正想跟著助市後面跑回去，突然聽到樹蔭下有人叫他。

「城太，眞的是城太嗎？」

城太郎大吃一驚，循聲回頭。雖然他這一路行來，似乎不在乎一切，只跟隨命運的腳步走。然而，他內心深處還是牽掛著走失的武藏和阿通。

剛才年輕女子的叫聲，說不定是阿通。他嚇一跳，往樹叢後面的陰影望去。

「誰？」

城太郎慢慢走近那棵樹。

「是我。」

樹後露出一張白皙的臉龐，繞過樹來到城太郎面前。

「原來是妳啊？」

城太郎一副失望的口吻，令朱實咋舌。

「哎呀！你這孩子眞是的。」

朱實剛才自做多情，一下子失去立場，便惱羞成怒地敲了城太郎的頭。

「我們不是很久沒見面了嗎？你爲什麼會來這裏？」

「妳自己才奇怪怎麼會在這裏？」

「我啊！你知道嗎？我已經跟艾草屋的養母分道揚鑣，後來還吃了不少苦頭呢！」

「那……妳跟這羣人是一夥的嗎？」

「我還在考慮。」

「考慮什麼啊？」

「考慮要不要當妓女。」

朱實雖然認爲跟這種小孩商量無濟於事，又苦無他人可以聽她心聲。

「城太，武藏近況如何？」

朱實終於開口。打從一開始她想問的便是此事吧！

「我不知道啊！」

「爲什麼你會不知道呢？」

「我跟阿通姊和師父在半路上就失散了。」

「你說阿通姊是誰？」

朱實突然對他的話感到好奇，又像想起什麼似的。

「哦！對了，那個人還在到處尋找武藏嗎？」

朱實自說自話。

在她心目中的武藏是一位行雲流水、餐風露宿的武士。所以無論她再如何思念武藏，總覺得無法將這分情感寄託於他，尤其是想到自己坎坷的遭遇。

我的戀情是不可能實現的。

朱實經常陷於消極絕望的心境。

然而一想到在武藏的生活裏，竟然還存在另一位女人的身影──朱實本來消極絕望的心境，突然像覆蓋在餘燼下的殘火般，隨時會復燃。

「城太，在這裏談話會引人側目，要不要到外面去。」

「到城裏去嗎？」

城太郎正想出去，想得發慌。朱實這一邀，他當然二話不說就答應了。

兩人走出旅館庭院的側門，來到夜晚熱鬧的街上。

人稱八王子為二十五旅店，一到夜晚，燈火通明。秩父和甲州邊境的羣山環繞在城的西北邊。燦爛的燈火下，到處瀰漫著酒味，呼盧喝雉、紡織店的紡車聲和拍賣場的吆喝聲，還有路邊賣藝者蕭條的音樂聲，一片熱鬧繁榮的景象。

「我從又八那兒聽到阿通姑娘的點點滴滴，她到底是什麼樣的女人呢？」

朱實似乎非常在意。

武藏之事先擺一旁，朱實的內心對阿通萌生一股強烈的嫉妒烈焰。

「她是個好人。」

城太郎接著又說：

「她親切、體貼、又漂亮，我最喜歡阿通姊了。」

朱實聽完更加如芒刺在背，但女性絕不會把這種威脅表現在臉上，反而呵呵地笑著回答。

「喔！這麼好的人啊！」

「是啊！而且她什麼都會。不但歌唱得好，字也寫得漂亮，還會吹笛子呢！」

「女人會吹笛子有什麼用處呢？」

「可是大和的柳生大殿先生，還有其他人都誇獎阿通姊呢……但是我認為她有一個缺點。」

「女人任誰都有很多缺點啊！不同的是，有些人像我一樣誠實地將缺點表現出來，有些人則是把缺點巧妙地掩飾起來。就是這兩種了吧！」

「沒這回事，阿通姊只有一個缺點。」

「什麼缺點呢？」

「她動不動就哭，她是個愛哭鬼。」

「愛哭？……哎呀！為什麼那麼愛哭呢？」

「她一想起武藏師父的事就會哭，我跟她在一起的時候，常為此而鬱悶不樂，這是我最討厭的了。」

若是城太郎注意到朱實的臉色，就會留意自己所說的話。可是城太郎口無遮攔，毫不避諱地說個不停，更燃起朱實內心的嫉妒之火，焚遍了她全身。

4

雖然朱實渾身上下充滿嫉妒之火，卻又想知道更多。

「那個阿通姑娘幾歲了？」

城太郎看了一眼朱實。

「跟妳差不多吧！」

「我？」

「可是阿通姊比妳漂亮、年輕。」

話題若是至此打住就好了，可是朱實又問：

「武藏比一般人更有骨氣，一定不喜歡這種愛哭蟲。那個阿通故意用眼淚來博取男人的情感，就像角屋那些妓女一樣。」

朱實似乎極力想讓城太郎對阿通起反感，結果卻適得其反。

「也沒這回事，我師父外剛內柔，他是眞心喜歡阿通姊。」

朱實甚至套出城太郎這句話。這時她的臉色已經變得非常難看，心中妒火熊熊。假如路旁有條河，恐怕她會當城太郎面前跳河自盡呢！

假如城太郎不是個小孩，朱實希望他能透露更多，但是望著城太郎天眞無邪的表情，只好作罷。

「城太郎你過來。」

朱實看見前面岔路掛著紅色燈籠，便拉著他走。

「啊！那不是酒店嗎？」

「是啊！」

「女人最好別喝酒。」

「我突然想喝嘛！一個人喝多無聊啊！」

「可是我也不能喝酒啊！」

「城太郎你只要吃喜歡吃的東西就行啦！」

兩人窺視店內，幸好沒別的客人，朱實並無決心，她盲目地走入店裏，喊道：

「拿酒來。」

然後一杯接著一杯喝個不停。城太郎心生害怕，想制止她時，已無計可施了。

「囉嗦，你這小孩在幹嘛？」

朱實用手臂揮開城太郎。

「再拿酒來，拿多一點。」

朱實像著火似地滿臉通紅，趴在桌上喘著氣。

「不能再喝了。」

城太郎擔心地站在她旁邊。

「有什麼關係，反正你也喜歡阿通……我啊，最討厭那種以淚水來博得男人同情的女人了。」
「我最討厭女人喝酒了。」
「是我不好……可是，你這個小毛頭根本不瞭解我內心的痛苦，我只好藉酒澆愁啊！」
「妳快點去結帳啊！」
「你以爲我有錢啊？」
「妳沒錢嗎？」
「你去向住在旅館的角屋老闆要錢吧！反正我的身體已經賣給他了。」
「哎呀！妳哭了。」
「不行嗎？」
「可是，妳說了好多阿通姊是愛哭蟲的壞話，現在自己反倒哭起來了。」
「我的眼淚跟她的眼淚不一樣。眞討厭，我死給你看好了。」
朱實突然跳起來，衝向黑暗的屋外。城太郎嚇了一大跳，立刻跑去抱住她。
酒店的人對這種女客人似乎早已司空見慣，因此只在一旁看笑話。然而，原本躺在酒館角落的一個浪人，張開醉眼看著他們跑出去。

6

「朱實姑娘，朱實姑娘！妳不能死啊！妳不能尋死啊！」

城太郎緊追在後。

朱實跑在前面。

他們的前方是一片漆黑。

朱實宛如一隻無頭蒼蠅，無視於前面有多暗，或是有泥淖，一味往前奔去。不過她知道城太郎在後面邊哭邊叫著自己。

少女情懷已經在朱實內心萌芽滋長，可是這個嫩芽卻被一個男人——吉岡清十郎所蹂躪——迫得她在住吉海邊跳海自殺，當時她是眞的存著必死的決心。然而現在的朱實即使口中嚷嚷，心底已失去那種一死殉情的純眞了。

「誰會去找死啊？」

朱實對自己說著。只覺得城太郎在後面追趕自己，非常有趣，更想捉弄他。

「啊，危險！」

城太郎大叫。

因爲他看到朱實的前方有個大水池。

城太郎奮力從後面抱住朱實。

「朱實姑娘，不要，不要。死了什麼也做不成了。」

城太郎把她拉回來，可是朱實卻更變本加厲。

「可是你和武藏都認爲我是個壞女人。我要懷抱著武藏而死去……我才不會讓那種女人獨佔武藏呢！」

「妳到底怎麼了，到底怎麼回事？」

「快點把我推到水池裏……快點，城太。」

朱實雙手掩面，號淘大哭起來。

城太郎見狀感到莫名的恐懼，自己也快被嚇哭了。

「回去好嗎？」

城太郎安慰朱實。

「啊！我眞想見武藏，城太郎你幫我找他來好嗎？」

「不行，不行。妳不能再過去了。」

「武藏。」

「我說妳這樣太危險了。」

當城太郎和朱實從酒館跑出來的時候，一直尾隨在後的浪人，突然出現在水池邊，他慢慢地走過來。

「喂！小孩子，這女人我會送她回去，你先走吧！」

說完便用手抱住朱實的身體，把城太郎打發走。

這個男人年約三十四、五歲，身材高大，深邃的眼睛、濃密的鬢髮，頗具關東風格。越靠近江戶越可看到與關西不同的穿著，短上衣和巨大的佩刀是他們的特色。

「咦？」

城太郎抬頭一看，對方從下巴到右耳的方向有個刀疤，看起來像桃子的凹痕。

「這傢伙好像很厲害。」

城太郎嚥著口水。

「不必，不必你管。」

說完，正想帶朱實回去。

「你看這女人才停止哭鬧，在我手肘中睡著了，我帶她回去。」

「不行啊！大叔。」

「回去！」

「……」

「你不回去嗎？」

那浪人慢慢地伸手抓住城太郎的領子，城太郎用力踩住地面，就像羅生門的綱索，忍耐魔鬼的腕力一般。

「你，你要幹什麼？」

「你這小鬼想喝水溝的臭水才肯回去嗎？」

「你說什麼？」

此刻城太郎手握比身體還長的木劍，一扭腰，拔劍打在浪人腰上。但是他自己的身體也反彈了出去。幸好沒掉到水溝裏，卻撞到附近的石頭，哀叫一聲，不能動了。

7

不只是城太郎如此，其他的小孩也經常會撞昏了頭。他們不像大人會考慮再三，只要碰到事情一定勇往直前，率眞的行爲經常使自己徘徊在生死邊緣。

「喂！小孩子。」

「姑娘！」

「小孩。」

城太郎恍惚中，似乎聽到叫聲。他慢慢甦醒過來，看到一羣人圍著自己。

「醒來了嗎？」

經大家這麼一問，城太郎有點不好意思，立刻撿起自己的木劍走了。

「喂，喂，跟你一起出去的姑娘怎麼了？」

旅館的人急忙抓住城太郎的手腕問道。

城太郎一聽，方才知道這些人是住在旅館後面的角屋的人和旅館的伙計。他們是出來找朱實的。其中有個男子提著燈籠，這種燈籠不知誰發明的，在京城被當成寶物。看來已流傳到關東，人羣當中還有一名帶著棍棒的年輕人，問道：

「有人來通報說，你和角屋的那名姑娘被一名浪人抓走了……你可知道他們到哪裏去了？」

城太郎搖頭。

「不知道，我什麼都不知道。」

「什麼都不知道？……別騙人，你怎麼會什麼都不知道呢？」

「她好像被那個人抱著跑到哪裏去了？我只知道這些。」

城太郎不耐煩地回答，要是再跟對方扯下去，待會兒恐怕又要被奈良井大藏責罵了。另外就是，如果在大家面前承認自己被對方一丟就撞昏頭，那就太失面子了。

「那浪人到底逃往何方？」

「那裏。」

城太郎隨手一指，大夥兒便趕緊追過去。沒多久，跑在前面有人大喊「在這裏，在這裏」。

大家提著燈籠和棍棒一擁而上。一看，朱實被丟棄在一間茅草蓋的農家前，慘不忍睹。看來好像被壓在旁邊的乾草堆上，朱實聽到腳步聲，踉蹌站了起來，頭髮和衣服上沾滿乾草。她的領巾敞開，腰帶已經鬆散。

「哎呀！怎麼回事？」

燈籠一照，眾人見狀立刻清楚發生了什麼事，大家啞口無言，也忘了要追趕作惡的浪人。

「……走吧！回去吧！」

朱實甩開扶她的手，靠在小屋的木牆上，哽咽地哭泣著。

「她好像喝醉了。」

「爲什麼又在外面喝酒呢？」

眾人只能看著她哭泣。

城太郎從遠處看著朱實，無法瞭解她的遭遇。卻使他想起過去一段無緣的經驗。那時他住在大和柳生庄的旅館，跟旅館裏名叫小茶的女孩在馬糧小屋的乾草堆中，互相抓來抓去、滾來滾去。又怕被人看到，又感到非常刺激——他聯想起這個經驗。

「走吧！」

城太郎覺得無趣便跑開了。剛才自己從鬼門關撿回一條小命，能夠回魂，覺得非常幸運，因此邊跑邊唱著歌。

野外的　野外的
金菩薩
是否知道一個十六歲的姑娘

迷路的姑娘的下落
敲著木魚叩
問著神　叩……

草雲雀

1

城太郎以爲自己知道旅館的位置，因此未加思索地跑回去。

「啊！走錯路了。」

城太郎這才想到自己可能走錯了，前後左右看了一回。

「來的時候好像沒走過這裏啊！」

他確定自己走錯路。

這附近有一處以老舊石牆爲中心的武家街道。石牆以前曾被他國軍隊佔領，殘破荒廢，現在管轄此地的大久保長安大人將其中一部分修復之後，就居住在裏面。

此處與戰國以後流行的平地城池迥異，極爲古式。就像土豪時代的石牆，沒有護城河。因此看不到城牆。也無唐橋，只有一面山壁而已。

「啊，有人來？」

城太郎所站的位置旁邊正好是一道武士住宅的石牆。

另一邊是田地和泥地。

那泥地與田地的盡頭突然高聳起來，是一片險峻的樹林。

此處既無道路也看不到石階，也許這附近是石城的後門吧！雖然如此，剛才城太郎卻看到有人垂下繩子，從長滿樹叢的山壁上下來。

繩子前端用鐵鉤掛在山壁上。那個人一下子就溜到繩子尾端，用腳尖尋找岩石或樹根。站穩之後，從下面揮扯繩子，拆下鐵鉤。再將繩子往下垂，滑了下來。

最後，那個人影來到田地和山的邊緣，藏身到雜木林中。

「那是什麼？」

城太郎充滿好奇，連自己已經偏離旅館一事都忘記了。

「……」

但是，即使他眼睛瞪得再大，也看不到動靜了。

就因爲如此，他的好奇心更使得他不想離去，他躲在街道樹蔭下等待。他甚至覺得那個人影會走過田埂，來到自己面前。

他的期待並未落空。過了一段時間，那個人果然從田埂走了過來。

「原來是撿柴的人啊！」

有些人常會摸黑爬上危險的山崖，到別人的山區偷砍木柴。城太郎覺得若是這種人就太乏味了。

但是出現在他眼前的，讓他更爲驚訝。現在，他的好奇心已經超越滿足階段，變成恐怖和顫慄了。從田埂走上馬路的人影，並不知道城太郎的小身影躲在樹幹背後，悠哉遊哉地經過城太郎身邊。那時，城太郎差點沒叫出聲來。

因爲那個人正是城太郎一直追隨的奈良井大藏先生。

城太郎又想：

「不，一定看錯人了。」

城太郎不相信自己的眼睛，打消剛才的念頭。念頭打消之後，他相信自己一定看錯人了。因爲從逐漸走遠的背影看來，那人用黑巾覆臉，穿著黑褲黑襪，一身輕便勁裝。

而且他背上背著重物，看他強壯的肩膀和腰身，哪像五十幾歲的奈良井大藏先生呢？

2

剛才過去的人影，又從馬路往左邊上坡方向走了。

城太郎雖無其它的想法，卻不自覺地尾隨其後。無論如何他都必須找出回旅館的路，偏偏又無人可以問路，只好茫然地跟在那名男子後面，也許走一段路就可以看到城裏的燈火。

然而，那名男子一走到小路上，便將沈重的包袱放到路標旁，並看了看石頭上所刻的文字。

「咦？……奇怪了……還是很像大藏先生。」

城太郎越來越覺得奇怪。這回他決定一探究竟。那男子已經爬到小山坡上，城太郎走到路標旁看了一眼碑文，上面刻著：

首塚的松樹
在此上方

「啊，是那棵松樹吧！」

松樹的枝葉從山坡下也可以看得到。城太郎悄悄跟過去，看到先前的男子已經坐在樹根上，抽著菸。

「看來是大藏先生沒錯。」

城太郎自言自語。

因為那時候的鄉下人或商人很少人抽得起菸。菸草是由南蠻人帶進日本栽培，價錢昂貴，即使在京城，除非有錢人才能抽菸，而且不只價錢昂貴，日本人的身體還不習慣抽菸，有人一抽便暈眩或口吐白沫，所以既使覺得美味，大家還是覺得那是一種魔藥。

因此，像奧州伊達侯這種六十餘萬石的領主，聽說喜好抽菸，根據他的日記所記載：

早上抽三根
傍晚抽四根
睡前抽一根」

並非城太郎知道此事，而是他知道香菸不是很多人都抽得起的。而且城太郎也見過奈良井大藏經常用陶菸管抽菸。大藏先生是木曾的首富，所以他抽菸的時候，城太郎一點也不覺得奇怪。但是現在看著首塚的松樹下，像螢火蟲般明明滅滅的菸火，令城太郎覺得既懷疑又恐怖。

「他在做什麼？」

城太郎勇於冒險，不知不覺爬到那個人附近的陰暗處。

他終於看到了。

那名男子優閒地抽完菸之後，站了起來，脫下黑衣，摘去面巾。城太郎清楚地看到那張臉。沒錯，正是奈良井大藏。

大藏將覆面用的黑布塞在腰間，繞著松樹根走了一圈。之後，手上不知從哪裏拿出一支圓鍬。

「……」

大藏先生將圓鍬當枴杖，站在那裏眺望夜色。城太郎此時也注意到這個山丘剛好位在城鎮和客棧街之間，到處是石牆或房屋的住宅地。

「嗯！」

大藏點頭。然後用力將松樹根北側的一顆石頭翹開，拿圓鍬開始挖石頭下面的土。

3

揮動圓鍬的大藏，全神貫注地挖土。

不久，挖出一個差不多一人高的洞穴。他拉出腰間的黑面巾擦汗。

「……？」

躲在雜草和石頭後面，像個雕像般瞪大眼睛的城太郎目睹這一切。雖然他確信那個人眞的就是大藏，但是他跟自己所認識的奈良井大藏簡直判若兩人。他突然感覺到世上好像有兩個奈良井大藏。

「……好了……」

大藏跳到洞穴裏，只露出頭來。

他用力踩著洞穴的底部。

城太郎想，如果大藏是要活埋自己，就非去制止他不可。但是不必擔這分心。

因爲他看到大藏從洞穴裏爬出來將松樹下那包重物拖到洞穴旁，解開包袱的麻繩。

城太郎以爲是個小布包，原來是個皮革背心。那皮背心是由一層如帷幕般的布包住。裏面裝滿了金元寶，數量多得驚人。大藏用對切的竹片將黃金倒入洞裏，就像一條流動的黃金河，共有好幾條。

本來以為只有這些黃金，沒想到他解開腰帶，將藏在腹部及全身各處的慶長大頭等錢幣抖下幾十枚來。他用手將錢幣兜集在一起，跟剛才放在地上的金元寶，用皮革背心包住，再像埋狗屍般地將它踢入洞中。

然後覆上土。

再用腳把土踩實。

又把石頭挪回原處。並且為了掩飾新翻過的泥土，他找了一些枯木和樹枝蓋在上頭，自己則恢復平常奈良井大藏的裝扮。

他將脫下的草鞋、綁腿，跟圓鍬綁在一起，丟到人煙罕至的雜草叢中。然後穿好衣服，胸前掛著類似和尚所用的布施袋，連草鞋也都換過了。

「啊！累壞了。」

說完便往山丘的另一方疾步下山去了。

城太郎隨後踩在剛剛埋好的黃金上面，怎麼看都看不出來是剛埋上去的。他望著這塊土地就像望著魔術師的手掌一般。

「對了，如果我不先趕回去，大藏先生一定會懷疑的。」

城太郎看到城裏的燈火，已經知道回家的路。他選擇和大藏先生不同的方向，疾風般快跑下山。

回到旅館之後，他若無其事地爬到二樓。趕緊鑽進自己的房間，幸好大藏先生尚未回來。

只看到男僕助市坐在燈光下，孤單地靠著衣箱，淌著口水睡著了。

「喂，阿助，你會著涼喔！」

城太郎故意搖醒他。

「啊！原來是城太啊……」

助市揉一揉眼睛。

「這麼晚了，你到底去哪裏，也不向主人稟報。」

「你在說什麼啊？」

城太郎裝蒜。

「我老早就回來了。你自己睡著，怎會知道我在不在。」

「騙人，你不是拉著角屋的妓女到外面去嗎？你這麼小就會撒謊，看你將來怎麼辦啊！」

過沒多久。

傳來奈良井大藏先生的聲音：

「我回來了。」

接著，打開房門走了進來。

4

不論走得再快，這裏離江戶還有十二里路。如果想在天黑之前到達江戶就必須趁早上路。

角屋那一羣人天未亮就離開八王子，奈良井大藏等人則優閒地吃著早餐。
「走吧！」
他們離開旅館時已是艷陽高照。
挑衣箱的男僕和城太郎按規矩跟隨在大藏身後，可是今天的城太郎由於昨晚所發生的事情，對大藏先生總覺得有些彆扭。
「城太！」
大藏回頭看城太愁眉苦臉的表情。
「你怎麼了？」
「嗯……」
「是不是出了什麼事？」
「沒什麼。」
「你今天好像悶悶不樂。」
「是的……老實說，如果一直跟隨您，不知道何時才能找到我師父。所以我想跟大伯分手，自己去找……您恐怕不會答應吧！」
大藏毫不猶豫地回道：
「當然不行。」
城太郎本想和以往一樣，拉著大藏的手耍賴要求，卻突然把手縮回。

「為什麼?」

他心裏怦怦跳。

「休息一下吧!」

大藏說完便坐在武藏野的草地上，對挑衣箱的助市揮揮手要他先走。

「大伯，我想盡快找到師父，所以我想一個人走會比較好。」

「我說不可以。」

大藏一臉為難的表情，拿出陶菸管一口一口地吸著菸。

「你今天要變成我兒子。」

這是件大事，城太郎嚇了一大跳。但是大藏先生滿臉笑容，城太郎還以為他是在開玩笑。

「我不要。我不喜歡當大伯的兒子。」

「為什麼?」

「大伯你是城裏人，可是我想當一名武士。」

「我奈良井大藏認眞說來也不算城裏人。我一定讓你成為一名偉大的武士。你就當我的養子吧!」

大藏好像很認眞，城太郎有點不安。

「大伯為什麼突然提出這種事呢?」

這麼一問，大藏突然抓住城太郎的手，把他拉過來。用雙手緊緊抱住他，嘴巴湊近城太郎耳邊，小聲地說：

「你看到了喔！小毛頭。」

「欸？」

「你都看到了是不是？」

「看……看到什麼？」

「昨晚我做的事。」

「……」

「爲什麼偷看！」

「……」

「爲什麼偷看別人的秘密！」

「對不起！大伯。對不起！我絕對不會跟別人講的。」

「不要那麼大聲。你已經看到了，我不會罵你。條件是你要當我的兒子。如果不答應，雖然你長得很可愛，我還是必須殺了你。怎麼樣？你選擇哪一個？」

5

城太郎暗忖，搞不好眞的會被殺掉。他有生以來第一次感到如此恐怖。

「對不起啊對不起！我不要被殺，我不要死。」

城太郎像一隻被捏住的雲雀般，在大藏的手中輕輕地掙扎。因爲他擔心自己要是奮力抵抗，可能立刻就會被捏死。

雖然如此，大藏的手並未用力得足以捏碎城太郎的心臟。他輕輕地把城太郎抱到自己的膝蓋上。

「這麼說你要當我的兒子嘍！」

他雜亂的鬍子靠到城太郎的臉頰上，如此問著。

鬍子刺得城太郎非常疼痛。

雖然他動作緩慢，可是那股手勁卻令人生畏。大人獨特的體臭更使城太郎渾身不舒服。

城太郎不瞭解自己爲何如此束手無策。以前也遇見過比現在更危險的事情，每次遇險，城太郎必定奮不顧身，勇往直前，面對挑戰。可是，現在他卻像個嬰兒似地無助。無法出聲，更無法伸手，無法從大藏的膝蓋上逃跑。

「哪一個，你到底選哪一個？」

「……」

「你要當我兒子，還是要被殺掉？」

「……」

「嘿！快點說。」

「……」

城太郎被逼哭了。他用髒手揉著眼睛，連眼淚都是黑的。烏漆抹黑的眼淚流在鼻子兩側。

「你哭什麼？當我兒子不是很幸福嗎？你如果想當武士，那是再好不過了。我一定讓你成爲一名最偉大的武士。」

「可是……」

「可是什麼？」

「……」

「你說清楚。」

「大伯你是……」

「怎麼樣？」

「可是……」

「你可眞讓人心急，男子漢應該有話就說。」

「可是……大伯你做的生意竟然是當小偷。」

如果大藏稍一鬆手，城太郎一定會趁機逃跑。然而大藏的膝蓋就像一座深淵，讓他無法逃脫。

「啊！哈哈哈！」

城太郎哭得背部直抽搐。大藏碰的一聲拍在他背上：

「所以你才不願意當我的兒子嗎？」

「……嗯！」

城太郎點點頭，大藏又拍拍他的肩膀，微笑著說道：

「也許我是天下大盜，但是跟一般剝削貧窮人或闖空門的小偷不一樣。你看家康和秀吉以及信長不都是剝奪天下的大盜嗎？只要你跟著我，把眼光放遠，將來你會明白的。」

「這麼說，大伯你不是小偷了。」

「我不會做這種生意的——我可是胸懷大志呢！」

以城太郎的理解程度，看來是無法詳盡回答。

大藏將城太郎抱離膝上。

「走吧！別哭了。快點上路，今天開始你就是我的兒子。我會疼愛你。相同地，昨晚之事可別對任何人洩漏。要是你說了，我可會把你的頭摘下來喔！」

拓荒者

1

本位田又八的母親五月底左右來到了江戶。

此時氣候異常酷熱。看來今年又是乾旱的梅雨季，連滴雨水都沒有。

「爲什麼有人會把房子蓋在這種雜草叢生的濕地呢？」

這是阿婆來到江戶的第一個印象。

她離開京城的大津之後，花了將近兩個月的時間才來到此地。經由東海道來此途中，有時生病，有時到神社參拜，一路上大小事情諸多。回首來時路，有如「都城遠在彩雲間」般遙遠。

高輪街道上最近種了街道樹以及一里塚。這是由河口通往日本橋的新市街幹道，非常便利。也因此經常有拖石頭和運木材的牛車，或是搬運、修屋、埋地、砂石的牛車來往於路上，路面滯礙難行，再加上乾旱無雨，白色的灰塵滿天飛揚。

「啊！這是什麼？」

她張大眼睛望著一棟正在興建的新房子。

裏面傳出笑聲。

原來是水泥工正在塗牆壁。剛好壁土飛過來沾污了她的衣服。

這老太婆雖然年事已高，對這種事情絕無法忍讓。她拿出以前在故鄉，以本位田家的老前輩身分慣用的權威口氣，破口大罵：

「你們把壁土濺到路人身上，不但沒道歉還在笑，有這種事嗎？」

要是在自己家鄉的田裏對路人或是農人，以這種口氣說話，對方一定會懾服於她，然而在新開發的江戶似乎行不通，正在攪和混凝土的水泥工人，邊動著鏟子邊嗤之以鼻。

「妳說什麼？奇怪的老太婆，妳在那裏嘟囔什麼？」

阿杉婆更加生氣。

「剛才到底是誰在笑？」

「我們大家啊！」

「你說什麼？」

工人們齊聲大笑，使得老太婆更加生氣。

經過的路人看到了，都認爲老人家不必如此計較。但是，以老太婆的個性卻無法善罷干休。

她不吭一聲進入屋內，把手放在水泥工們用來墊腳的木板上。

「是你們在笑吧？」

說完，把板子抽開。

水泥工們從板子上跌落下來，摔得渾身泥水。

「混帳！」

水泥工們握著拳頭跳起來，作勢要毆打老太婆。

「走，到外面去。」

老太婆說完，手插著腰。絲毫無老人的膽怯。

工人們看老太婆來勢洶洶有點嚇到了。他們沒想到竟會有這麼兇悍的老太婆。從她說話的語氣看來，像是武士的母親。要是輕舉妄動，恐怕後果不堪設想。大家多少忌憚，面露懼色。

「以後要是再如此無禮，我可不饒你們！」

老太婆這下子才甘心地走到路上。路人望著她威風凜凜的身影離去才散開。

這時候，有一個腳上沾滿泥巴和木屑的水泥工小學徒突然從施工房屋旁跑了出來。

「妳這個臭老太婆。」

說完，猛然將水泥桶裏的水泥潑了老太婆一身，並迅速躲了起來。

2

「幹什麼！」

老太婆回頭的時候，惡作劇的人已經溜得不見人影了。

當她發現自己背上被潑了水泥之後，眉頭深鎖，一副忍無可忍的樣子。

「你們笑什麼？」

這回她瞪著一旁看笑話的路人。

「你們在笑什麼？年老體衰的又不只我一個人，總有一天你們也會老。你們不但沒有善待我這異鄉的老太婆，還潑我水泥，甚至嘲笑我。這就是你們江戶人的作風嗎？」

阿婆似乎沒察覺到越責罵就越多路人停下腳步，笑聲也愈來愈多。

「日本全國現在大家口口聲聲江戶、江戶的，好像無其它地方比得上江戶。這是怎麼回事？我到這兒，只看到你們挖山埋土，掘河填海，到處塵埃滿天飛。一點人情味也沒有。你們人品低下，哪能跟我們京裏人相比。」

說完，阿婆不顧訕笑她的羣眾，悻悻然離去。

城裏到處都可看到新建材和牆壁，閃閃耀眼。空曠的大地，有很多蘆葦根從尚未掩埋好的土壤裏長出來。到處是曬乾的牛糞，多得幾乎讓人窒息。

「原來這就是江戶啊？」

她對江戶的每件事似乎都不滿意。在新開發的江戶，最古老的東西好像就是她自己的身影了。

事實上，活躍在這塊土地上的幾乎都是年輕人。店東也是年輕人，以馬代步的公職人員和戴著斗笠大步通過的武士、勞工、工匠、商人、步卒甚至將領們全都是年輕人，這是年輕人的天地。

「要不是為了找人，我絕不會在這種地方多逗留一天。」

老太婆自言自語，又停下腳步。這裏也在挖土，她必須繞道而行。

挖出的土像座小山堆，有車子不斷地將土運走。另外，木工正在一處蘆葦和雜草的掩埋地旁邊蓋房子。還沒蓋好就有一個擦著白粉的女人在門簾後面刷眉化妝、賣酒，或是掛上賣藥的招牌，有時則整理出售的和服。

這裏以前介於千代田村和日比谷村之間。由奧羽街道的田間小路開拓而成。靠近江戶城的周邊有很多從太田道灌以後到天正年間所開闢的大街小巷和住家，自成一個鬧區。阿杉婆尚未走到這些地方。

昨天到今天，她看到倉促開發的新生地，就認為是江戶的全貌。因此覺得一顆心無法平靜下來。她從正在挖掘的空溝橋上，看到一棟簡陋的小屋。小屋四周由細竹子撐住的草蓆圍住。入口掛了一個門簾，門簾處插一枝小旗子。

旗子上寫著：

澡堂。

老太婆拿著一枚永樂錢幣遞給澡堂上的門房，便進去泡澡。她到此並非為了要洗去汗臭。她借來曬衣竿，將簡單清洗的衣物掛在小屋旁。在衣物曬乾之前，她只穿一件內衣站在曬衣竿下，望著來往的行人。

3

她不時地用手摸曬衣竿上的衣服。她認爲太陽高照，應該很快就會乾，卻一直乾不了。

阿婆只穿內衣外加一件浴袍，綁著腰帶，等衣服曬乾。原本不拘小節的老太婆也很在意自己的裝束，爲避免讓路人看到，一直躲在澡堂小屋後面。

路上傳來談話聲。

「這裏有幾坪啊？如果價錢合理我們可以談。」

「總數有八百坪以上。我剛才已經講過價錢，沒辦法再便宜了。」

「太貴了，這樣太敲詐人了。」

「沒這回事，搬土的工錢也不便宜，更何況這邊界一帶已無其它土地了。」

「什麼？那邊不是還在整地嗎？」

「但是，當此處還是雜草叢生時，就已經被大家分光了，沒有剩餘的土地等人來買。如果是靠近隅田川的河濱地帶，要多少土地就有多少。」

「這土地眞的有八百坪？」

「剛才我不是說過，如果你不相信用繩子量看看嘛！」

四、五名商人正在交易。

阿杉婆向路人打聽價錢後，不禁目瞪口呆。因爲這裏一、兩坪的價錢，可以在鄉下買好幾十區種稻的田地。

江戶商人間，現在是土地買賣的熱潮期。如這般景象，隨處可見。

「不能種稻米的土地，爲何在這城鎮裏那麼搶手呢？」

阿杉婆實在無法理解。

那羣人好像已經談妥了。手一拍便散開。

「奇怪？」

阿婆看得正出神時，背後突然有隻手插入自己的腰帶裏。阿婆立刻抓住那隻手，大喊：

「小偷！」

一名像土木工人或是轎夫的男子，已經扒走她腰帶上的錢包，往路上快速逃走了。

「小偷啊！」

阿婆有如自己的頭被偷走一般，緊追不捨，最後終於抱住那名男子的腰部。

「來人啊！這裏有小偷啊！」

那男子打了阿婆幾個耳光，還是無法甩開阿婆。掙扎時，大喊一聲：

「囉嗦！」

並抬腿踢向阿婆的肚子。

這小偷簡直太小看這位老太婆了。阿杉婆被踢之後，呻吟一聲，蹲下腰去，雖然她只穿一件內衣，但還是隨身帶了小刀。她拔出小刀反擊，向對方的腳踝砍去。

「啊！好痛啊！」

搶了錢包的小偷，腳一拐一拐地還是逃了二十多公尺。但是他看見自己血流如注，嚇得臉色慘白，跌坐在路上。

剛才在附近談妥土地買賣的人，叫做半瓦彌次兵衛。他還帶了一名隨從。

「啊！這傢伙前一陣子不是逗留在我家的那個甲州人嗎？」

「好像是的，他手上還拿著錢包呢。」

「剛才我聽到有人喊小偷，原來他從我家離開後，手腳還是不乾淨……喔！那邊有位老太婆跌倒了。我來抓甲州人，你去扶老太婆過來。」

半瓦說完，一把抓住正要逃跑的男子，就像摔蚱蜢一般把他摜到空地上。

4

「老闆，那傢伙一定拿了老太婆的錢包。」

「錢包我已經搶回來，先放我這兒。老太婆怎麼樣了？」

「沒什麼大傷，只是昏迷。醒來之後還大喊錢包、錢包呢！」

「她還坐在地上起不來嗎？」

「老太婆被那傢伙踢到肚子。」

「這個壞傢伙。」

半瓦瞪著小偷，吩咐身邊的隨從：

「阿丑，給我打個木樁。」

小偷一聽到打木樁，比被人用刀抵住喉嚨還要害怕，嚇得渾身發抖。

「老闆，請別這樣做，請原諒我！以後我一定改過自新，重新做人。」

那小偷匍匐跪地求饒，半瓦卻直搖頭。

「不行，不行。」

這時候隨從已經找來兩名修橋的工人。

「把木樁打在這裏。」

那隨從用腳在地上示意木工。

兩名木工打好一枝木樁。

「老闆！這樣可以了嗎？」

「可以。把那混帳東西綁在這裏，在他頭上綁一塊板子。」

「您要寫字嗎？」

「沒錯。」

半瓦向木工借來黑墨，用尺當筆，沾上墨汁，寫著：

此竊賊
以前是半瓦家的寄生蟲
由於累犯
將他縛綁於此，受風吹雨打七天七夜
不准爲其鬆綁

木工街　彌次兵衛

「謝謝。」

他將黑墨還給木工。

「麻煩你們，如果有便當的剩飯剩菜，就拿來餵他吃，免得他餓死了。」

彌次兵衛囑咐修橋工人和在附近工作的人。

大家異口同聲回答：

「知道了，我們會不斷地嘲笑他的。」

在工商社會中，沒有比嘲笑更爲殘忍的制裁了。長久以來，武家之間一直戰亂不斷，無法施行民治及刑法，商人階級爲了整頓自己的秩序，於是產生這種私刑慣例。

新興的江戶政體已經有縣府的組織。而鄉鎮制度雖然沿用以往嚴格的職制或體制，但是民間的舊習慣也不會因爲上面的組織建立，就能立刻改革的。

縣府也認爲在新開發的階段中，社會混亂，私刑的存在亦無不可，所以並未特別加以取締。

「阿丑，把這錢包還給那老太婆。」

半瓦將錢包還給阿杉婆之後，又說：

「看她年紀一大把了，還獨自四處旅行，實在可憐，她的衣服怎麼了？」

「她在澡堂小屋洗好衣服，正掛在那裏晾乾。」

「那你去替她收拾，再把她背過來。」

「您要帶她回去嗎？」

「當然，不能說已經懲罰了這個小偷，就丟下老太婆不管。她可能又會碰到別的壞人呢！」

隨從拿著曬乾的衣服，背起老太婆跟隨半瓦身後離去。圍觀的路人也鳥獸散。

5

日本橋竣工至今未滿一年。

雖然橋上畫著五彩繽紛的圖畫，但是寬廣的河面和兩岸新砌的石牆，還有新的白木欄杆，更加醒目。

河面上穿梭著來往於鎌倉或小田原的船隻。河岸上渾身魚腥味的魚販大聲招攬客人買魚。

望魚市場的人潮。

「……好痛，哎喲！痛死了。」

老太婆讓隨從背著，雖然痛得直皺眉頭，卻還是四處張望魚市場的人潮。

半瓦聽到隨從背上的老太婆不斷呻吟，回頭對她說：

「已經快到了，妳再忍耐一點。妳的傷並無大礙，不要叫得那麼大聲。」

因爲路人不斷地回頭看，所以半瓦才如此叮嚀老太婆。

老太婆聽了像個嬰兒般安靜下來，把臉靠在隨從背上。

這個城市分爲打鐵街、槍砲街、染房街、榻榻米街以及公職人員宿舍區等等。半瓦在木工街的房子有點奇怪，大家都能看到屋頂的一半覆蓋著屋瓦。

兩、三年前發生一場大火之後，街上的房子大部分改蓋木板屋頂。在那之前幾乎都是茅草屋頂，而彌次兵衛的房子的屋頂，只有面對馬路那邊是用屋瓦蓋的，因此大家便稱呼他「半瓦、半瓦」，而他自己也頗爲得意。

彌次兵衛移居到江戶初期，只是一名浪人。由於他才氣、俠氣兼備，善於領導，便開始從商，以蓋屋頂爲業，最後還當上諸侯的修築工領班。另外他也做土地買賣，現在只要雙手抱胸、不必做事，還能搏得「老闆」的特別尊稱。

有「老闆」尊稱的，在新興的江戶除了他之外，人數正不斷增多。這些人中屬他是人面最廣的老闆。像稱武家爲武士一般，街上的人也尊稱他一族爲「男伊達」。可能因爲這些人處於武家的下風，藉此稱呼爲自己找到靠山。

這個男伊達來到江戶之後，不管在風俗和精神上都有巨大的變化，卻非江戶城土生土長。早在足利末期的亂世中，已經有叫做「茨城組」的惡徒。不過，那時他們尚未被稱爲男伊達。《室町殿物語》記載：

他們赤裸上身，紅腰帶上又繫了好幾層錦繡腰帶。三尺八寸的紅鞘佩刀，柄長一尺八寸，刀長二尺一寸。頭髮散亂，隨意以麻繩紮綁；腳穿黑皮襪。經常都是二十餘人同行，手持鐵爪斧頭等物……

路人只要看到這種人，便會恐懼地說：

「名聞遐邇的茨城組來了，趕快肅靜迴避。」

立刻讓路，讓他們通過。

這個「茨城組」滿口仁義道德，可是經常會說：

「掠奪物品是武士慣用的伎倆。」

他們經常出外掠奪財物。當這個城市有戰亂時，他們趁亂罔顧節操，投靠己方和敵方。因此，當戰亂平息後，被武家和民眾所唾棄。本性惡劣的人便躲在荒郊野外，掠奪路人財物。有骨氣的人則發現江戶這片新開發的天地。他們提倡——

骨帶正氣，肉帶百姓，皮帶正義與俠義，做個堂堂正正的男子漢！

新興的男伊達，在各行各業及各階層中，開始嶄露頭角。

「我回來了，快來人啊！我帶了一位客人回來了。」

半瓦一回到家裏，便對著廣大的屋內大喊。

決鬥的河岸

1

阿杉婆在半瓦家生活得非常愜意，不知不覺中日子已經過了一年半。

在這一年半當中，阿杉婆到底做了哪些事呢？除了身體更加硬朗之外，她也不過口中念著：

「長時間受你們照顧，我必須告辭了。」

雖想告辭，卻很少見到主人半瓦彌次兵衛。偶爾碰巧他在家裏，半瓦便會說：

「哎呀！別這麼急著走。我家裏的人也常替妳留意，要是找到武藏的下落，一定為您拔刀相助！」

半瓦如此說，老太婆也無意離開這棟房子了。

初抵江戶時，非常看不慣此地的風土民情。可是，在半瓦家逗留一年半之後——

「江戶的人很親切。」

她感受深刻。

日子過得眞愜意！

漸漸地，阿婆笑瞇瞇地觀察這塊土地上的人們。

尤其是半瓦的家庭，更是如此。這裏有農夫出身，好吃懶做的人，也有關原之役戰敗的浪人，也有將父母家產揮霍殆盡，逃亡來此的不肖子，更有前年才出獄、滿身刺龍繡虎的人——這些人在彌次兵衛這位戶長的帶領之下，過著大家族的生活。雖然有些雜亂無章，但散漫中仍存在一套井然有序的階級制度。

磨練男人。

正是這家的神旨。「六方者武館」的生活方式。

在這六方者武館裏，老闆之下分爲師兄弟階級。其下有隨從階級，隨從之中，元老和新手的區別非常嚴格。另外還有食客身分，以及相處的禮儀之道，雖無明文規定，卻非常嚴謹。

「如果您覺得無所事事很無聊的話，就請您幫我照顧這些年輕人吧！」

老太婆依彌次兵衛的囑咐，在一個房間裏幫忙家中大小洗衣服、縫補衣物、整理家務。

不愧是武士家的老人，看來本位田家的確有嚴格的家風。

家中上下對阿杉婆的風評很好。阿杉婆嚴格的起居作息、以及整理家務的態度，都令他們極爲佩服，而且此事又可端正六方者武館的風紀。

六方者也叫做無法者。六方本來指的是男人佩著長柄大小二刀，不穿襪子，大搖大擺威風凜凜的走路方式，現在已成爲這條街的別名。

「要是看到宮本武藏，立刻通知老太婆。」

半瓦家的人都有此共識。然而已經過了一年半載，江戶裏仍無人聽過武藏這個名字。半瓦彌次兵衛從阿杉婆口中得知她所抱持的意志以及過去的遭遇，非常同情。而他對武藏的觀點，當然也就是阿杉婆對武藏的觀點。

「阿婆眞不簡單，武藏這傢伙眞令人憎惡。」

他還在後院的空地裏蓋了一間房屋給阿杉婆住。半瓦只要在家的日子，早晚一定前去請安，待她如上賓，非常仰重這名老婆婆。

部下們曾經問他：

「善待客人是件好事，可是身爲老闆的您爲何對她如此禮遇呢？」

半瓦回答說：

「最近我看到老年人，就想略盡孝道……你可以想見，以前我對於死去的雙親是如何不孝了。」

2

街旁開滿野生的梅花。江戶此時尙未種植櫻樹。

只有在山手附近的懸崖邊可見白色的山櫻花。近年來，淺草寺前有些比較特別的住家將櫻花移植到路邊，雖然枝幹還小，但聽說今年也長出花苞了。

「阿婆，我陪妳到淺草寺逛一逛吧！」

半瓦如此邀她。

「喔！我也信仰觀世音菩薩，你一定要帶我去。」

「那我們走吧！」

除了阿杉婆之外還有一名隨從菰十郎，以及一名叫小六的少年。半瓦讓他們攜帶著便當同行，從京橋圳乘船。

少年的稱呼聽起來滿文雅，可是他卻是一個生性好鬥，遍體傷痕的年輕人。他善於划槳。

他們的船從圳河進入隅田川之後，半瓦叫他們打開便當。

「阿婆，老實說，今天是我母親的忌日。雖然想去掃墓，但是故鄉遙遠，因此到淺草寺拜拜之後，想做點善事再回去……所以我準備整天遊山玩水。先敬您一杯吧！」

說完拿起酒杯，從船舷處伸手舀起河水，洗淨酒杯，爲阿婆斟酒。

「是嗎？你實在太親切了。」

阿杉突然想到自己的生日，這令她又想起又八。

「來，阿婆。您酒量不錯吧！在船上我們會一直陪著您，請安心喝，喝醉了也無妨。」

「在令堂的忌日不太好吧！」

「六方者最討厭虛情假意和表面儀式。何況這些都是自己的門徒，他們不會介意的。」

「好久沒喝酒了。以前喝酒也不像今天這麼暢快。」

阿杉婆又喝了一杯。

這條寬廣的大河從隅田川的方向流到此地。沿著下總岸邊，樹木蒼鬱。受河水沖刷露出樹根的附近，水面清澈，映著樹的倒影，一片寧靜。

「喔！黃鶯的歌聲好美啊！」

「梅雨季節時，連白天都有杜鵑的啼叫聲……現在還沒聽到杜鵑的啼聲呢！」

「我不喝了……老闆，今天我老太婆受你招待，非常感謝。」

「是嗎？只要您高興就好了。來吧，不再喝點嗎？」

搖槳的少年以羨慕的口吻說：

「老闆，能不能也賞我一點酒喝啊？」

「就因爲你們善於划槳才帶你們出來。現在還沒划幾下就喝酒，太危險了。等你們回去的時候，再讓你們喝個夠吧！」

「教人忍耐好辛苦啊！連河川的水看起來都像酒了。」

「小少年，把船划到在撒網的那艘船旁，買一些魚來。」

少年划過去和漁夫打招呼。那漁夫打開船板說，要買盡量買。

住在山城的阿杉老太婆，看到那些魚，眼睛瞪得斗大，覺得非常稀奇。

船艙裏的魚還活蹦亂跳，有鯉魚、鱒魚、沙魚、鯛魚還有長腳蝦以及鯰魚等等。

半瓦將生魚片沾上醬油吃了起來。他也招呼老太婆吃。

「我不敢吃生的。」

老太婆搖頭，一副噁心狀。

不久，船抵達隅田川的西岸。水波拍岸，一上岸便是一片森林。這裏就看到淺草觀音堂的茅草屋頂。

3

一行人上了岸。老太婆微醺，也可能是上了年紀的關係，從船要上岸的時候，身體搖搖晃晃。

「危險！」

半瓦伸手牽阿婆。

「別牽我。」

阿婆甩開他的手。

老太婆的個性就是不喜歡人家把她當成老人。菰十郎以及少年小六拖著船跟著爬上布滿石頭的河岸。

河岸上有些小孩正翻開石頭抓螃蟹。好不容易看到有人上岸，立刻跑過來。

「大叔，買一個。」

「阿婆，買一個，買一個吧！」

他們跑到半瓦和阿杉婆身旁糾纏不清。

半瓦的彌次兵衛似乎非常喜歡小孩，一點也不覺得他們煩人。
「什麼啊？原來是螃蟹，我不要買螃蟹。」
那些小孩異口同聲說：
「不是螃蟹。」
他們從袖口或懷裏拿出他們的寶貝。
「是箭，是箭啊！」
大家七嘴八舌。
「看來是箭的矛頭。」
「對！是矛頭。」
「在淺草寺旁的草叢中，有埋死人和馬屍的墳塚，去參拜的人都會拿這種箭的矛頭去供奉。大叔，您也買去供奉吧！」
「我不要矛頭，但我會給你幾個錢，行嗎？」
小孩們拿了半瓦的錢之後，一哄而散，又去挖箭的矛頭了。
這時，住在附近茅草屋的小孩父親，立刻拿走他們的錢。
「啐！」
半瓦見狀非常不高興，彈彈舌頭，斜眼瞪著，而老太婆也恍恍惚惚地望著廣大的河岸。
「這一帶那麼容易挖到矛，可見這個河邊以前曾經打過仗呢！」

「我不清楚，這裏以前叫做荏土莊的時候，經常發生戰事。再推得遠一點，遠在治承年代，源賴朝從伊豆渡海而來，也是在這個河岸召集關東兵馬。另外，南朝的御世時代，新田武藏太守從小手指原戰場逃到此地，遭到足利軍隊的亂箭攻擊。最近則是天正年間，太田道灌一族或是千葉氏一黨，幾度興亡的遺跡也是在前面石頭灘的河邊。」

二人邊說邊走。而菰十郎和少年二人已經先到達淺草寺的正堂，坐在那裏等待。

原來這座寺廟雖然名氣大，實際上卻只是一間破茅草堂，以及蓋在正堂屋後供和尚居住的破寮房。

「什麼啊！這就是江戶人口中的金龍山淺草寺嗎？」

老太婆非常失望。

跟奈良京都附近的古文化遺跡相比，這裏實在遜色多了。

大川的河水在洪水期會侵蝕整座森林，平常也有支流流過正堂旁。圍繞正堂四周的都是千年的喬木。不知道從何處傳來砍伐喬木的斧頭聲，有如怪鳥的叫聲似咚咚咚的響個不停。

「啊！你們來了。」

不知誰在上頭向他們打招呼。

「誰啊？」

老太婆嚇了一跳，抬頭往上看，原來是觀音堂的和尚們正坐在正堂屋頂上修葺茅草屋頂。

看來連這郊外地區也都知道半瓦彌次兵衛，半瓦從下面對他們打招呼。

「你們辛苦了，今天是在修屋頂嗎？」

「是的，這附近的樹林裏有大鳥棲息，所以不管我們如何費心維修屋頂，那些鳥還是會來叼茅草去築巢，因此雨漏得厲害……我們馬上就下來，請先在寺裏休息一下。」

4

半瓦等人進到室內點上神燈。坐在堂中仔細一看，原來如此，怪不得會漏雨。牆壁和屋頂上破了好幾個洞，白天陽光宛若星光般篩漏進來。

如日虛空住
或被惡人逐
墮落金剛山
念彼觀音力
不能損一毛
或值怨賊遶
各執刀加害
念彼觀音力
旋即起慈心

或遭王難苦
臨刑欲壽終
念彼觀音力
刀尋段段壞……

阿杉婆與半瓦並肩而立，從袖口拿出念珠，心無旁騖地念起《普門品》。

阿婆剛開始時低聲細念，漸漸地似乎忘了半瓦以及隨從們的存在，高聲朗誦，臉上一副忘我的表情。

阿婆誦完一卷經之後，便數著念珠：

「衆中八萬四千衆生，皆發無等阿耨多羅三藐三菩提心。南無大慈大悲觀世音菩薩請看在我老太婆誠心念佛的分上，保佑我早日手刃武藏。殺武藏報仇。殺武藏報仇。」

然後身體和聲音又突然低沈下來，五體投地趴在地上。

「請保佑我兒子又八當個乖兒子，榮耀本位田家。」

守堂的和尚看到老太婆祈禱完畢。

「我在那邊已經燒了水，請過來喝杯茶吧！」

半瓦和隨從們爲了等老太婆祈禱，腳都跪疲了，他們搓搓發麻的腳站了起來。

隨從菰十郎趁此機會說道：

「在這裏可以喝了吧！」

得到半瓦的允許，他立刻跑到堂後寮房的屋簷下，打開便當，並請和尚為他燒烤在船上買來的魚。

「這附近雖然沒有櫻花，但我們好像出來賞花似的。」

現在菰十郎面前只有少年小六，整個人輕鬆多了。

半瓦拿著香油錢。

「請拿去修築屋頂吧！」

半瓦獻上一些香油錢，突然看見牆上參拜者的香油錢捐獻牌，眼睛瞪得斗大。

大部分人的捐獻都差不多，只有一個例外。

黃金十兩　　信濃奈良井宿　大藏

「老和尚！」

「什麼事？」

「我想問你一件事，黃金十兩是筆鉅款，奈良井的大藏真的那麼有錢嗎？」

「我不太清楚。前年年底他來參拜的時候，認為關東第一名寺不應該這麼寒酸，便捐了一大筆錢，說是修築寺廟時添購木材用。」

「世上也有這麼慷慨大方的人啊！」

「可不，後來我們也聽說那位大藏先生也曾經捐獻湯島的天神黃金三兩。神田的明神是祭祀平家的將門公的寺廟，大藏先生說，傳聞將門公是謀叛的人，這是極大的錯誤。因爲開闢關東，將門公也有貢獻，竟然捐了黃金二十兩。世上眞有一些奇特的人吶……」

就在此刻，一陣倉促、狼狽的腳步聲從河原及寺廟境內的森林裏傳了過來。

5

「小孩子，要玩就在河邊玩，不可到寺內來搗蛋。」

看門的和尚站在屋簷下斥罵。

跑過來的小孩子就像麻雀般聚集到屋簷下，口口聲聲地叫著：

「和尚大師啊！糟了！」

「有一名不知哪裏來的武士和一羣不知哪裏來的武士在河邊打起來了。」

「一個人對付四個人喔！」

「還拔出刀來呢！」

「快去看啊！」

守門的和尚一聽，立刻穿上草鞋，說道：

「又打架了。」

和尚自言自語。

和尚正要跑出去，又回頭對丫瓦和阿杉婆說道：

「各位施主，失陪一下。不知爲何這附近的河邊好像很適合打架。一有什麼事，大家便來此地決鬥。有些是被騙來的，有些則相約在此決鬥，因此經常會看到流血的場面。每次發生這種事情，縣府一定會要求我們寫報告書，我得去看一下。」

小孩們已經跑回河岸，還大聲喧嘩著。

「是決鬥嗎？」

丫瓦的兩個隨從也不想錯過看熱鬧的機會，立刻與丫瓦跑了過去。阿杉婆跑在最後面。出了林子，站在河邊的樹下觀看。她跑得太慢，以致於當她到達時，已經看不到決鬥的人了。

而剛才不斷鼓噪的小孩和跑來觀看的人們，以及附近漁村的男女，大家都躲在林子後，鴉雀無聲，嚥著口水，誰也不敢吭氣。

「……？」

老太婆雖然覺得奇怪，但她也一樣屏氣凝神、不敢妄動。

一眼望去，這偌大的河原只有石頭和水。水面澄清與青天共一色。燕子翦影獨自翺翔於天地之間。

仔細一看，一位面色平靜的武士踩著清澈的河流和石頭，正朝這邊走了過來。

那名武士是位年輕男子，背上背著一把大刀，穿著牡丹色外國製的武士背心，打扮豪華。不知道他是否察覺自己是樹林中衆目的焦點，反正他毫不在乎。突然，他停下腳步。

「哎呀！」

就在此刻，在阿婆附近的旁觀者低聲叫了出來。

老太婆眼睛隨之一亮。

原來他們看到距離牡丹色背心武士身後約二十公尺處，有四具橫屍。決鬥已然分曉。這名穿著武士背心的年輕人已經贏了這場比試。

然而，四人之中有一名似乎尚未斷氣。當穿著牡丹色背心的武士猛一回頭，看到屍骸中一名渾身是血，像鬼魂般的人追了過來。

「勝負尚未分曉，你別逃！」

穿著背心的武士回過頭去，平靜地站著。而那名全身是血的傷者口中不斷呼叫：

「還有，我、我還活著。」

武士在負傷者砍過來的時候，後退一步。

「這下子看你還能不能活。」

那個人的臉就像西瓜一樣被切成了兩半。砍過去的那把大刀，是武士背上叫做「曬衣竿」的長劍。

他的手越過肩頭握住劍柄並砍向對方的手法，簡捷有力。速度之快，眨眼不及。

6

武士掏出懷紙擦拭刀刃上的血跡。

然後走到河邊洗手。

連那些經常來此看決鬥的人，對於武士平靜的表情都不禁嘆息。也有些人因目睹如此淒慘決鬥而臉色蒼白。

「……」

無人敢出聲。

穿著牡丹色背心的武士，擦乾手伸伸懶腰。

「啊！這水像岩國川的水……讓我想起故鄉啊！」

他自言自語，站在原地欣賞寬廣的隅田河岸和燕子紛飛在水面的美妙姿態。

隨後，他疾步走開，雖然不會有人再追殺過來，但他好像考慮到事後的麻煩。

在河原的水灘旁，他發現一艘有槳的小舟，正好可以搭乘。他一躍跳上船，正要解開繩纜。

「嘿！武士。」

半瓦的隨從菰十郎以及少年小六發出叫聲。

他們從林間大叫，立刻跑到河邊。

「你要做什麼?」

他們以責備的口吻說道。

穿背心的武士身上傳來陣陣血腥味。他的褲子及草鞋上，都濺滿血跡。

「……不行嗎?」

武士放下即將解開的纜繩，微微一笑。

「當然，這是我們的船。」

「是嗎?那我付租金給你們，可以吧!」

「別胡說，我們可不是船東啊!」

面對才剛砍死四人的武士，竟敢用如此不客氣的口吻說話，可說是關東的勃興文化藉由少年及隨從口中說了出來，也可說是新將軍的威勢以及江戶的土地所造成的氣勢。

「……」

穿牡丹色背心的武士並未道歉。

他大概認爲如此一來事情會擺不平，因此下了船，默默地往河的下游走去。

「小次郎先生，你不是小次郎先生嗎?」

阿杉婆跑到那武士前面停了下來。小次郎一看到阿杉婆，驚訝地叫了一聲。臉上的蒼白這才消失，露出笑臉。

「您竟然也來到這裏。分手後，我一直在想您不知怎麼樣了?」

「今天我和收留我的半瓦主人和年輕人一起去參拜觀世音。」

「我忘了是何時了？對了！我在叡山遇見您時，您說要到江戶。我心想可能會再見面，沒想到竟然在此相遇。」

小次郎說完，回頭看了一眼呆若木雞的兩名隨從：

「那麼，他們是跟您一起來的人嘍！」

「沒錯。老闆是位正直人，這些年輕人言行粗暴、不懂事。」

老太婆站在那裏與小次郎閒談，不只令衆人驚訝不已，連半瓦彌次兵衛都感到意外。

半瓦見狀走了過來：

「剛才我的隨從對您失禮了，眞對不起。」

半瓦客氣地道歉，並說：

「我們也正要回去，就讓我們送您一程吧！」

木屑

1

在歸途的船上。

有一句話叫「同舟共濟」，意思是說：同一艘船的人，即使彼此不喜歡，也必須互相幫助。

何況有酒。

還有鮮魚。

再加上老太婆和小次郎不知爲何打從以前就氣味相投，他們談了很多分別後的種種。

「你仍然四處遊歷嗎？」

老太婆問小次郎。

「您的願望尚未達成嗎？」

小次郎也回問老太婆。

老太婆的大願當然是指殺武藏報仇這件事。可是她說最近毫無武藏的消息。小次郎聽了便說：

「不，聽說前年秋冬之際，他曾經去拜訪過兩、三位武學家。我想他大概還在江戶吧！」

小次郎給阿婆打氣。

半瓦也開口：

「雖然我們能力有限，但在聽過阿婆的遭遇之後，也想助她一臂之力。可是，現在毫無武藏的消息。」

彼此的話題以阿婆的境遇為中心，大家似乎有了共通點，因此半瓦說：

「今後請多指教。」

小次郎也回道：

「彼此，彼此。」

小次郎說完，洗淨酒杯，除了對半瓦之外，也依序地給隨從斟酒。

小次郎的實力，剛才已經在河岸上見識過了。所以少年和菰十郎這兩名隨從也希望剛才的誤會能雲消霧散，打從心底無條件地尊敬小次郎。另外，半瓦彌次兵衛認為自己所照顧的阿婆，對彼此來說都算自己人，應該肝膽相照。而阿婆仍是阿婆的想法，她現在又多了一位靠山。

「有人說亂世無鬼魂。可是，好像冥冥之中我受到了保佑，才有小次郎先生與半瓦老闆如此照顧我……也可能是觀世音菩薩的保佑吧！」

老太婆說得老淚婆娑。

半瓦見氣氛低沈，便換了話題。

「小次郎先生，剛才你在河邊砍死的四人，是哪裏的人？」

小次郎早就在等半瓦問他，因此他得意洋洋地敍述一切。

「啊！他們啊——」

小次郎先是若無其事地笑了一笑。

「他們是出入於小幡門下的浪人。我曾經拜訪過小幡五、六次，與他們切磋兵法。這些人經常從旁插嘴，自認在軍事以及劍法上都頗有成就。因此我便說，那就到隅田河岸來，無論你們多少人來都無妨，讓你們見識一下巖流的祕術，並嘗嘗曬衣竿的滋味。今天對方通報有五名要前往河岸……可是，雙方才對峙，就有一人先逃跑了。哈哈！江戶的浪人也不像傳說中那麼厲害。」

小次郎聳肩大笑。

「小幡是誰？」

半瓦問他。

「你不知道嗎？就是甲州武田家的小幡入道日淨的末代，名叫勘兵衛景憲。他受皇室徵召，現任秀忠公的軍事指導，還開班授課呢！」

「啊！原來是那個小幡先生啊！」

小次郎提到這位赫赫有名的大家，竟如數家珍。半瓦望著小次郎，心裏想：

這個年輕武士前額還蓄著瀏海，到底有多少能耐呢？

2

六方者非常單純，市井的事務雖然繁雜，但是他們認為單純的生活才是眞正的男子漢。

半瓦對小次郎由衷佩服。

此人非常厲害。

他如此一想，對眼前這名男子漢佩服得五體投地。

「有件事不知您意下如何？」

半瓦立刻與小次郎商量。

「我的地方經常有四、五十個年輕人跟隨我。家裏後面也有塊空地，我可以在那裏蓋個武館。」

他向小次郎表明心意，希望小次郎能住在自己家裏。

「我可以告訴你，有很多諸侯想要出三百石、五百石聘請我，弄得我分身乏術。而我的條件是千石以下絕不接受公職。因此，還有一段的時間，我會待在目前的住處閒暇度日。但是也不能罔顧信義，突然離去。這樣吧！如果每個月三、四次的話，我可以前去教授。」

半瓦和隨從們聽小次郎這麼一說，對他更加尊敬。小次郎經常話中有話，藉此提高自己的身價，而半瓦等人竟然毫無察覺。

「可以、可以，一定要拜託您了。」

他們低聲下氣回答。

「務必請您光臨寒舍。」

半瓦說完，阿杉婆立刻接口：

「我們等你來喔！」

她向小次郎再次確認。

當船轉入京橋圳時，小次郎說道：

「請讓我在這裏下船。」

說完，便上了岸。

眾人從小船上目送這位著牡丹色背心的武士離去。見他走入街道。

「這人眞有趣。」

半瓦由衷地感嘆。老太婆斬釘截鐵地說：

「那才是眞正的武士。像這種人物，大將軍花五百石可能都還請不動呢！」

又突然自言自語說道：

「又八如果能像他一樣就好了……」

五天之後，小次郎果然來拜訪半瓦。

四、五十名隨從輪流進入客廳與他打招呼。

「你們的生活看來似乎很有趣。」

小次郎說著，內心似乎也跟著愉快起來。

「我想在此地建武館，可否請您來看一下這兒的風水。」

半瓦邀他到屋後。

那裏是一個兩千坪左右的空地。

空地上有一個染房，旁邊曬衣竿上掛滿了染好的布。空地是半瓦目前出租給他人，只要收回來使用，要多大就有多大。

「這塊空地沒有路人會進來，因此不必蓋武館，露天即可以。」

「若是下雨呢？」

「因爲我無法每天來，所以露天練習就可以。只是我的練習比起柳生或城裏的師父還要嚴厲。稍不留神，可能會缺手斷腳，或打死人，希望你們能先明白這一點……」

「我們早就有此覺悟。」

半瓦召集所有隨從立誓，願遵從此意旨。

3

半瓦家練武的時間，決定一個月三次，每逢三日、十三日、二十三日。半瓦家就可以看到小次郎的蹤影。

「他是男子漢中的男子漢。」

附近一帶傳說著。小次郎矯健的身手到處引人注意。

而小次郎拿著琵琶形的長木刀練武。

「下一個——下一個，上！」

他在染房的曬場大聲吆喝，訓練眾多門徒的英姿，格外醒目。

小次郎不知何時才會穿上成人衣服。可是他看來已經二十三、四歲了，仍然蓄著瀏海。有時他脫去半袖，可以看到他穿著耀眼的桃山刺繡內衣。肩帶也是紫色的皮革。

「你們注意了，要是被我的琵琶木劍打到，可能連骨頭都會斷掉，希望你們有所覺悟。下一個是誰？不敢上來了嗎？」

小次郎除了身穿艷麗衣服之外，語氣也充滿殺伐之氣，聽起來更加淒厲。

再談到他的練武。這個武術指導，一點也不打馬虎眼，空地的練習場開始練武至今才第三回，可是半瓦家已經有一人斷腿，四、五人受傷，現在還躺在後面呻吟呢！

「沒有人上了嗎？你們不練了是不是？要是不練了，我就回去嘍！」

他又開始說狠毒的話。

「好，我上。」

一名隨從戰戰兢兢地站了出來。

他走到小次郎面前，正要拾起木劍。說時遲那時快，隨從還沒拿到木劍，就已經被打倒在地。

「劍法最忌諱注意力不集中。剛才教你們的便是這個。」

小次郎邊說邊望著四周三、四十個人的臉。大家口乾舌躁，因他嚴格的訓練而全身顫抖。

有人把躺在地上的男子抬到井邊，爲他沖水。

「不行了。」

「死了嗎？」

「呼吸沒了。」

有人跑過去察看，引起一陣騷動，小次郎卻連看都不看一眼。

「如果這點小事就讓你們害怕，那最好別練劍，你們不是號稱六方者的男子漢，對打架很在行的嗎？」

小次郎腳穿皮襪，踩在空地上，用講課的口吻說道：

「六方者！你們想想看。你們只要腳被人踩到，立刻就找人打架。你們的刀被人碰到，就立刻拔刀相向。然而，眞正要拔出眞劍一決勝負時，你們的身體就變得僵硬！你們會爲了女人或意氣用事之類無聊的事捨棄生命。可是，我看你們卻沒有爲大義犧牲的大勇。碰到一點小事，立刻感情用事，這是不行的啊！」

小次郎越說越興奮：

「要是你們沒有信心能禁得起考驗，就不配稱大勇。來，起來！」

這時，有一個已經聽不下去，從後面撲向小次郎。然而小次郎身體一低，偷襲的男子撲了個空。

「好痛啊！」

那男子大叫一聲，重重跌坐在地。這時琵琶木劍已經打在他的腰骨上，才會令他如此慘叫。

「今天到此為止。」

小次郎拋下木劍，走到井邊洗手。剛才被打死的隨從，已經像塊豆腐般躺在井邊的流水台上。而小次郎在死人臉旁嘩啦嘩啦地洗著手，對死人連一句憐憫的話都沒說。他將袖子套回，笑著說道：

「最近聽說葭原一帶人潮洶湧，非常熱鬧……你們大家也很好玩吧！今夜有誰能帶我去看看？」

4

想玩的時候就玩，想喝的時候就喝。

小次郎這種自負又率直的個性，頗得半瓦的欣賞。

「你還沒去過葭原嗎？不去見識見識是不行的。本來我想陪你去，但是有人死了，我必須處理善後。」

彌次兵衛說完便拿錢給少年隨從和菰十郎這兩名隨從。

「你們帶他去玩。」

出門時，老闆彌次兵衛又再度叮嚀：

「今晚你們可別顧著玩，要好好帶師父四處走走。」

可是這兩名隨從一出了門，便把老闆的話忘得一乾二淨。

「嘿，老兄，每天都有這種差事那該多好啊！」

「師父，以後也請您常說要去葭原玩好嗎？」

兩名隨從慫恿小次郎。

「哈哈！好，我會常常說的。」

小次郎走在前頭。

太陽下山，江戶籠罩在黑暗中。京都的夜晚從未如此昏暗，奈良和大坂的夜晚更是明亮。雖然小次郎來到江戶已經有一年多了，但是走在黑暗中，仍然不太習慣。

「這路眞難走，應該帶燈籠來的。」

「帶燈籠逛花街會被人笑的。師父，那裏是小土堆，請走下面。」

「可是，到處都是積水。剛才我還滑到蘆葦叢中，把鞋子踩溼了。」

他們走著，忽然看見前方圳河的水面映著紅光。抬頭一看，河對岸的天空也映得通紅。原來前面就是鬧街，天空上懸掛一輪鏡子般的明月。

「師父，就是那裏。」

「喔……」

小次郎張大眼睛。三人走過一座橋，小次郎快過完橋，卻又折回到橋頭。

「這橋叫什麼名字啊？」

他看看木椿上的字。一名隨從回答：

「叫做老闆橋。」

「的確寫著老闆橋，但是爲何叫這名字呢？」

「大概是叫做庄司甚內的老闆開闢了這條街，才取這個名字吧！花街裏還流行這麼一首歌呢！」

隨從十郎望著花街的燈火，低聲吟唱。

父親是竹連枝
每一節都令人懷念
父親是竹連枝
一夜訂下賣身契
父親是竹連枝
千代萬世就是賣身女
已經訂下了契約
無法再後悔
再拉住我的衣袖
也是徒增悲傷

「我這個也借給師父用吧！」

「什麼東西？」

「用這個把臉遮住。」

少年和菰十郎拿著紅色的手巾，包住頭臉。

「原來如此。」

小次郎也學他們，拿出捲在褲腰帶上暗紅色的手巾，蓋住瀏海，在下巴打了結。

「眞帥啊！」

「很適合您啊！」

他們一過橋，便見沿途燈火通明，格子門內人影如織。

5

小次郎等人沿著茶室一家一家的走過。

有些茶室掛著紅門簾，有些掛著淺黃斜紋的門簾。有些茶樓的門簾上掛著鈴鐺，客人只要一撥開門簾便會叮噹作響，姑娘們聞聲會聚集到窗口。

「師父，你遮著臉也沒用。」

「爲什麼？」

「您剛才說第一次逛這裏，可是本樓的姑娘有人一看到師父，便大驚失色，躲到屏風後面。所以，師父您還是從實招來吧！」

菰十郎和少年都這麼說，小次郎卻無印象。

「奇怪，是什麼樣的女子？」

「別睜眼說瞎話了，我們就到剛才那家酒樓吧！」

「眞是的，我眞的是第一次來。」

「進去就知道了嘛！」

兩人把小次郎拉回剛才經過的門簾內。那是三大葉柏樹花紋的門簾，旁邊寫著「角屋」二字。這家酒樓的柱子和走廊蓋得很粗糙，猶如寺廟。而且，屋簷下還埋著一堆潮濕的蘆葦。房子既不醒目也不引人入勝，家具和拉門、室內擺設，全都新得令人眼花撩亂。

三人來到二樓面對馬路的大廳。前面客人留下的殘餚剩飯及用過的餐巾紙都還沒收拾乾淨，一片凌亂。

清掃房間的女人就像女工一般粗野地清理著。叫阿直的老太婆每天晚上忙得不可開交，幾乎沒有時間睡覺。若連續三年如此操勞，可能會賠上她的老命。

「這就是妓院嗎？」

小次郎望著高聳的天花板上滿是木頭的接縫。

「哎呀，眞是荒涼啊！」

他苦笑。阿直聽到他的話便回答。
「這是臨時搭蓋的，現在後面正在蓋本館，可能伏見和京都都找不到如此豪華的酒樓呢！」
阿直向小次郎解釋後，又目不轉睛地瞪著他看。
「這位武士，我好像在那裏見過你喔！對了，就是去年我們從伏見往江戶的途中見過你。」
小次郎早已忘記此事，經阿直這麼一說，也想起在路邊的小石佛與角屋一行人碰面之事。這會兒他從阿直口中也得知，當時那位庄司甚內便是這酒樓的主人。
「是嗎……那我們可眞有緣啊！」
小次郎漸覺得有趣。十郎在一旁接口道：
「當然緣分不淺啊！因爲這酒樓裏有個女子還認識師父您呢！」
菰十郎取笑小次郎之後，便吩附阿直呼喚那名姑娘出來。
阿直聽菰十郎描述那姑娘的模樣和衣著。
「啊！我知道了。」
說完便走開。可是，等了好久，阿直並未帶那名姑娘出來。菰十郎和少年等得有點不耐煩，便到走廊一探究竟。
「喂，喂！」
兩人拍著手叫阿直，並問明原因。
「您要我去叫的那名姑娘不在喔！」

「奇怪了，爲什麼不見了？」

「我剛才問老闆，他也覺得納悶。因爲以前在小石佛上，那位姑娘一看到武士先生和甚內先生在談話，也曾經消失蹤影，眞奇怪啊！」

6

這裏是剛上了樑的新房子，雖然已蓋了屋頂，卻無牆壁，也無打上隔板。

「花桐姑娘，花桐姑娘！」

遠處傳來呼喚聲。朱實看到尋找自己的人影便躲在像座小山般的木屑堆和木材堆後面。

「……」

朱實屛氣凝神，不敢現身。「花桐」這個名字是她來角屋之後才取的藝名。

「討厭，誰會露面啊？」

剛開始，朱實因爲知道來客是小次郎才躲起來。但躲著躲著，又覺得令人憎惡的不只小次郎了。清十郎也可惡，小次郎也可惡，在八王子趁自己喝醉，而把她抓到馬糧小屋施暴的浪人更可惡。每晚玩弄自己肉體的遊客們全都很可惡。

這些人全都是男人。男人是自己的仇敵。然而她這一生卻又在尋找另一位男人。像武藏的男子。即使長得很像武藏也可以。

她想，若是遇到長得像武藏的人，即使不是眞愛，朱實內心也會感到安慰。但是遊客當中根本沒碰到這樣的人。

朱實不斷地尋求這分戀情。可是，她最後終於覺悟到，自己跟武藏的緣分愈來愈淡遠了。只有酒量愈來愈好。

「花桐，花桐。」

緊臨新樓建地的角屋後門，傳來老闆甚內的聲音。最後，連小次郎等三人也出現在空地上。老闆不斷道歉和解釋，那三個人影最後終於離開空地，往馬路走去。看來是放棄尋找自己了。朱實鬆了一口氣走出來。

「哎呀！花桐姑娘，原來妳在這裏啊！」

在廚房工作的女人馬上大聲問道。

「噓。」

朱實揮手示意她別作聲，並探頭看看大廚房。

「能不能給我一口酒喝？」

「什麼？給妳酒。」

「對。」

那女人看朱實臉色蒼白，趕緊倒一杯給她。朱實閉著眼睛，仰臉一口飲盡。

「啊！花桐姑娘，妳要去哪裏啊？」

「妳眞囉嗦，我要去洗腳，然後回房間。」

廚房的女人這才放下心，關上門。但是朱實卻找了一雙合腳的草鞋穿在沾了泥土的腳上。

「啊！眞舒服啊！」

她搖搖晃晃的走往街道。

眾多的男人，摩肩接踵走在掛滿紅燈籠的街上。朱實好像念著咒語般：

「這些人是什麼東西啊？」

她吐了一口口水，然後跑走了。

她來到一處漆黑的馬路，望見圳河上浮現閃爍的星光。朱實望得出神，突然聽見後面傳來啪嗒啪嗒的跑步聲。

「啊！那是角屋的提燈。眞是混帳！這些傢伙趁女人迷失自己時，剝削她的靈肉，讓她替他們賺錢再用她們肉體換來的錢拿去蓋新房子。眞是可惡……我才不會再回去呢！」

朱實敵視世間一切事物。這會兒她漫無目的地走向黑暗中，沾在她頭髮上的木屑在黑暗中映著星光一閃一閃。

梟

1

小次郎喝得酩酊大醉，這無疑是在某家酒館喝的。

「肩膀……肩膀靠過來……」

「做什麼？師父。」

「我要你們用肩膀架著我啊！我已經走不動了。」

小次郎被架在菰十郎和少年小六的肩上，踉蹌地走在深夜髒亂的花街上。

「我不是要您在此住一宿嗎？」

「那種酒樓能住嗎？算了，我們再到角屋去看看吧！」

「別去了。」

「爲什麼？」

「還問爲什麼？即使把那位逃跑的姑娘抓出來，您想她會陪您嗎？……」

「……嗯，是嗎……」

「師父，您是不是喜歡上那姑娘了？」

「哼！」

「師父，您想起什麼事了？」

「我從未喜歡過女人……這就是我的個性，因爲我還有更大的野心。」

「師父，您的野心是什麼？」

「我不說你們也知道吧！既然拿劍，就要成爲天下第一劍客。我希望將來能當上將軍家的師範。」

「眞可惜，柳生家已經捷足先登了……聽說小野治郎右衛門最近才被推薦給將軍家呢！」

「治郎右衛門那種人配嗎？……柳生家有什麼好怕的……等著瞧吧……將來我一定會把他們全踢掉。」

「哎呀！師父您還是注意腳下吧！」

花街的燈火遠遠地拋在他們身後。

馬路上已經看不到人影。現在他們來到剛挖過的圳河邊，路面泥濘窒礙難行。圳邊的土堆上露出半截楊柳，另一頭是一窪積水，長滿低矮的蘆葦和雜草。繁星點點，更顯得夜深人靜。

「小心腳滑。」

菰十郎和少年兩名隨從，架著爛醉如泥的小次郎從土堤走下去。

「啊！」

突然被小次郎推開的兩名隨從，與小次郎同時大叫一聲。

「是誰？」

小次郎背靠在河堤上，大聲怒斥。

隨著怒斥聲，從小次郎背後偷襲的男子也一刀揮了個空，腳下失去重心，跌到下面的濕地上。

不知何處傳來聲音。

「你忘了嗎？佐佐木。」

又傳來另外一個人的聲音。

「你竟然敢在隅田河岸斬我同門四人。」

「喔！」

小次郎跳到堤上，循著聲音搜尋。定睛一看，土堆後、樹蔭下，蘆葦叢中大約有十幾個人影。這些人一看到小次郎爬上堤岸，全都舉刀逼近小次郎。

「喔！原來是小幡的門人。上次你們來了五個人，死了四個。今天晚上又來了幾個呢？你們自己找死，我就不客氣了。懦夫，上來吧！」

小次郎手越過肩膀，握住背上的愛劍「曬衣竿」。

2

提到小幡門人，便要談談小幡勘兵衛景憲這個人。此人的住家與平河天神公背對背，四周圍繞著森林。在舊家的茅草屋下又蓋了新的講堂和大門，招攬兵學的門人。

勘兵衛本來是武田家的家臣，是甲州人當中頗負武門盛名的小幡入道日淨流之支流。

這個支流在武田家滅亡之後，也歸隱山林。直到勘兵衛這一代受家康徵召，實際參與戰事。可是，勘兵衛年老體弱。因此他有一個願望——

我希望奉獻餘生，教授兵學。

而搬到目前的住所。

幕府爲了他，特別撥出鬧區中的一角供他居住。可是勘兵衛卻以——

甲州出身的鄉下武士，不習慣住在豪華奢侈的宅第。

而婉拒賞賜，將房屋蓋在平河天神的一個古老農地上。但他經常臥病在牀，最近也很少看到他出現在講堂了。

森林裏有很多梟，連白天都可聽到梟的叫聲。所以勘兵衛自稱——

隱士梟翁

我也是那梟羣中的一隻吧！

他想到自己病體羸弱，有時就如此自我解嘲，排解寂寞。

他的病是現代所謂的神經痛。發作起來，從坐骨蔓延至全身都猛烈地疼痛。

「老師，您舒服一點了嗎？喝點水吧！」

經常服侍在他身邊的是一名叫北條新藏的弟子。

新藏是北條氏勝的兒子，繼承父親遺學，爲了完成北條流的兵學，才成爲勘兵衛的入室弟子。從少年時期開始砍柴挑水，接受磨練，是一名苦學的青年。

「不喝了……這樣舒服多了……天也快亮了，你一定很睏，去睡吧！」

勘兵衛滿頭白髮，身體像棵老梅樹一般清瘦。

「請您別擔心，我白天已休息過了。」

「不，只有你能夠代我講課，所以你白天不可能有時間睡覺的。」

「忍耐著不睡覺也是自我鍛鍊的一種方法呀！」

新藏揉著師父薄弱的背，看到蠟燭快燒完了，便起身去取油壺。

「奇怪？」

趴在枕頭上的勘兵衛突然抬起削瘦的臉。

燈火下，他的臉益形蒼白。

新藏拿著油壺問道：

「什麼事情奇怪？」

他望著老師的眼睛。

「你沒聽到嗎？……是水的聲音……從井邊傳過來。」

「喔！好像有人。」

「這個時候會是誰呢？……是不是這些弟子們晚上又溜出去通宵夜遊了。」

「我想大概是吧！我去看一下！」

「你要好好地教訓教訓他們。」

「我知道，老師您也累了，早點休息吧！」

這個病人一直要到天快亮的時候，疼痛才會停止，方能入睡。新藏輕輕地爲老師蓋上被子。然後打開後門。

他看到兩名弟子正在井邊打水，清洗手上和臉上的血跡。

3

北條新藏見此光景，嚇了一跳，皺著眉，來不及穿草鞋，只穿著皮襪子就跑到石井邊。

「你們眞的跑出去了。」

他的語氣好像在說——我如此勸你們，你們還是去了，現在罵你們也來不及了。所以他的話裏又包含了嘆息和驚訝。

井簷下，躺著他們扛回來身受重傷的門人，幾乎快要斷氣，正痛苦地呻吟著。

清洗血跡的兩名門人，一看到新藏，即使是男子漢也忍不住皺緊眉頭，強抑奪眶而出的淚水。

「啊！新藏先生。」

「實在很遺憾……」

他們聲音哽咽，像小弟對大哥訴苦般恨恨罵了一句：

「混帳！」

新藏爲人隨和，並未毆打他們。

「你們這些混帳東西。」

新藏再次怒責。

「我說過你們絕對不是他的對手，再三阻止，爲何你們又去了？」

「可是……佐佐木小次郎那個傢伙，來此侮辱臥病在牀的老師，還在隅田河邊砍死四名師兄弟。我們怎能嚥下這口氣？而新藏先生您卻對我們說，前去報仇也無濟於事。如此劃地自限、忍氣吞聲，我們認爲這才是沒出息的做法。」

「什麼叫做沒出息的做法？」

雖然新藏年紀尚輕，卻是小幡門中的高足。他的地位頗高，老師臥病在牀期間，便由他代替老師父管理眾弟子。

「如果是我應付得來，我新藏一定首當其衝。小次郎這個男子，剛開始時常來武館對臥病在牀的老師口出無禮，對我們亦是視若無睹。然而，我可不是怕他才不敢去找他。」
「可是，世人並不這麼認爲。再加上小次郎到處散播謠言，批評老師和兵學上的種種事情，全是惡意中傷。」
「讓他去講吧！眞正瞭解老師實力的人，會去相信一名乳臭未乾的小子的話嗎？」
「不，我不管您的想法是怎樣，但我們門人無法再繼續保持沈默了。」
「你們想怎樣？」
「我們準備找那小子報仇，讓他知道厲害。」
「上次不聽我勸阻，在隅田河邊已經有四人喪命，今晚去還不是敗北歸來，眞是恥上加恥。所以說讓老師名譽掃地的，不是小次郎而是你們這些門徒。」
「啊！你說這話太過分了，怎麼是我們害老師名譽掃地呢？」
「那麼，你們砍了小次郎了嗎？」
「……」
「今天被殺的恐怕全都是自家人吧！你們完全不瞭解敵人的實力。雖然小次郎年紀尚輕，也非什麼大人物，而且既粗野又高傲。但他的實力，尤其他的名劍『曬衣竿』的功夫，是無法否定的。你們若小覷他，可就大錯特錯了。」
門人中一人聽完此話，突然逼近新藏的胸前，像要吃掉他似地說道：
「所以你才認爲即使那傢伙再怎麼侮辱我們，我們都拿他沒辦法？你是這麼畏懼小次郎嗎？」

「沒錯。你們要這麼講我也沒辦法。」

4

新藏點點頭。

「如果你們認爲我的態度懦弱，那你們就罵我是懦夫吧！」

這時受了重傷躺在地上呻吟的男子，在他們腳邊痛苦不堪地說：

「水，給我水。」

「喔，來了。」

有兩個人立刻架著傷者，拿起水桶正要給他喝水。新藏急忙阻止。

「等等，要是給他喝水，他會立刻斷氣的。」

那兩個人正在猶豫不決，受傷的人已經把頭伸進水桶中喝了一口。頭都還來不及抬起來，眼睛已經掉到水裏面了。

「……」

此刻，月亮在晨曦中仍依稀可見。遠處傳來梟的啼叫聲。

新藏默默離去。

一進入屋內，他趕緊悄悄地窺視老師的病房，勘兵衛已經沈沈入睡，新藏這才放心，退回自己的房間。之前他閱讀的兵書，展開在書桌上。可是，每天晚上爲了照顧老師，幾乎沒有時間看書。他坐在書桌前，好不容易靜下心來，同時也感覺到一天的疲憊。

新藏挽著手坐在桌前，不覺嘆了一口氣。他想，現在除了自己之外還有誰能照顧老師呢？武館裏有幾名入室弟子，大家都是練武的兵學書生。而從外面來此學武的人，更是耀武揚威，無人能瞭解師父孤寂的心情，只會在外面與人打架，惹是生非。

處理這次的事情亦是如此。

有一次自己不在家，佐佐木小次郎剛好在兵書上有些疑問想要請教勘兵衛，弟子們便爲他引見。原本說是要來求教的小次郎，反而僭越身分，高談闊論，好像是來教訓勘兵衛似的。因此，弟子便將他拉到別的房間，責備小次郎的無禮。小次郎反而大放厥辭，並且撂下一句狠話。

——我隨時候教。

說完便回去了。

本來只是個小誤會，卻經常釀成大災禍。小次郎後來到江戶四處散播謠言，說小幡的兵學淺薄，甲州流是模仿古代楠流或唐書六韜揑造而成的兵學。此事傳到弟子耳中，更引起大夥兒對小次郎強烈的反感。

不能讓他活著。

小幡門人發誓要找他報仇。

北條新藏從一開始便反對。

——不宜小題大作。

——何況老師正臥病在牀。

——對方並非兵學家。

還有一個理由，就是老師的兒子余五郎正旅行在外。

——禁止門人找小次郎理論。

他不斷告誡門徒。可是，已有門徒在前幾天私下約了小次郎在河原決鬥。昨晚他們又偷襲小次郎，反而被打得落花流水，十人當中好像沒幾個生還。

「眞令人頭痛。」

新藏對著即將燒盡的蠟燭，連連嘆息，陷入沈思。

5

北條新藏趴在桌上睡著了。

當他驚醒時，隱約可聽到遠方人羣騷動的聲音。他馬上明白過來，一定是門徒的聚會。接著又想到今晨破曉時分所發生的事，頓時整個人清醒過來。

但是，那聲音很遙遠，新藏窺視一下講堂，裏面空無一人。

他穿上草鞋。

來到屋後，穿過一片長滿嫩竹的綠竹林。這裏沒有圍牆，可直接通往平河天神的林子。

新藏走過去一看，不出所料，小幡兵學所的門下學生，正羣集在那裏。

今天一大早在石井邊清洗傷口的兩個人，現在用白布將手吊在頸子上，臉色蒼白，正在向同門師兄弟描述昨夜慘敗的情形。

「這麼說來，你們十個人去對付小次郎一個人，卻有一半以上負傷回來嘍？」

有一個人如此問。

「我感到很遺憾。可是那傢伙耍著號稱『曬衣竿』的大刀，我們使盡全力都無法揮刀欺身。」

「村田、綾部這兩名平日那麼熱中於練劍，竟然也慘敗了。」

「那兩個人反而最先被砍倒。後來上去的人也受了輕重傷，與惣兵衛雖然僥倖保住一命回來，但在喝了一口水之後，就在井邊斷了氣……眞令人扼腕……各位，希望你們能夠諒解。」

衆人聽完皆黯然默不作聲。這個流派極爲講究兵學，平常認爲所謂劍法只是步兵小卒的雕蟲小技，並非身爲將軍者應學之事。

不料竟會發生此事。佐佐木小次郎一個人竟能砍殺衆多同門兄弟。大家被平常所輕蔑的劍法所敗而失去了信心，更深切地感到悲哀。

「這到底是怎麼回事？」

其中一人如此感嘆。

「……」

在這沈默的氣氛下，今天也聽到梟啼聲。這時，弟子中有人想到一個辦法。

「我的姪子在柳生家工作，靠這層關係，我們不妨到柳生家找他們商量，向他們借一臂之力。」

「不行。」

有好幾個人表示反對。

「家醜怎能外揚呢？這豈不更讓師父的顏面盡失嗎？」

「那……那該怎麼辦呢？」

「我們這些人就足以對付他了。我們何不發個挑戰書給佐佐木小次郎呢？當然不能趁夜黑埋伏偷襲，如此只會破壞小幡兵學所的名聲。」

「要是再吃一次敗仗呢？」

「也不能就此退縮啊！」

「說得有理……但若讓北條新藏知道此事，他又要囉嗦了。」

「當然不能讓臥病在牀的老師和他的心腹弟子知道。現在我們趕緊到神社那裏借筆墨，寫好挑戰信，派人送去給小次郎。」

眾人站起來正要前往平河天神的社家，走在前頭的人突然驚叫一聲，整個身體退了回去。

「啊！……」

眾人全都僵在原地，注視著平河天神拜殿後面的舊迴廊。

陽光照在牆壁上，映著結了青梅的老梅樹影。而佐佐木小次郎打從剛才便單腳翹在欄杆上，觀看林子裏的聚會。

6

衆人一瞬間全嚇破了膽，臉色慘白。

他們抬頭仰望迴廊上的小次郎，簡直無法相信自己的眼睛。別說出聲，連呼吸都快停止了，身體則嚇得僵硬不能動彈。

小次郎面露傲慢的微笑，向下望著這羣人。

「剛才我在此聽到你們的談話，顯然你們仍未受到教訓，還想給我小次郎下挑戰書。這會兒，你們不必派人了。我從昨夜就沒洗去手上的血跡，我猜想你們準會再來報仇，就跟蹤這兩名傢伙，我在這裏已經等了一個晚上了。」

小次郎一口氣說完。大家懾於他的氣勢，無人敢吭一聲。小次郎接著又說：

「小幡門人要決鬥之前，是不是還得問神卜卦，選個良辰吉日呢？還是像昨晚那般趁敵人酩酊大醉、回家途中埋伏偷襲，才能致勝呢？」

「……」

「爲何不作聲？難道你們全是死人嗎？你們要輪番上也可以，就算你們披甲鳴鼓進攻，我佐佐木小次郎也不是那種臨陣逃脫的武士。」

「……」
「怎麼樣？」
「……」
「要來決鬥嗎？」
「……」
「難道你們就沒有一個有骨氣的嗎？」
「……」
「聽好，你們好好記住，我的刀法是在富田五郎左衛門生前所傳。拔刀術是片山伯耆守久安的祕傳，我小次郎自己再下功夫，自創一流的巖流刀法。而你們光說理論，只知道六韜兵法、孫子兵法，完全不切實際。你們跟我比起來，不但手法差距大，連膽子都差得遠呢！」
「……」
「我不知道你們平常從小幡勘兵衛那裏學到什麼？兵法到底是什麼東西？現在我親自來教你們吧！我不說大道理，就拿昨晚暗中偷襲的事來說吧！要是碰到這種偷襲，一般的人即使打贏，也會盡快跑到安全的地點，直到第二天才敢放下心來。然而，我的方法卻是對著敵人拚命地砍殺。要是有人僥倖逃回去，我會跟在他後面，然後，出其不意地出現在敵人的本營。趁他們在商量善後時，全力攻擊，讓敵人落荒而逃。像這種做法，才是兵學的極致。」
「……」

「我佐佐木雖然是劍術家，不是兵學家。可是，自從我來到你們兵學武館之後，雖然有人說我外行、辱罵我，但現在你們知道我佐佐木小次郎不只是天下的劍豪，也懂得兵學道理了……啊哈哈！我竟然代替你們師父給你們上了兵學課。這一來恐怕要搶走病人小幡勘兵衛的飯碗了……好渴，喂！小六、十郎，這些人眞是一羣笨蛋。拿水來。」

佐佐木回頭吩咐，在拜殿旁邊有人恭敬地回答。原來是菰十郎和少年小六。

他們用陶皿裝了水。

「師父，接下來做什麼？」

小次郎將喝乾的陶皿丟到不知所措的小幡門人面前。

「你看他們一臉的茫然，你去問看看吧！」

「啊哈哈！那是什麼表情啊？」

小六罵道，十郎也說：

「你們走著瞧吧！沒骨氣的傢伙……走吧！師父、我怎麼看都沒人能與你匹敵的。」

7

躲在一旁的北條新藏看著小次郎帶著兩名六方者隨從，大搖大擺地消失在平河天神牌樓外。

「……你這傢伙。」

新藏喃喃自語。

他全身顫抖，好像在忍耐吞下的苦水一般。可是，他現在只能口中說著：

「等著瞧吧！」

除此之外別無他法。

呆立在拜殿後面的門衆，碰了一鼻子灰。大家臉色慘白，只能杵在原地。

就像剛才小次郎臨走前丟下的話一樣，他們簡直是陷入小次郎戰術的圈套裏了。

這些人被膽小的風一吹，剛才那股勁已消失殆盡。

同時，燃燒在他們心頭的怒氣也成灰燼，猶如軟弱女人，根本無人敢追上小次郎說：

（看我的！）

這時，有一名門徒從講堂跑過來，說是城裏的棺材店送了五口棺木來，眞的訂了那麼多嗎？

「……」

大家已經懶得開口，因此也無人回答。

「棺材店的人正等著呢！」

門徒催促著，這才有人回答。

「去搬屍體的人還沒回來，所以我不清楚，也許還要多一副吧！你就叫他們把送來的棺木先收到倉庫裏吧！」

那個人語氣凝重。

棺木終於被送到倉庫。而每個人腦海中也浮現出即將放入棺木的死者影像。

門徒在講堂守夜。

門徒搬棺木的時候，動作輕悄，生怕被病房知道，但是勘兵衛好像察覺到動靜。

他卻什麼都沒問。

陪侍一旁的新藏，也沒向勘兵衛禀報。

原來情緒激動的門人，從那天開始不再說話，一個個變得抑鬱寡歡。而一直都比別人消極，被視爲懦夫的北條新藏，也露出忍無可忍的神色。

他暗自期待日後報仇的機會。

等著瞧吧！

在等待這一天到來的日子裏，有一天，從臥病在牀的老師枕邊看到一隻梟正停在巨大的櫸樹上。

那隻梟無論何時都停在同一枝樹幹上。

不知爲何，那隻梟即使看見白天的月亮也會吼吼地叫著。

夏天一過，秋天的腳步走近，師父勘兵衛的病情更加惡化。

快了，快了。

梟的叫聲，新藏聽起來好像在告知老師來日不多。

勘兵衛的兒子余五郎正在外旅行。聽到這個巨變，已經捎了信函告知立刻回來。新藏這四、五天來一直在擔心——余五郎會先回來，還是勘兵衛會先迎接死亡。

無論如何，北條新藏必須決定。他在余五郎抵家的前夜，將遺書留在書桌上，準備離開小幡兵學所。

「請原諒我不告而別之罪。」

他從樹蔭下面對老師的病房，愼重地行了告別禮。

「明天令郎余五郎先生即將歸來，有人照顧您，我才放心離去。雖然如此，我無法確定是否能在您生前提著小次郎的首級來見您……萬一，我也栽在小次郎手上，我會先在黃泉路上等您的。」

守夜童子

1

離下總國行德村約一里路的地方，有個貧窮的村子。不，這裏人口太稀少，幾乎不能稱爲村子。因爲這裏是一片荒野，到處長著蘆葦、雜草，村裏的人稱它爲「法典之原」。

這時，一位旅人從常陸路方向走過來。打從相馬的將門在坂東暴行逆施，任意掠奪以來，這一帶的道路和草叢始終沒有改變，一片蕭條之色。

「奇怪?」

那人停下腳步，站在荒路的交叉點佇足不前。

秋陽斜照著原野，即將西下。原野上的積水映著夕陽，泛出紅光。腳邊漸趨昏暗，草木的顏色不斷變化著。

武藏開始尋找住家的燈火。

昨夜露宿野外，前夜枕山石而眠。

四、五天前在栃木縣一帶的山上碰到豪雨之後，身體有點懶散。武藏未曾傷風過，但是下意識覺得今夜如果再露宿野外，恐怕就不太妙了。即使破舊的茅草屋亦可，武藏渴求燈火和溫熱的飯菜。

「好像有潮水味……看來再走四、五里路就可以找到溪流……對了，循著潮風走去吧！」

他走在野道上。

可是，他的直覺不知是否正確。要是沒看到海，也沒找到住家的燈火，今夜只好又露宿在秋草中了。

紅紅的太陽西沈之後，今夜應該可以看到圓圓的大月亮吧！滿地蟲鳴唧唧，耳朵都聽膩了。而路上的飛蛾在這寂靜的傍晚，似乎被武藏的腳步聲嚇醒，不斷撲打在武藏的褲管和刀背上。

武藏認爲若自己是風雅之士，必能欣賞這趟黃昏之行，可是他自問：

「你愉快嗎？」

而他也只能自問自答：

「不。」

他心底——

懷念人羣。

渴望食物。

厭倦孤獨。

肉體因修練而疲累不堪。

本來，他並不以這些需求爲滿足。因爲這一路他都抱著苦澀的反省走過來。他從木曾的中山道來到江戶，尋求他的大志。可是到了江戶沒幾天，又決定趕到陸奧（譯註：泛指日本東北地區）。

也就是說，從他立志大約過了一年半左右，終於來到江戶，卻只逗留幾天便決定離開。

武藏爲何要離開江戶？急著趕到陸奧呢？那是因爲他要追趕曾在諏訪的旅館見過面的仙台家的家士石母田外記。目的是要將背包中那一大筆自己不知情的錢，還給外記。接受這種物質上的恩惠，對武藏而言是個很大的精神負擔。

「如果能在仙台家工作的話……」

武藏亦有其自尊心。

即使疲於修練，饑腸轆轆，露宿野地，走投無路的時候——

「我……」

他一想到此事，臉上便露出笑容。因爲即使伊達公以六十餘萬石的俸祿招攬他，也無法滿足他偉大的志向。

「咦？」

腳邊突然傳來清晰的水聲。武藏站在一座土橋頭上，他停下來，凝視橋下的小河流。

2

水裏傳出啪嗒啪嗒的聲音。天邊的雲彩才映上夕陽的紅光，河裏小瀑布的水灘已經非常陰暗，站在土橋上的武藏，凝視水面。

「是水獺吧！」

他立刻發現那是一個當地的小孩。雖然是個小孩，面孔卻長得跟水獺差不多。那名小孩在下面用奇怪的眼光望著橋上的人。

武藏對他說話。他一看到小孩就想和他說話，並無特別的理由。

「小兄弟，你在做什麼？」

小孩只回他一句：

「泥鰍。」

說完又拿著小網子伸進河裏沙沙地搖晃著。

「你在抓泥鰍啊！」

這種對話雖然沒什麼意義，但在曠野當中卻令人倍覺親切。

「可以抓到很多嗎？」

「已經秋天了，抓不了多少。」

「能不能分一點給我。」

「分泥鰍給你？」

「用這手帕包一把給我，我付你錢。」

「雖然你很想要，但是今天的泥鰍是要給我父親的，不能給你。」

那小孩抱著篩網從小河的水灘爬上來，就像秋野中的松鼠般一溜煙不見人影。

「跑得可眞快啊！」

武藏留在原地，一臉苦笑。

他想起自己和朋友又八也曾有如此的童年。

「第一次看見城太郎時，他正好和這小孩年紀相彷彿呢！」

和城太郎分手後，不知現在他人在何處？

武藏自從與阿通他們二人失去聯絡，屈指一算已有三年。那時城太郎十四歲，去年十五歲。

「啊！他也已經十六歲了。」

城太郎不嫌棄自己是如此貧窮，依然稱自己爲師父，一心愛慕尊敬師父。可是捫心自問，自己又給了他什麼呢？只是把他夾在自己和阿通之間，讓他嘗遍旅途的辛勞罷了！

武藏在原野中停佇不前。

城太郎的事、阿通的事，以及過去種種回憶，讓武藏暫時忘記疲憊地又走了一段路。但是現在他發現越來越不知道該怎麼走了。

圓圓的秋月高掛天際，四處充滿蟲鳴聲，阿通一定喜歡在如此月夜吹笛子的……現在，蟲聲聽起來彷若阿通和城太郎的竊竊私語。

「那裏有人家。」

武藏看到燈火，不禁加快腳步往燈火處走去。

走近一看，是一戶獨棟房舍，有些柱子已經傾斜，屋後高聳著萩樹。而看起來像斗大露珠的，原來是爬在牆壁上的牽牛花。

他才靠近便聽到粗重的呼吸聲。原來是綁在門外一匹沒上鞍的馬發出來的。屋內的人從馬的動靜似乎已察覺有人，從燈火通明的屋內大聲問道：

「是誰？」

原來是剛才不願分泥鰍給自己的小孩。武藏覺得很有緣分，便露出微笑。

「能否讓我借住一宿？天一亮我就離開。」

那小孩一聽立刻改變態度，仔細地端詳武藏的臉，然後點點頭說：

「可以。」

3

這房子破舊不堪，令人不忍卒睹。

若是遇上下雨天，這房子不知會如何。因爲它破爛得連月光都從屋頂和牆壁斜射進來。脫下來的衣服也無處可掛。牀板上雖然舖著蓆子，但是風仍會從牀板下吹透進來。

「大叔，剛才你說要泥鰍，你喜歡吃泥鰍嗎？」

小孩怯怯地問道。

「……」

武藏忘了回答，只是看著他。

「你在看什麼？」

「你幾歲了？」

「咦？」

小孩一臉迷惑。

「你問我的年紀嗎？」

「嗯。」

「十二歲。」

「……」

武藏望著他愣住了。心想土著當中還是有面煥英氣的小孩。

這小孩一臉污垢，像尚未洗淨的蓮藕。頭髮蓬亂猶如雜草，而且臭如鳥糞。可是他卻長得相當粗壯，滿臉的污垢中露出銳利的眼神，令人欣賞。

「家裏還有一些小米飯。泥鰍已經端給父親吃了。若是你想吃的話，我再去拿來。」
「那太麻煩你了。」
「你也要喝湯吧！」
「是的，還要湯。」
「請等一等。」
那名孩子啪嗒一聲打開木門，到隔壁房間去了。
隨後傳來劈柴和煽火聲，屋內霎時煙霧瀰漫，竄到天花板和牆壁上，無數的昆蟲被煙燻得逃到屋外。
「好了，煮好了。」
小孩很自然地將食物擺在木牀上。有鹽漬泥鰍，黑麵醬和小米飯。
「好吃。」
武藏吃得好高興。小孩也覺得很高興。
「好吃嗎？」
「我想向你們道謝，這家主人已經睡了嗎？」
「不，還沒睡。」
「在哪裏？」
「在這裏。」

小孩指著自己的鼻子說：

「沒有別人了。」

武藏問他如何餬口，他說以前種點田，但自從父親生病後，就不再耕作，全靠自己當馬夫賺錢。

「啊！燈油沒了，大叔你也休息吧！」

雖然燈已經熄了，但是月光照得屋內一片明亮，並無不便之處。武藏蓋著薄薄的草蓆，枕著木枕，靠在牆壁上睡覺。

正待入睡之際，可能是體內的風寒未消，全身直冒冷汗。

武藏在夢中似乎聽到雨聲。

夜蟲唧唧，令人睡得更加深沈。那聲音若非磨刀聲，武藏可能一覺到天亮了。

「咦？」

他突然起身。

刷刷刷——連小屋的柱子都隨之微微震動。

隔著木門的隔壁房間，傳來用力磨刀的聲音。

武藏立刻握住枕頭下的大刀。隔壁房間傳來那小孩的聲音。

「大叔，你還沒睡啊？」

4

爲什麼他在隔壁房間會知道自己醒來了呢？

武藏驚訝於小孩的敏銳，並未回答他的問題，反而問對方：

「你怎會在深夜裏磨刀呢？」

小孩聽完嘿嘿嘿地笑著說：

「原來大叔爲了此事而睡不著嗎？我看你可能是外強中乾啊！」

武藏沈默不語。

他因小孩的英姿和老成的話語而受到打擊。

刷刷刷……小孩又開始磨刀了。武藏對這孩子咄咄逼人的語調以及磨刀的力氣不禁感到疑惑。

「……？」

武藏從木板門縫偷看隔壁的小寢室。裏頭的房間與廚房相連，約三坪大，舖著草蓆。皎潔的月光從窗戶照射進來。月光下，那名小孩準備了水桶，手上握著一尺五、六寸的大野刀，專心地磨著。

「你要砍什麼？」

武藏的聲音從門縫中傳過來，那孩子循聲回頭，又一言不發地拚命磨刀。

終於那把刀已經被他磨得閃閃發光，他拭去刀上殘留的水漬。

「大叔！」

小孩望著刀刃。

「大叔，用這把刀可不可以把人切成兩半？」

「嗯，因每個人刀法而異吧！」

「說到刀法，我可有兩下子喔！」

「你到底要砍誰啊？」

「我父親。」

「什麼？」

武藏嚇一大跳，立刻推開木板門。

「小兄弟，你是開玩笑的吧！」

「誰開玩笑了？」

「砍你父親？……如果你是認眞的，那你就簡直不是人。雖然你住在荒郊野地的屋子裏，就像野鼠或小狼般自己長大，但是也該知道父母恩重……連禽獸都有反哺的本能，你卻爲了砍父親而磨刀。」

「你說的沒錯，可是我如果不砍他，根本帶他不動。」

「帶去哪裏？」

「山上的墳場。」

「什麼？」

武藏順著小孩的眼光看了一眼牆角。從剛才他就覺得牆角有點奇怪，可是他萬萬也想不到竟會是一具屍體。仔細一瞧，屍體枕著木枕，上面蓋著髒污的農夫裝，旁邊還放著一碗飯和水。另外還有一個木盤裝著剛才分給武藏吃的泥鰍。看來泥鰍一定是死者生前最喜歡吃的食物。父親一死，那少年想到父親最喜歡的東西是什麼呢？——雖然已過中秋，卻還拚命地在那小河裏抓泥鰍。

自己卻毫不知情地要求他。

「可不可以分我一點泥鰍？」

武藏對自己無心的話語感到非常羞恥。同時，他又看到小孩因爲抱不動父親的遺體到墳場，而想出將屍體切成兩段以便搬去埋葬。這種堅毅精神，使武藏爲之咋舌，他靜靜地望著少年的臉。

「你父親什麼時候死的？」

「今天早上。」

「墳場離此地很遠嗎？」

「就在半里外的山上。」

「可以請人送到寺廟吧！」

「我沒錢啊！」

「我來幫你付吧！」

小孩卻直搖頭。

「父親生前最討厭接受別人的東西，更不喜歡寺廟。所以我不能接受你的錢。」

5

字字句句都流露出這少年的骨氣。

仔細瞧他父親的遺體，可猜測出他並非平凡的農夫，看來是頗有來歷的後代。

武藏依小孩之意，只出力幫忙將屍體運到山上的墳場。

搬這個屍體非常簡單，只要將他放在馬背上運到山下就行。碰到險峻的山路時，才由武藏背著屍體前進。

雖然稱之爲墳場，不過是在一棵大栗樹下擺著一塊圓石頭，別無它物。

埋好屍體之後，小孩拿著花合掌膜拜。

「我的祖父、祖母和母親，全都埋於此處長眠。」

這是何種因緣啊！

武藏也一起祈求冥福。

「這墓碑還滿新的，看來你的家族從你祖父那一代開始才落腳這一帶吧！」

「聽說是如此。」

「在那之前呢？」

「聽說是最上家的武士。但是，在一次敗戰逃亡的時候，族譜全部被燒毀光了。」

「看你的家世顯赫，至少應該在墓碑上刻上你祖父的姓名，可是卻沒有家紋和年號。」

「祖父死前交代不可以在墓碑上刻任何文字。雖然當時蒲生家以及伊達家都曾招攬祖父，但祖父不願同時侍奉二主。後來祖父在臨終前交代，如果在墓碑上刻上自己的名字會使以前的主人蒙羞，再加上已經成爲農夫，根本無須再刻上家紋。」

「你知道祖父的姓名嗎？」

「聽說名叫三澤伊織，可是父親說我們是老百姓，只叫三右衛門即可。」

「那你呢？」

「三之助。」

「還有沒有親人？」

「我有一個姊姊，但卻遠在他鄉。」

「就只有這樣嗎？」

「嗯！」

「你現在打算怎麼生活呢？」

「還是當馬夫吧！」

說完立刻接道：

「大叔，您是俠士。一年到頭四處旅行，可否請您帶我走？到哪裏都騎我的馬。」

「……」

武藏從剛才便凝視著漸漸明亮的曠野。他心裏想，爲何住在如此肥沃的土地上，人們還是一貧如洗呢？

大利根川的河水混雜著下總海岸的潮水，使得坂東平原幾度滄海桑田。幾千年之後，富士的火山灰覆蓋此地。經過幾個世紀的風化之後，雜草叢生，蔓藤滋長，自然的力量勝過人類。

當人類能自由地利用水土等大自然的資源時，便產生了文化。而人類在這塊坂東平原上，仍然屈服於大自然的力量之下，人類智慧的眼眸只能茫茫地眺望這天地的宏偉。

太陽高高昇起，原野上，小野獸四處奔竄，小鳥在樹枝上跳躍。在未開墾的天地下，鳥獸比人類更能享受大自然的一切，更能樂在其中。

6

小孩畢竟是小孩。

父親一下葬，歸途中就已經將父親的事情拋諸腦後。不，不可能忘記，只是曠野中的太陽從露珠中昇起，使他感動得忘記悲傷。

「大叔，可不可以呢？從今天開始無論您走到何處，都帶我同行，我的馬您隨時可以騎。」

他們從山上的墳場下來，正走在歸途中。

三之助把武藏當成客人，讓他騎在馬上，自己則當馬夫牽著韁繩。

「嗯……」

雖然武藏點了頭，但未明確回答。

在他心底的確對這小孩抱著幾許期望。

可是，想到自己是個流浪之身，必須先考慮自己。到頭來自己是否能讓這位少年幸福，他必須衡量自己將來的責任。

在這之前，已經有城太郎的例子。雖然城太郎是個素質良好的小孩，卻因爲自己浪跡天涯，本身又瑣事纏身，現在城太郎才會不在身邊，甚至不知去向。

要是他遇到什麼不測的話……

武藏常常爲此自責。可是，若老顧慮這些結果的話，人生可能連一步都無法跨出去。因爲人們無法預測自己的下一刻，更何況一個人子，一個正在成長的少年，他的未來又有誰能保證呢？若是秉持如此微弱的意志，猶豫不決，更是不好。

如果只是依照他天生的氣質加以琢磨，引導他往好的方向發展的話……

武藏認爲這是可行的。因此他告訴自己可以接受。

「好不好嘛？大叔，您不喜歡我嗎？」

三之助不斷請求。

武藏回答：

「三之助，你這一生要當馬夫還是一名武士？」

「我當然想當武士啊！」

「你當我的弟子，能不能跟我一起吃任何的苦？」

三之助突然放下韁繩。正納悶他要做什麼？他已經跪在沾著露水的草地上，從馬臉下方對武藏叩首行禮。

「拜託您讓我成爲一名武士。我父親死前也一直抱著這個希望。可是，在今天之前，我們並未遇見可信賴之人。」

武藏下了馬。

環顧四周，揀來一枝枯木，讓三之助拿著，自己也拿了一枝大小適中的樹枝。

「我還不能答應收你當我的弟子。現在你拿著那根棒子與我對打。我看你的手法之後，再決定你是否能當武士。」

「如果我能打到大叔，您就答應幫助我成爲武士嘍？」

「你打得到我嗎？」

武藏微微一笑，拿著樹枝擺出架式。

三之助拿著樹枝站起來，突然對武藏衝過去。武藏並未馬虎，三之助踉蹌了幾次，肩膀被打了，頭被打了，手也被打了。

你快哭出來了吧！

武藏雖然這麼想，三之助卻一點也不放手。最後樹枝斷了，他乾脆對著武藏的腰撞過來。

武藏故意大聲罵道，並抓住他的腰帶，將他摔在地上。

「你這個笨蛋。」

三之助跳起來又撲了過去。武藏再次抓住他的衣領，將他高高提在半空中。

「我才不怕。」

「怎麼樣？投降吧！」

三之助頭昏眼花，手腳在半空中亂抓。

「不投降。」

「我如果將你摔在那塊石頭上，你準死無疑，這樣子也不投降嗎？」

「絕不投降。」

「好固執的小子。你不是已經輸了嗎？你就認輸吧！」

「……但是，只要我還活著，就一定能贏過大叔您，只要活著，我絕對不投降。」

「爲什麼你能贏我？」

「如果我勤練的話。」

「即使你苦練十年，我也一樣苦練了十年呀！」

「但是大叔您比我年長，一定比我先死吧！」

「嗯。」

「如果您死了，躺到棺材裏的時候，我就去打您。因此，只要我能活著，就是我贏。」

「啊！你這小子。」

武藏用力的將三之助拋在地上，不過並未扔到石頭上。

「……？」

武藏望著一骨碌站起來的三之助，愉快地拍手大笑。

一指天

1

「我收你爲弟子。」

武藏答應三之助。

三之助欣喜若狂。小孩是不會隱藏自己的快樂的。

兩人又回到三之助家。由於明天就要離開這裏，三之助望著住了祖孫三代的茅草屋，徹夜思戀祖父、祖母和亡母的點點滴滴，並說給武藏聽。

翌日清晨，武藏準備好了先走出屋外。

「伊織，快點出來，不必帶東西，你別再依依不捨了。」

「是的，我馬上來。」

三之助從後面飛奔出來。他的行李就是他身上那件衣服。

剛才武藏叫他「伊織」，因爲武藏聽他說他的祖父在當最上家的家臣時，名爲三澤伊織，因此世代都以伊織自稱。

「你現在已成爲我的弟子，將來有機會成爲一名武士，所以承襲先祖的名字比較好。」

雖然三之助離加冠的年齡尙早，但是爲了給他信心，武藏從昨夜便如此稱呼他。

可是現在飛奔出來的三之助，腳上穿著馬夫草鞋，背著裝小米飯的便當袋，只穿一件蓋過屁股的衣服，怎麼看也不像武士的兒子，倒像是一隻要出門旅行的青蛙。

「把馬綁在遠處的樹幹上。」

「師父，請您乘坐。」

「不，別多說了，快點綁到那邊去。」

「是。」

直到昨日，三之助回答武藏時都是「嗯」。今天早上突然變成「是」，小孩對於改變自己可也不猶豫。

伊織將馬綁在遠處，走了回來，武藏還站在屋簷下。

他在看什麼呢？

伊織有些納悶。

武藏將手蓋在伊織頭上。

「你在這草屋裏出生。你那堅毅不屈的個性，是這草屋賜給你的。」

「是的。」

小小的頭在武藏的手心下點了點。

「你的祖父節操高尚，不事二主，才躲到這荒郊野外的小房子。你父親爲了保全晚節，甘願爲農，年輕時克盡孝道，留下你而逝去。現在你已經送走父親，從今以後必須獨立了。」

「是的。」

「要當一名勇敢的武士。」

「……是的。」

伊織揉揉眼睛。

「你現在恭敬地爲這帶給你們祖孫三代遮風避雨的小屋道別和道謝吧！……很好，就是這樣。」

武藏說完進入屋裏，放火燃燒。

小屋一下子吞噬在火舌中。伊織熱淚盈眶，眼眸充滿悲傷。武藏對他解釋說：

「如果我們就這樣離去的話，強盜和小偷一定會來住這裏，忠貞之家怎能爲社會敗類所利用呢？所以我才會把它燒了，你瞭解嗎？」

「謝謝您。」

小屋就被燒成一堆小山，最後化爲十坪不到的灰燼。

「好了，走吧！」

伊織急著趕路，少年的心對於過去的灰燼毫不繼棧。

「不，還有事要辦。」

武藏對他搖搖頭。

2

「還有什麼事要做？」

伊織覺得奇怪。

武藏笑著。

「現在開始，我們要重新蓋一棟小屋。」

「爲什麼？您不是才把小屋燒了嗎？」

「那是你祖先留下來的小屋，現在要重建的是你我兩人將來要住的小屋。」

「這麼說來又要住在這裏？」

「沒錯。」

「不出去修練嗎？」

「我們不是已經出來了嗎？我不是只教你而已，我自己也必須多鍛鍊才行。」

「您要怎麼修練？」

「劍道的修練和武士的修練還有內心的修練。伊織，你把大斧頭拿來。」

伊織順著武藏所指的方向走去。不知何時，武藏將斧頭、鋸子、農具等藏在草叢中，沒有讓火燒掉。

伊織扛著大斧頭，跟在武藏背後。

那裏有一片栗樹林，還有松樹和杉樹。

武藏脫去外衣，揮動斧頭開始砍樹，木屑四處飛揚。

要蓋武館？難道要在這荒郊野外蓋個武館來修練？

無論武藏怎麼解說，伊織的瞭解還是有限。不出去旅行，只逗留在這塊土地上，讓伊織感到非常無聊。

咚——一聲，樹倒了下來。武藏拿著斧頭不停地砍著。

武藏黑褐色的皮膚充滿熱血，髒污的汗水淋漓，這一陣子的惰性、倦怠和孤愁，似乎都化成汗水流了出來。

昨日他埋葬伊織的父親屍骸後，便從那座山眺望坂東平野未開墾的荒地，萌生今天做這件事的念頭。

「暫且放下刀劍，先拿鋤頭吧！」

他下定決心。

在研習劍道上必須打禪，練書法，學茶道，甚至學畫、雕佛像。

因此，即使拿鋤頭也有劍道精神在其中。

何況這片廣濶的大地是最佳的武館場地。再說鋤頭是用來開發這塊土地的，這個福澤將會流傳百年，甚至可以生養許多人。

一個俠士本來是以行乞爲本則，藉由布施而到處學習，借人屋簷避雨露，這在禪家和其他沙門看來都是理所當然的。

但是，必須親自栽培才能瞭解一碗飯、甚至一粒米或是一棵青菜的尊嚴。就像有很多不曾開墾耕種的僧侶，他們的理論聽起來只像口頭禪一般，靠布施生活的俠士雖然研習劍道，卻無法習得治國之道，而且又會偏離社會，只養得一身武骨罷了——此乃武藏領悟出的道理。

武藏知道怎麼當農夫，因爲從小與母親在鄉下種過田。

但是，從今天開始他要當的農夫，並非爲了三餐溫飽而已。而是尋求精神糧食。並且從行乞的生活一變而爲靠勞動的生活學習。

更進一步的，因爲很多農民都任由野草和沼澤雜草叢生，對洪水及暴風雨等自然災害無力抵抗。再加上後代子孫也都延續這種生活方式，武藏希望能將自己的想法推展到這羣尚未開竅的農民身上。

「伊織，拿繩子過來綁住樹幹，再拖到河岸去。」

武藏立著斧頭，用手肘擦拭汗水，命令伊織做事。

3

伊織綁緊繩子拖走樹幹，武藏則拿起斧頭剝樹皮。

到了晚上，他們用木屑生了一堆火，並以木材當枕，睡在火堆旁。

「怎麼樣？伊織，很有趣吧！」

伊織老實地說：

「一點也不好。如果要當農夫，何必拜你爲師。」

「你會覺得越來越有趣的。」

秋意日深，蟲鳴漸稀，草木慢慢枯萎了。

這段日子裏，兩個人已經在法典草原蓋好一棟小木屋。每天拿著鋤頭、圓鍬，從腳下的土地開始種墾。

之前，武藏曾走遍附近一帶的荒地。

爲何人們不懂得利用天然的地勢，而任憑雜草叢生呢？

武藏觀察附近一帶的地理形勢。

因爲缺水。

首先，他認爲第一步要治水。

他站在高處放眼望去，這片荒野所呈現的剛好是應仁到戰國時代人類的社會型態。

雨水在坂東平原滙集成河之後，各自四處奔流，造成這個地區的土質鬆軟。

在此並無匯集支流的主流。天氣晴朗時，可以看見有個大河流，像是主流。但是它不夠大到足以容納大雨期的洪水。這些河原原是自然形成，毫無秩序和規則可言。

這裏缺少一條可以匯集各小支流，引導河水成渠的重要主流。大河流常常會因氣象和天氣變化而移動，有時泛濫大平野，有時貫穿森林，甚至摧殘人畜，破壞菜園沖成泥海。

這可不容易啊！

武藏在第一次勘察地形時，便發現到這一點。

就因爲困難，更加引起他的熱心和興趣。

治水和政治有異曲同工之妙。

武藏這麼想著。

以水和土爲目標，將這一帶灌漑成肥沃的土地，吸引人羣居住。這種治水開墾的事業，就像以人爲目標，促使人文開花結果的政治觀，其道理是相同的。

對了，這點剛好吻合我的理想和目標。

此刻，武藏有更深一層的體悟。武藏對劍道擁有更遠大的理想。本來他以爲劍是用來殺人，戰勝對方，才是高手。可是以劍而言，光贏對手仍嫌不足。因此他常感到無端寂寞，無法滿足胸懷的大志。

大約在一、兩年以前，他認爲劍只是——

用來制敵取勝。

後來逐漸變成以劍爲道——

超越自己，昇華人生。

如今他對劍道所抱持的胸懷，並不認爲僅只如此。

如果劍眞有劍道，藉由劍法領悟到的道心，必定能夠充實一個人的人生。

他從殺戮的相對觀念來考量。

好，我除了要用劍讓自己更臻完美之外，還要秉持這道理來治民治國。

青年的夢是偉大的。而且是自由的。但是他的理想以現在來說，也只不過是單純的理想。

因爲要實行他這個偉大的抱負，如果未踏上政途就無法完成。

但是在這荒郊野外，以土地和河水爲對象，從中領悟出來的道理並不需要政治上的職位，也不需要華麗的衣冠和權力。這使得武藏更抱著熱切的欲望和歡欣，內心不斷燃燒自信的光芒。

4

他們挖去樹根，篩去大石頭。

就像愚公移山，他們挖掉較高的土堆，把大石頭排列成行，做爲堤防之用。

如此每天早出晚歸，武藏和伊織孜孜不倦，不斷地開墾法典高原的一個角落。有時，從河岸對面經過的土著會停下腳步。

「他們在幹什麼啊？」

他們疑惑地望著這兩個人。

「他們在蓋小房子，竟然想住在那種地方啊？」

「那小孩是去世的三右衛門的兒子。」

漸漸地這件事情傳了開來。

不是所有的人都來嘲笑他們。其中也有特意過來，親切地給他們建議的人。

「這位武士啊！即使你們如此賣力地開墾還是沒用的，只要暴風雨來，還是會被掃成一片平地的。」

說這些話的人過了幾天又過來探望，看到伊織和武藏兩人依然繼續工作，這些和善的人也開始惱怒了。

「喂！你們幹嘛那麼辛苦，做這麼無聊的事，你們連小水窪都存不了的。」

就這樣過了幾天之後，他們又來了，看到這兩個人像聾子一樣繼續工作。

「眞是笨蛋啊！」

和善的人眞的生氣了。他們認爲武藏是一點基本常識都沒有的大傻瓜。

「要是這些雜草叢生的河原能夠耕種糧食，我們早就在這裏吹笛子，曬太陽了。」

「別再挖了吧！」

「別枉費你們的體力了，這裏根本就是鳥不生蛋啊！」

武藏仍然繼續挖土，只是對著土地笑著。

伊織有點生氣，偶爾嘟著嘴巴。

「師父，好多人都在批評我們呢！」

「別管他們。」

「可是……」

伊織抓著小石頭想丟他們，武藏以眼神阻止。

「幹什麼？不聽師父的話就不是我的弟子。」

武藏責罵他。

伊織的耳朵麻了一下，心裏嚇一跳。但是他還不想丟掉握在手上的石頭。

「畜牲。」

伊織將石頭丟向旁邊的岩石上，那小石頭迸出火花裂成碎片彈開來。

伊織不由得悲從中來，丟下鋤頭，抽抽咽咽地哭起來。

哭吧！盡量哭吧！

武藏就差沒說出口，反正就讓伊織哭個夠。

哭得涕泗縱橫的伊織，聲音越來越高，到後來彷彿天地之間只有他一個人，哭得更大聲了。

本來以爲他是個剛毅的孩子，才會想到要把父親的屍體截成兩半好搬到山上墳場去埋藏。但是一哭起來，畢竟還是個小孩子。

——爹啊！

——娘啊！

——爺爺、奶奶！

他的呼叫聲劃破天際，彷彿欲傳給天上的家人，令武藏心裏受到強烈的衝擊。

這小孩實在太孤獨了。

伊織淒厲的哭聲，令草木同悲，使得夕陽下的曠野在蕭瑟的寒風中，也開始跟著顫動起來。

嘀嗒嘀嗒眞的開始下雨了。

5

「下雨了。好像是暴風雨喔！伊織快點過來。」

武藏收起圓鍬和鋤頭往小屋方向跑去。

當他飛奔進入小屋時，天地已是灰濛濛的一片大雨。

「伊織，伊織。」

本來以爲伊織會隨後跟來，沒想到卻不見他的蹤影，也不在屋簷下。

武藏從窗戶眺望屋外，淒厲的閃電劃破雲層直擊向原野。武藏下意識地捂住眼睛，還來不及捂耳朵，就已經聽到轟隆隆的雷聲了。

「……」

從竹窗流下的雨水打溼武藏的臉龐，他恍惚地望著這一切。

每次看到這種狂風暴雨的景象，武藏總會想起十年前的往事——七寶寺的千年杉和宗彭澤庵的聲音。

今天自己之所以能達到這個境界，全拜當年那棵大樹所賜。

現在自己至少已經有一名弟子伊織，即使他還是個小孩。然而自己到底有沒有像那棵大樹一樣，抱著無限宏大的力量？是否有澤庵和尚的大胸懷？——武藏回首前程，想到自己的成長歷程，只有滿心慚愧。

但是，對伊織而言無論如何自己都必須扮演那棵千年杉的角色。還必須學習像澤庵和尚的慈悲爲懷，這才是自己對恩人所該有的報恩吧！

「伊織，伊織。」

武藏對著屋外的豪雨一再高聲呼叫。

沒有回答，只有雷聲和打在屋頂上的雨聲。

「到底怎麼了？」

武藏沒有勇氣出去，只能被大雷雨困在小屋裏。雨勢稍微轉小，武藏忙出外尋找。一看，才瞭解這小孩是多麼地倔強，原來伊織一直站在剛才的耕地上，一步也沒離開。

他是不是有點痴呆啊？

武藏甚至如此懷疑。

因爲武藏看到伊織張著大嘴，維持剛才嚎哭的表情。全身溼透，像一個稻草人般挿在泥地上。

武藏跑到最近的小丘上。

「快點進屋裏，淋這麼溼會生病的。你再不走的話，待會兒那兒變成一條河流，你可就回不來了。」

他不覺大罵一聲。

「笨蛋。」

伊織四處張望尋找武藏的聲音，然後微微一笑。

「師父，您太緊張了。這種雨很快就會停的。您看！不是已經雨過天青了嗎？」

他用一隻手指著天。

「……」

武藏被自己的弟子這麼一說，啞口無言。

伊織非常單純。他不像武藏心思綢密。

「過來吧！師父，趁天尚未黑，還可以做很多事呢！」

伊織說完又低頭開始工作。

師徒二人

1

這四、五天來，天氣晴朗，到處傳來小鳥和伯勞鳥的啼叫聲。準備用來耕種的土地，也漸漸乾爽了。可是，原野的盡頭，烏雲密布，不一會兒，坂東一帶籠罩在黑暗中，就像日蝕般全暗了下來。伊織望著天空。

「師父，這次真的來了。」

他非常擔心。

話才剛說完，一陣像墨一般的強風吹來。來不及歸巢的小鳥，啪嗒一聲被掃落地上。草木被吹得不斷搖晃戰慄，葉子翻轉露出白色的背面。

「是否要下雷陣雨了？」

武藏問伊織。

伊織回答：

「才不只陣雨呢！這種天空啊——對了，我到村子一趟。師父，您快點收拾鋤具，趕緊躲到屋裏去吧！」

每次伊織觀察天空所做的預測，幾乎言無不中，他跟武藏說完後，就像飛過原野的候鳥奔馳在一望無際的草海中。

眞如伊織所料，這場狂風暴雨果眞異於平常。

「伊織到底去哪裏了？」

武藏回到小屋，不時抬頭看窗外。今天的豪雨的確不同往昔，雨量大得驚人。而且下過一陣之後，便停了，本來以爲雨已經停了，接下來又比先前下得更兇。

到了夜晚，雨勢增大，附近一帶都快變成湖底了。才剛建好的小屋，屋頂快被掀開來，而蓋在屋頂內層的杉樹皮已被吹散落地。

「這小傢伙眞令人擔心。」

伊織還沒回來。

天亮了，仍不見人影。

天色漸亮，武藏望著從昨日下到現在的豪雨，更加確信伊織回不來了。

白天的曠野成了一片泥海，有些地方的草木幾乎被水淹沒，宛如一處浮舟。

這棟小屋因爲是蓋在高處，很幸運地避開洪水侵蝕。在小屋下方的河邊，濁流滙集變成一條波濤洶湧的大河。

「……會不會出事了？」

武藏突然閃過念頭。他看到很多東西被這條濁流沖走，便聯想到伊織昨夜摸黑回來時，不小心溺斃了。

但是，就在這時，天地之間充滿洪水咆哮聲的暴風雨當中，傳來了伊織的聲音。

「師父，師父。」

武藏看到遠方一個像鳥巢般的沙洲上有個像伊織的身影，不，那一定就是伊織。

到底去了哪裏？武藏看到他騎著牛回來。牛背上除了伊織之外，好像還用繩子綁著一大絡東西。

「哦？……」

武藏看著伊織騎牛走入濁流。

當牛踩進充滿漩渦的泥淖中，牠和背上的伊織幾乎全都泡進水裏了，他們順著水流，好不容易牛爬上這邊的河岸。伊織和牛隻抖去身上的泥水，往小屋走了過來。

「伊織，你去哪裏了？」

武藏喜怒參半的問他。伊織回答：

「您還問呢！我不是到村子裏去準備食物來了嗎？我猜想這場暴風雨可能把這大半年的雨全都下完了。何況即使暴風雨停了，洪水一時也無法消退呢！」

2

武藏驚訝於伊織的機伶。但話說回來，並非伊織伶俐，而是自己太遲鈍了。眼見天氣轉壞的徵兆，便該立刻想到準備食物。這是一般野外求生的人的常識。伊織想必打從幼年時期便常經歷這種情形。

不但如此，看看從牛背上卸下來的食物也不在少數。伊織解下草蓆打開桐油紙。

「這是粟米，這是小豆，這是鹹魚。」

他把好幾個袋子排整齊。

「師父，有了這些糧食，即使這場洪水一、二個月都沒退去，我們也可以放心度過。」

淚珠在武藏的眼裏打轉。要說伊織勇敢也不是，要說自己慚愧也不是。想到自己對於開拓這塊土地時，所寄予農田的只是孤高的氣概，竟然忘了饑餓，甚至連自己的民生問題也全仰賴這個小孩，今後縱使他再怎麼艱辛也忍耐下來。

但是，話又說回來，村子的人都叫這對師徒瘋子，爲什麼會施捨食物給他們呢？想來村子裏的人一定也被這洪水所困，也必須面對饑餓。

武藏感到奇怪，伊織則若無其事地回答。

「我拿我的錢袋去德願寺換來的。」

「德願寺？」

武藏這麼一問，伊織便回答，離法典草原約一里路遠的地方，有座德願寺。他父親生前經常對他說：

「我死後如果你碰到困難，拿錢袋裏的碎金子去用吧！」

伊織想起父親的話，拿著隨身攜帶的錢袋到寺廟裏換了這些食物來。

「這麼說，那是你父親的遺物啊！」

武藏如此問他。

「沒錯，因爲舊屋子已經燒掉了。父親的遺物只剩錢袋和這把刀了。」

說完，手撫摸腰際的野大刀。

這把野大刀，武藏曾經見過。它原本並非一把野大刀，雖未刻上刀名，確稱得上是把名刀。看來，這孩子的父親交代給兒子隨身攜帶的遺物，除了一些碎金子之外，還有這把意義深遠的大刀——伊織會把這麼重要的東西拿去換食物，作法的確還像個小孩。但是武藏又覺得他境遇堪憐。

「你父親的遺物不可隨便交給別人。我一定會想辦法到德願寺去要回來。以後你就別再讓它離開你了。」

「好的。」

「昨天晚上你在寺裏過夜嗎？」

「是的，因爲和尚叫我天亮之後再回來。」

「早飯呢？」

「我還沒吃，師父您也還沒吃吧！」

「嘿！有沒有柴火。」

「柴火啊！有一大堆呢！這下面全都是柴火。」

伊織剪開蓆子，把頭伸到架高的地板下，裏面儲存著平日開墾土地時運回來的樹木根瘤和竹子根等等，堆積如山。

連這麼年幼的小孩都有經濟節約的觀念，這是誰教他的呢？在未開化的大自然裏，稍一不留心，或走錯一步路都可能會餓死。自然法則便是他們生活上的教師。

吃過小米飯之後，伊織拿了一本書到武藏面前。

「師父，水未退之前也沒辦法工作，請您教我讀書吧！」

伊織恭敬地說著。

這一整天，門外依舊是呼嘯不止的暴風雨聲。

3

他拿的是一本《論語》。聽說這也是從寺裏拿來的。

「你想求學問嗎？」

「是的。」

「你以前也念過書嗎？」
「念過一些……」
「跟誰學的？」
「跟父親學的。」
「都學了些什麼？」
「文字學、訓詁學。」
「你喜歡嗎？」
「喜歡。」
說著，伊織心頭燃起求知的欲望。
「好，我盡我所知來教你。我不知道的，將來你再去請教其他良師吧！」
暴風雨中，只有這間屋子洋溢著朗讀和講課的聲音。即使屋頂被吹走了，這師徒二人似乎也不爲所動。
第二天還是下雨，再過一天，還是下雨。
最後，雨終於停了，原野變成一片湖泊，伊織照常興奮地拿出書來。
「師父今天也來念書吧！」
「今天不念書。」
「爲什麼？」

「你看那個。」

武藏指著濁流。

「河中之魚不見河之全貌。如果你困在書中，便會成爲一隻書蟲，無法看到活生生的文字了，人類的社會也會變得昏暗。所以今天就暢快地玩樂一番吧！我也要一起玩。」

「可是，今天還不能出去啊！」

「你看我的。」

武藏躺在地上以手當枕。

「你也躺下來吧！」

「我也躺下來嗎？」

「隨你喜歡，就算腳任意伸展也可以。」

「做什麼呢？」

「我跟你聊天。」

「好棒啊！」

伊織說完趴在木板上，雙腳像游水中的魚一樣啪嗒啪嗒地拍著。

「跟我談什麼呢？」

「這個嘛……」

武藏心頭浮現出自己年少時的光景，便跟伊織談少年都喜歡的「合戰故事」。

他所說的大部分都是《源平盛衰記》裏面自己所記載的故事。講到源氏的沒落以及平家全盛的時候，伊織充滿了憂鬱。當武藏講到下雪之日在常盤御前的時光，伊織眼光閃爍。接著武藏又說到鞍馬的遮那王牛若在僧正谷時，每天都得到天狗傳授的劍法，最後成爲京城首屈一指的高手。武藏一說到這裏，伊織跳了起來，又重新坐好。

「我喜歡義經。」

然後又說：

「師父，眞的有天狗存在嗎？」

「也許有吧……不，世界上不可能有的。但是，教導牛若劍法的應該不是天狗。」

「那是誰教他的？」

「是源家的殘黨。這些殘黨無法公然出現於平家的社會中，因此大家都隱居山林原野，等候時機。」

「就像我的祖父一樣嗎？」

「對，對。你的祖父最後抑鬱而終。但是源家的殘黨卻孕育了義經，掌握了時勢。」

「師父，我也代替祖父，現在等到了時機。您說對不對？」

「嗯，嗯！」

武藏頗欣賞伊織這句話，他抱住伊織的頭，並用四肢把伊織舉高到天花板。

「嘿，小子，立志將來當個偉人吧！」

伊織就像嬰兒般喜悅，被武藏弄得其癢無比，呵呵呵地笑著。

「危險啊、危險啊！對了，師父您就像僧正谷的天狗一樣。對了，天狗，天狗，您是天狗。」

伊織從上頭抓武藏的鼻子，兩人嬉鬧成一團。

4

又過了四、五天，雨仍未歇。最後好不容易雨過天青了。整個原野被洪水吞沒，濁流不易消退。在這自然的法則下，武藏只好浸淫詩書了。

「師父，可以出去了。」

今天早上，伊織就跑到太陽底下叫嚷著。

又隔了二十幾天，兩個人終於可以扛著鋤具來到耕地。

他們站在那兒，放眼望去。

「啊！」

他們表情茫然。

原來他們孜孜不倦所開墾的土地已經消逝得無影無蹤了。只剩一些大石頭和泥沙，本來這個地方沒有河流，現在多出幾道小河流，正使盡吃奶的力氣奔竄過這些大小石頭。

——傻瓜、瘋子。

武藏腦海裏浮現土著們嘲笑的聲音。

他們早就知道會有這一天的。

伊織抬頭望著武藏，不知從何下手，默默地站立在那裏。

「師父，這裏不行了，我們不要管這裏了，到別的地方找尋比較好的土地吧！」

伊織說出自己的看法。

武藏並未答應。

「不，如果能將這裏的水引到它處，仍可以灌溉成良好的農田。從一開始我就觀察地形，既然決定了這個地方——」

「可是如果再來一場大雨呢？」

「我們利用這邊的石頭，從小山丘那裏往這邊築堤，就可以預防下次的洪水。」

「這很費力氣的。」

「這裏本來就是我們的武館。我在這裏尚未目睹小麥結穗之前，絕對不會退縮任何一尺地的。」

他們引水改道，築起堤防，搬開岩石。幾十天之後，終於開墾出幾十坪的田地。

可是又下過一陣大雨之後，一夜之間又變回河床地了。

「不行啊！師父，這浪費我們的精力，絕非上上之策。」

連伊織都對武藏有意見了。

但是，武藏並不想改變耕地移往它處。

他繼續與接踵而來的濁流奮鬥，不斷砌築相同的工事。

到了冬天，下了幾場大雪。雪融化時，這片耕地又泛濫成災。過了年的一月、二月，兩個人的汗珠和鋤頭，並未成功開墾寸土之地。

食物吃完了，伊織又到德願寺去拿。看來寺裏的人並無好臉色，因為，伊織回來時神情黯然。

不只如此，武藏也完全投降了。他不再拿鋤頭，只站著看數度被濁流氾濫的耕地，終日默不作聲，獨自沈思。

「對了！」

武藏好像發現新大路一般，喃喃自語說：

「我以前秉持政治觀來面對土地和水利，完全依循自己的策略，只想到移山倒海。」

他又繼續說：

「這是錯誤的。水有水性，土有土性，人們應該順性疏導才行。我只要當水的僕人，當土地的保護者即可成功。」

他改變以往的開墾法。一改征服自然的態度，變成自然的僕人。

因此，在下一次融雪時，雖然有巨大的濁流聚集，但是他的耕地卻躲過了災害。

「這個道理也適用於政治上。」

武藏領悟到這個道理。

同時，在他的旅行手册上記載了這麼一句話。

——凡事勿逆道而行。

土匪來襲

1

長岡佐渡是常在寺廟出現的大人物之一。他是名將三齋公——也就是豐前小倉的城主細川中興的家臣。因此，他來到寺廟裏大都是爲了幫親戚命名，以及在繁忙的公務中抽空來此休閒度假的。此處離江戶約七、八里路遠，有時他也在此過夜。隨從一直是武士三名和小僕一名，以他的身分來說，算是非常簡樸的。

「大師啊！」

「是。」

「別太煞費周張了。你們盛情款待，我的確很高興，可是我不想在寺廟裏享受奢侈的生活。」

「誠惶誠恐。」

「請讓我們自由自在地休息吧！」

「悉聽尊便。」

「請原諒我的無禮。」

佐渡手枕在白色鬢髮上躺下來。

江戶的藩邸事務繁忙，令他毫無喘息的機會。說不定他是假藉參拜之名跑來此處的。在這兒他可以泡泡野趣十足的溫泉，喝一杯鄉下土釀的美酒，以手當枕，輕鬆無雜念地聆聽遠處的蛙鳴，在在都可以讓他忘卻世俗的煩惱。

今夜佐渡也在寺裏住宿，正聽著遠處的蛙鳴聲。

寺裏的僧侶悄悄地收拾碗盤，深怕吵到他的休息。佐渡的隨從坐在牆邊，每次風一吹進來，燈光搖曳，他們便會細心留意，怕主人著涼。

「啊！好舒服啊！好像在世外桃源呢！」

隨從的武士趁佐渡換手枕頭的時候，說道：

「晚風帶著寒氣，請您小心，別著涼了！」

佐渡回道：

「別擔心。我這身體歷經戰場的鍛鍊，不必擔心會受夜露風寒。這晚風中飄來了茶花香，你們聞到了嗎？」

「根本沒聞到啊？」

「你們這些鼻子不靈光的男人……哈哈哈。」

可能因爲他的笑聲震耳，頓時四周的蛙鳴都停止了。

就在此時。

「嘿！小孩，怎麼站在那裏偷看客人的房間呢？」

遠處傳來僧侶的斥責聲，比佐渡的笑聲還要大。

武士們立刻起身。

「什麼事？」

他們四處張望。

聽到一陣輕悄的腳步聲，細碎地逃往倉庫方向。剛才斥罵的僧侶低著頭留在原地。

「很抱歉，他是土著的孤兒，請您見諒！」

「他在偷看我們嗎？」

「是的，那孩子就住在離此一里遠的法典高原上，原是馬夫的兒子。他祖父以前也是位武士，所以他老是嚷著說他以後也要當武士。這會兒看到您的威武模樣，才會好奇偷看，眞傷腦筋！」

本來躺在牀上的佐渡聽到這些話，便坐起來。

「大師。」

「啊！長岡大人，吵醒您了。」

「不、不！我不是責備你…那名小孩看來頗有意思，剛好可以來陪我聊聊天。你叫他過來，說我要給他糖果。」

2

伊織跑到倉庫。

「阿婆，我的小米吃完了，請您把小米裝在這裏。」

他打開大約有一斗容量的米袋說著。

「什麼口氣啊！你這餓鬼好像來討債的。」

寺裏的阿婆從大而昏暗的廚房裏大聲斥罵。

一旁幫忙洗碗的小和尚也附和地說：

「我們住持說你可憐，叫我們拿小米給你，這可是施捨給你的。別以爲你的面子大。」

「我的面子很大嗎？」

「想跟人要東西，就得低聲下氣。」

「我可不是乞丐。我是拿我父親遺留給我的錢袋和師父交換的，裏面還放著錢。」

「住在荒郊野外的馬夫能留多少錢給你啊！」

「小米到底要不要給我嘛！」

「你是天下第一笨蛋。」

「怎麼說？」

「你竟然甘心受一個來路不明的瘋子驅使，到頭來還得由你替他張羅食物。」

「謝謝您的忠告。」

「你們竟然在開墾無法種田的土地，村子裏的人大家都在嘲笑你們呢！」

「我才不管那麼多。」

「你好像也有點瘋了。那個浪人好像挖寶似地開墾那片荒土，只怕到頭來是曝屍荒野。可是，你還是個乳臭未乾的小孩子，現在就開始替自己挖墳墓，不嫌太早嗎？」

「眞囉嗦！快點給我小米，快點嘛！」

「不要說小米，要說白米。」

「白——」

「白癡！哈哈！就是你。」

小和尙得意忘形，瞪大眼睛扮鬼臉，嘲笑伊織。

突然，啪嗒一聲，一塊像濕抹布的東西貼到小和尙的臉上。他驚叫一聲，臉色鐵靑。原來貼在他臉上的，是他最討厭的大蟾蜍。

「好啊！你這小鬼。」

小和尙衝出去抓住伊織的衣領。迎面正好遇上替長岡佐渡跑腿的另外一位和尙。

「是不是我們招待不周啊？」

連住持都擔心地跑過來問個究竟。聽跑腿的和尙說，佐渡先生想找這個小孩聊天。

「還好只是這件事。」

住持這才放下心來，但還是有些擔心，因此拉著伊織的手，親自帶他去見佐渡。

書房隔壁的房間已經鋪妥被褥。老態龍鍾的佐渡橫躺在那兒。他似乎很喜歡小孩。當伊織坐在住持身邊的時候——

「你幾歲了？」

佐渡問伊織。

「十三，今年十三歲。」

伊織頗得他的歡心。

「你想當武士嗎？」

伊織聽對方的問話，便點頭回答：

「嗯。」

「你可以到我家裏來，如果你勤於應對灑掃、倒水、拿草鞋的話，將來我一定可以培養你成爲一名武士。」

伊織聽完默默搖頭。佐渡說：

「你不可能不想去，是不是不相信我？明天我就帶你回江戶。」

伊織卻模仿小和尚裝白癡的面孔，學他的口吻講話：

「大人殿下，您剛才說要給我餅乾，不給的話就是騙人，快點給我，我馬上要回去了。」

住持一聽臉色大變，啪——的一聲，打在伊織的手上。

3

「別怪他！」

佐渡不管住持。

「沒錯！武士不應該騙人，快點去拿餅乾來。」

佐渡立刻吩咐隨從。

伊織一拿到糖果，立刻收到懷裏。佐渡看到了，便問：

「為何不在這裏吃呢？」

「我師父還在等我。」

「哦？你師父是誰？」

佐渡臉色訝異。

伊織一副已經辦完事的模樣，來不及回答，便飛奔出去了。長岡佐渡邊笑邊躺回牀舖，而住持一再頻頻致歉。然後跟著伊織身後，追到倉庫裏來。

「那小鬼，跑哪兒去了？」

「剛才背著小米回去了。」

倉庫裏的人回答。

外面一片漆黑，寂靜中傳來葉笛聲——

皮——皮斯

斯——斯——

可惜伊織不諳音律，因爲用葉笛子根本吹不出馬夫馱馬歌謠的韻味。

而且葉笛也吹不出複雜的中元節的土風舞歌謠。

所以，伊織只能拿著葉子含在嘴唇吹一些神樂雜耍的單調旋律。吹著吹著，他忘了路途的遙遠，最後來到法典草原附近。

「咦？」

他口中的樹葉隨著口水一起吐出，同時趕緊躲到旁邊的草叢裏。

這裏有兩條河流在此會合，流往村落的方向。而河流的土橋上有三、四個大男人，正交頭接耳不知在談什麼？

伊織一看到那些人心中不禁暗叫：

「糟了，他們來了！」

他想起前年晚秋時，發生的一件事。

住在這附近一帶的母親們，經常會嚇唬孩子。

「你再不乖，我就把你丟到山神的轎子裏，送給山上的鬼。」

這種恐懼感從小時候一直到現在，伊織無法忘記。

很早以前，聽說山神的白色轎子每隔幾年就會到此巡迴一次。當轎子抵達離此八至十里路遠的山上神社，土著們便四處張羅五穀，甚至連自己的寶貝女兒都妝扮得非常美麗，讓一羣帶著松柴火把的人，把她們進貢給山神。不知過了多久，當土著們知道山神也是凡人之後，他們便不願意再進貢。因此，戰國以來所謂山神的黨徒即使把白色轎子抬到山上的神社，居民仍不肯奉獻。於是他們便帶著射山豬用的長矛，獵熊的弓箭、斧頭和手槍等土著們最畏懼的武器，每隔三、兩年，就會出現於各村落。

這羣土匪曾經在前年秋天來此搶劫。當時的悽慘光景，仍深深烙印在伊織幼小的心靈裏，所以他一看到土橋上的人影時，這種恐怖的記憶立刻浮現他的腦海裏。

4

事情終於要發生了。

另外一羣人組成隊伍從別的方向跑過來。

「喂！」

他們呼叫土橋上的人。

「喂！」

原野的另一端有了回音。

這種呼叫聲從四面八方傳來，也流向夜晚的霧氣當中。

「……？」

伊織屏氣凝神，瞪大眼睛，從草叢中窺視這一切。不知何時，約數十名的土匪黑鴉鴉地聚集在土橋四周，一羣一羣地交頭接耳，商議對策，最後似乎達成了共識。

「進攻。」

一名看來像是首領的土匪舉手做訊號，這羣人便像蝗蟲般往村落方向奔去。

「糟了！」

伊織從草叢中露出頭來。

在這寂靜安詳的夜裏，正在睡夢中的村子突然傳來令人膽寒的雞飛狗跳聲以及老人和小孩的哭叫聲。

「對了，快點去通報住在德願寺的武士大人。」

伊織從草叢中一躍而出。

他直覺地想去通報這件事，便往德願寺飛奔而去。本來以爲空無一人的土橋，竟然傳來人聲。

「嘿！」

伊織嚇了一跳，趕緊拔腿就跑。卻敵不過大人的腳步，原來在那裏把風的兩個土匪抓住了伊織的衣領。

「你要去哪裏？」

「你是幹什麼的？」

本來伊織可以大聲哭叫，也許就會平安無事，可是他哭不出來。因爲他雖然被對方整個人提起來，卻還是勇敢地奮力抵抗，所以土匪們對他起了疑心。

「小鬼，你看到我們的事情了，是不是要去通風報信？」

「把他的頭栽到那田裏。」

「不，看我怎麼處理他。」

他被土匪踢下橋，另一名土匪立刻從後面飛奔過來，把他綁在橋墩上。

「好了。」

那兩名土匪說完又跳回橋上，不管他了。

噹！噹！寺裏的鐘聲響了，想必寺裏也知道土匪來襲。

村子裏起了大火，土橋下的河水映著火光染得一片通紅。而嬰兒的哭泣聲和女人的悲鳴不斷傳來。

不久，車輪聲喀啦喀啦地經過伊織頭上的土橋。四、五名土匪將掠奪來的財物滿載牛車和馬背上，從這兒經過。

「畜牲。」

「要幹什麼？」

「把我老婆還給我。」

「你不要命啦！」

原來是村民和土匪在橋上纏鬥，加上淒厲的呻吟聲和腳步聲，混雜不清。

就在此時，滿身血跡的屍體一個接一個被踢落在伊織面前，甚至還有血跡濺到他臉上。

5

屍體被河水沖走，有些尚存一口氣的死命抓住水草爬上岸去。

被綁在橋墩下目睹慘況的伊織，大聲叫喊：

「快解開我的繩子啊！幫我解開繩子，我替你們報仇。」

被砍傷的村民好不容易爬上岸，也只能趴在水草中，動彈不得。

「喂！快幫我解開繩子啊！我可以去救村子裏面的人啊！快幫我解開啊！快幫我解開啊！」

伊織稚嫩的心靈忘了自己的年幼，不斷大聲喊叫，好像在責怪無力的村民並指揮他們似的。

昏迷不醒的人還是毫無知覺，於是伊織用力掙扎想掙脫繩子，這徒然是困獸之鬥，掙脫不了。

「喂！」

伊織扭動著身體，盡量伸長腳，終於踢到昏倒的負傷者肩膀。

那村民抬起沾滿泥巴和血跡的臉，乾澀的眼神望著伊織。

「快點，幫我解開繩子，快解開啊！」

受傷的村民掙扎爬過來幫伊織解開繩子後便斷氣了。

伊織咬牙切齒地望著橋上。土匪把村民趕來此處殺戮，但是載滿財物的牛車車輪卻陷在土橋腐朽的地方，動彈不得，這時正爲了要拉出輪子引起一陣騷動。

「走著瞧！」

伊織藏身河岸邊的陰影處，沿著河水拚命跑，渡過淺灘，爬到對岸。

他開始在原野中狂奔。在無住家又無田地的法典草原一口氣跑了半里路。

最後終於跑到與武藏所住的小屋附近。看到有人站在屋外凝視天空——那是武藏。

「師父。」

「喔！伊織。」

「快點去！」

「去哪裏？」

「村子裏。」

「那片火海是什麼？」

「土匪來襲了，他們前年也曾經來過。」

「土匪？」

「有四、五十人。」

「原來鐘聲是在示警。」

「快點去，快點去救那些人吧！」

「好。」

武藏回屋內換著武裝出來。

「師父，您跟在我後面，我來帶路。」

武藏搖頭。

「你在屋裏等待。」

「咦？爲什麼？」

「很危險的。」

「一點也不危險啊！」

「你會礙手礙腳。」

「可是，師父您不知道往村子的捷徑。」

「那片火海就可替我帶路。知道嗎？乖乖地在屋子裏等我。」

「是。」

伊織無奈地點頭回答。本來正義賁張的小心靈，霎時失去勁道，沈默下來，一臉的落寞。

村子陷在一片火海中。

只見一個身影像鹿一般矯捷地奔向火紅的野地裏，他便是武藏。

征夷

1

野地裏有一羣女子被土匪像串念珠般地綁在一起，她們被迫骨肉分離，失去孩子，有人的丈夫已被殘殺，在號啕大哭中被土匪強行押走。

「走不動嗎？」

「吵死了。」

土匪揚鞭抽打。

女人尖叫一聲，仆倒在地。串綁在一起的其他女人也隨著倒在一起。

土匪提繩把她們拉起來。

「眞是不知好歹。妳們吃粗茶淡飯，還要下田做苦工，與其跟那種瘦得皮包骨的老公，不如跟著我們，包妳們榮華富貴享受不盡哪！」

「眞麻煩，將繩子綁在馬上讓馬來拉吧！」

馬背上堆滿掠奪來的財物和穀類。土匪把繩子綁在一匹馬上，然後用力鞭打馬屁股。

女人們在不斷的慘叫聲中被狂奔的馬拖著跑。有個女人跌倒，頭髮拖在地上。

「我的手要斷了，我的手要斷了。」

她大叫。

「哇哈哈，哈哈哈！」

土匪們見狀大笑，羣集在後面跟著前進。

「嘿，這次跑得太快了。慢一點吧！」

有人說著，馬匹和女人都停了下來。可是剛才負責鞭馬的土匪，根本沒吭聲。

「你看！這馬可停下來等妳們了。」

後面的土匪嘿嘿嘿地笑著走過來。他們的嗅覺特別發達，一聞到血腥味，立刻提高警覺。

「誰？誰啊？」

「……」

「誰在那裏？」

「……」

一個人影從草地上漫步走來，手握大刀，白刃上沾染一片霧般的血跡。

「……哎、哎呀！」

前面的人不覺往後退，踩到後面人的腳尖。

武藏目測出大約有十二、三名土匪，他盯上其中一名看似武功高強的男子。

土匪們立刻拔出山刀。有一個拿著斧頭的土匪冷不防從旁攻擊，獵豬矛自斜前方朝武藏腹部刺去。

「你不要命了。」

有一名土匪大叫。

「你到底是哪裏來的流浪漢，竟然想搶我們的東西。」

話還沒說完。

「哇！」

在右邊手拿斧頭的男子彷彿咬著舌頭似地發出一聲，在武藏面前踉蹌幾步後倒了下來。

「你們不知道嗎？」

武藏在血泊中高舉著大刀。

「我是保護良民的守護神派來的。」

「放屁！」

武藏將奪來的獵豬矛丟在地上，揮動大刀，攻向手持山刀的土匪羣中。

2

雖然土匪過於自信自己的力量，但是武藏採取各個擊破的手法，也必須一番奮戰。

土匪眼見自己的同伴一個個倒下，也開始亂了陣腳。

——怎麼可能發生這種事情？

——看我的。

雖然土匪奮力抵抗，仍一個接一個地倒在血泊中。

武藏採各個擊破的方式殺入敵陣，不一會兒土匪已在他的掌控之中。

這種攻擊方式不在敵人的數量，而是要瓦解他們的團結力量。以少擊衆的劍法，雖然不是他的得意手法。卻只有在生死之際才能眞正體驗這種戰法，使得武藏更加興趣高昂。因爲與衆敵對決時可以學到單打獨鬥時無法習得的劍法。

在這種情況下，一開始，他在離此不遠的地方，先殺死拉著成串女人的土匪。當時他所使用的是敵人的山刀，完全不使用自己佩戴的大刀、小刀。

這並非因爲殺這些鼠輩，會玷汚自己的愛刀。事實上是基於愛護自己的武器的想法。對方有各式各樣的武器，如果用自己的刀與對方搏鬥，可能會傷及刀刃，說不定還會折斷。他曾經有過幾次經驗，在關鍵的時刻因身上沒有武器而險些送命。

所以他不輕易使用自己的大刀。無論任何情況，都先奪下敵人的武器殺敵。不知不覺中，這種技巧已經發揮到神乎其技了。

「哼！你等著瞧。」

丟下這句話後，土匪紛紛逃跑。

十幾名土匪當中，現在只剩五、六人，大家都往原來的方向逃去。

想必村子裏一定還有很多他們的殘黨，正在欺凌剝削村民。這些人一定是逃回村子糾結其他土匪，準備捲土重來對付武藏。

武藏這下子得以喘息片刻。

他先替被綁成串的女子們鬆綁，並叫比較有力氣的攙扶站不起來的人。

這些女子嚇得連道謝都忘了說，只是跪在地上仰望武藏，不斷地哭泣。

「妳們可以放心了。」

武藏說著。

「想必妳們的親人、丈夫和小孩都還留在村子裏。」

「是的。」

她們點點頭。

「我必須趕去救他們。就算妳們獲救，若是老人和小孩遇難，妳們還是無法活下去吧！」

「沒錯。」

「妳們應該有足夠的能力保護自己，但是因爲你們不懂得如何團結一致、抵抗敵人，才會被盜賊蹂躪，現在我會幫助妳們，妳們各自拿著刀劍吧！」

說著，武藏揀起土匪掉在地上的武器交到每個女子手中。

「妳們只要跟在我後面就行，照我的話做，我們去救陷在火海和土匪手中的村民，去救妳們的親人吧！妳們的頭頂上有守護神庇佑，不必害怕。」

武藏說完越過土橋，往村子跑去。

3

土匪放火燒村。幸好民家散落各處，火勢並未蔓延開來。

路上映著通紅的火光，地上竄動著火焰的影子，武藏帶著這羣女子回到村子附近。

「喂！」

「我們回來了。」

「你們在哪裏啊？」

這時，躲在隱密處的村民們聽到她們的呼叫聲，都陸續聚集過來，一下子出來了幾十名村民。

女人一見到自己的親人、兄弟、孩子，立刻相擁而泣。

然後，她們指著武藏。

「是他救了我們。」

她們描述獲救經過，濃厚的鄉音中掩不住喜悅。

當村民看到武藏，大都露出異樣的眼光。因爲自己平日經常嘲笑他是法典草原的瘋子。

武藏將剛才教導這些女子的方式也教導這些男人。

「大家遇上事情時——任何東西都可當武器，棒子或是竹子都行。」

武藏命令他們。

沒有一個人違抗。

「掠奪村子的土匪總共有多少人？」

「大約五十名。」

有人回答武藏。

「村子裏有幾戶人家？」

他們告知有七十戶左右。由於這裏的村民仍保存大家族的遺風，因此每個家族至少有十戶人家。看起來應該有七、八百個村民，扣掉老弱婦孺，健壯的男女大約五百名以上，可是整個村子卻被土匪搶去全年的收穫，並且年輕女子和家畜等都受到蹂躪。

「我們毫無辦法。」

村民束手無策，武藏簡直難以相信這個理由。

雖然與執政者欠缺完善的政策有關，最主要還是村民欠缺自治和自衛能力。

無自衛能力者只有懼怕武力。如果瞭解武力，便可明白武力並非可怕的東西，甚至可以說是爲了和平而存在的。

一個村子如果沒有維護和平的自衛武力，那災難必然永無根絕之日。武藏的目的並非只爲討伐今夜的土匪，而是在於建立這種自衛的力量。

「法典草原的浪人先生，剛才逃回的盜賊正呼朋引伴，朝這兒攻過來了。」

有一名村民急忙飛奔通知武藏和村民。雖然村民手上已經拿著武器，但是先入爲主的觀念使他們認爲土匪是可怕的。立刻引起一陣騷動，開始浮躁起來。

「是嗎？」

武藏爲了讓他們放心，吩咐他們——

「快點埋伏到道路兩側。」

村民立即躲藏在樹蔭或田溝裏。

只留下武藏一個人。

「有我獨自迎戰這些土匪，然後我會先逃跑。」

武藏環顧埋伏在四周的村民，像自言自語般說道。

「但是，你們還不必出來，過一會兒，追我的盜賊一定又會逃回來，那時你們可以衆聲高喊，趁其不備偷襲他們。然後再躲起來，再偷襲，如此反覆交替，殺得盜賊片甲不留。」

武藏話剛說完，遠處一羣魔鬼軍團般的土匪已經撲殺過來了。

4

土匪們的打扮和陣式，簡直就像原始時代的軍隊。在他們的眼中無德川、亦無豐臣的世代。山川是他們的天地，而鄉里便是滿足他們饑餓之處。

帶頭的人停住腳步，制止後面的土匪。

「啊！等等。」

大約有二十多人，有的拿著稀有的大斧頭，有的扛著生銹的長矛，背對著紅色火光，黑鴉鴉的一羣人停住腳步。

「在哪裏？」

「是不是那一個？」

其中一人指著武藏。

「喔！就是他。」

武藏在離他們約六十尺遠的地方擋住去路。

這羣土匪看到武藏一副視若無人地站在路中央，這羣猛獸不禁懷疑自己的威勢。

「哎喲，這小子是誰啊？」

他們對武藏的神態開始起疑，不由得停下腳步。

但這只是短暫的一瞬間。接著兩、三名土匪走向前。

「就是你這小子嗎？」

武藏目光炯炯，逼視靠近的土匪。土匪似乎被武藏的眼神吸住，也直盯著武藏。

「來找我們麻煩的，就是你這小子嗎？」

武藏只回一句。

「沒錯。」

話聲甫落，武藏的劍已經砍到土匪身上。

哇——的一聲，土匪羣中立刻引來一陣騷動，跟著一場混鬥。幾乎無法辨視敵我，這些土匪有如一羣被吹動的螞蟻，圍成一個小漩渦開始亂打。

可是，道路的兩旁，一邊是水田另一邊是街道路的堤防。地形對土匪非常不利，卻有利於武藏，再加上土匪雖然凶猛，並無統一的武器也未受訓練，是一羣烏合之衆。如果拿上次在一乘寺下松決戰來相比較的話——武藏並未如上次那般陷於生死決鬥的困境，所以他想到以退爲進的策略。當他與吉岡門下一大羣人決鬥的時候，根本未曾有後退一步的念頭。現在和上次相反，因爲他根本不想與這羣土匪纏鬥，他引用兵法上的策略，誘敵入甕。

「啊！那傢伙。」

「他逃走了！」

「別讓他逃走啊！」

土匪緊追逃走的武藏。武藏最後將他們引到野地的另一端。

依地形來看，比起剛才狹窄的場地，此處空曠的原野看起來對武藏相當不利。但是武藏在這空曠的原野忽東忽西，分散土匪們的武力，然後突然轉守爲攻。

「喝！」

一擊。

又一擊！

武藏的身影從一個血柱跳往另一個血柱。

用「快刀斬亂麻」來形容武藏的砍殺，最恰當不過。被殺的人狼狽不堪，幾近半死。而砍殺者幾乎進入無我之境，這羣土匪根本毫無招架之力。哇——的一聲，回頭鼠竄。

5

「來了！」

「他們來了！」

埋伏在路旁的村民聽到土匪逃過來的腳步聲。

「衝呀——」

大家蜂擁而出。

「可惡的土匪！」

「衣冠禽獸！」

村民們揮動竹矛、棒棍等各種隨手取得的武器，向土匪衝過去，把他們打得半死。

「再躲起來！」

他們又趴低身子，遠遠看到零星逃來的土匪，大夥兒又羣起攻之。

「混蛋！」

「可惡！」

這羣村民集合力量，將盜賊一個個打死。

「這些盜賊也不怎麼樣嘛！」

村民突然信心大增。看看躺在地上的土匪屍體，原先還以爲自己毫無反抗的力量，現在重新發現自己竟然擁有自衞能力。

「又來了喔！」

「只有一個。」

「一定要把他幹掉。」

村民們嚴陣以待。

跑過來的是武藏。

「喔！不對，這位是法典草原的浪人先生。」

他們有如迎接大將軍的兵卒一般，分站道路兩旁，望著武藏那沾滿血跡的身子和手上的血刀。

那把血刀的刀刄已經裂得像把鋸子。武藏把它丟棄，並揀起一把土匪掉在地上的長矛。

「你們也快點揀大刀和長矛。」

武藏這麼一說，年輕的村民立刻俯身拾起武器。

「各位，現在正是時候。你們團結合作，把土匪趕出村子。去救你們的家人吧！」

武藏鼓勵他們，並跑在最前面領路。

村民中已無人有懼色。

就連老弱婦孺也都揀起武器，跟隨武藏身後。

他們一到村子，發現古老的大農家仍在燃燒著。在火光的映照下，村民和武藏以及道路和樹木，全都一片通紅。

燃燒屋舍的火焰似乎蔓延至竹林，不斷傳來青竹嗶嗶啪啪的爆裂聲。

不知從何處傳來嬰兒的哭啼聲。牛隻看到火而發出狂亂的叫聲，令人心驚。然而在這一片燃燒的灰燼中，連一個賊影子也沒有。

武藏突然問村民。

「酒味是從哪裏傳來？」

村民們被燃燒的煙嗆到了，根本沒聞到酒味。經武藏這麼一問，大家才恍然大悟。

「只有村長家裏才存放很多酒。」

武藏告訴他們，土匪的大本營一定就駐紮在那裏。又告訴大家一個對策。

「跟在我後面。」

武藏又跑了出去。

這個時候，從各處回來的村民已經超過百名。本來躲在地板下和草叢中的人，也陸續爬出來，他們團結的力量越來越強大。

「村長的家在那裏。」

村民遙指。那房子四周圍著土牆，算是村子裏的大戶人家。大夥兒一靠近屋子，迎面飄來酒香，猶如酒泉自此流出一般。

6

村民尚未躲到附近暗處的時候，武藏已經越過土牆，單槍匹馬闖入土匪的大本營。

土匪頭子和幾個大頭目，正在房間裏飲酒作樂，捉弄年輕女孩。

「別慌。」

土匪頭子好像在生氣。

「對方才一個人，根本不必勞駕我出面，你們自行解決吧！」

首領說的似乎是這類的話，並且斥罵趕來稟報情勢的手下。

就在此刻，那首領突然聽到外面發出異樣的聲音。其他正在吃烤雞飲酒作樂的土匪也說著：

「什麼聲音？」

他們不約而同站了起來，並抓住手邊的武器。

一瞬間，他們摸不清狀況，不知如何因應。全被發出聲音的大門口吸引了注意力。

武藏趁此時連忙跑向屋子側面，找到了主屋的窗口，並用長矛撐住身體跳入屋內，站在土匪頭子的背後。

「你就是土匪頭嗎？」

那頭子循聲回頭的瞬間，已經被武藏的長矛刺穿胸膛。

面目猙獰的頭目大叫一聲。

「哇……」

他的胸膛鮮血如注，仍抓住長矛，試圖起身。但武藏的手順勢一放，被刺穿胸膛的首領連帶長矛，摔倒在地。

接著，武藏又從攻過來的盜賊手上奪下大刀，連砍兩人之後，那羣土匪蜂擁而出，衝到屋外。

武藏將刀擲向那羣土匪，又從另一具屍體的胸前拔出長矛來。

「別動。」

武藏橫舉長矛的威勢凌人，猶如一座銅牆鐵壁，擋住土匪的去路。而土匪就像被竹竿拍打的水面，立刻分散開來。這裏是屋外，非常寬廣，可以自如使用長矛。武藏耍著黑木長柄，對著土匪揮、刺、掃、撲，毫不容情地攻擊。

土匪一看無法抵擋，便逃往土牆的大門。在那兒守株待兔的村人，將逃出來的土匪一個個打倒在地。

大部分的土匪都被村人打死。僥倖逃跑的人，可能都已經斷手斷腿了。男女老少的村民一齊發出有生以來首次的歡呼，爲他們的勝利而瘋狂。過沒多久，他們找到自己的父母、妻子，更是欣喜若狂，大家相擁而泣。

有人說道：

「土匪會來報復，很可怕的。」

這麼一說，村民的信心又開始動搖了。

「不可能再來這個村子了。」

武藏向他們保證，村民們才又放下心來。

「可是，你們也別太過於自信。畢竟你們的本分不是武器而是鋤頭，如果過於驕傲，炫耀自己不成熟的武力，恐怕會受到比土匪掠奪更嚴重的天譴。」

7

「你們查看過了嗎？」

投宿在德願寺的長岡佐渡，徹夜等待家臣的回報。

從這裏可以看到村子裏的火焰出現在原野和沼澤的對岸，不過火勢似乎已被控制。

兩名家臣一起回答：

「是的，我們去看過了。」

「盜賊逃走了嗎？村民的受害情況如何？」
「我們才跑過去沒多久，村民們便自己打死大部分的盜賊，把他們趕得四處逃竄。」
「咦？這可就奇怪了。」
佐渡幾乎無法相信。果眞是事實的話，佐渡就必須重新思考自己的主人細川家的領土和他治民的方式。
無論如何，今夜已經太晚了。
佐渡想著，便上牀睡覺。可是想到明早必須動身回江戶，他又改變主意。
「我要去看一下出事的村子。」
說完騎馬往村裏去。
德願寺的一名寺僧爲他帶路。
佐渡一到村子，回頭問兩名隨從。
「你們昨夜看到什麼？剛才我仔細觀察了一下躺在地上的盜賊屍體，不像是老百姓的刀法。」
佐渡覺得奇怪。
村民連夜處理被燒的房舍和屍體，一看到佐渡騎馬過來，大家都躲到屋子裏。
「哎呀！大家好像誤會我了，你們去找一個知道實情的村民過來。」
德願寺的僧侶不知從何處帶來一名村民，由他口中佐渡得知眞相。
「是嗎？」

他聽完點點頭。

「那浪人叫什麼名字？」

佐渡這麼一問，那村民側著頭答稱不知其名，佐渡堅持非知道不可，因此寺僧四處打聽，回來之後說：

「聽說是叫宮本武藏。」

「什麼？武藏？」

佐渡立刻想起昨夜的少年。

「那麼他就是那位小孩口中的師父了。」

「平常那個浪人與小孩在法典草原開墾荒地，學農人耕種，是個奇怪的人。」

「眞想見見這名男子。」

佐渡自言自語。又想起藩邸尚有要事待辦。

「好吧！下次再來。」

說完，驅馬回程。

他們走到村長家的大門口，突然有一樣東西吸引佐渡的目光。那是一張墨跡未乾的字條，看來是今天早上才貼上去的，上面寫著：

村民謹記在心

鋤頭是劍
劍是鋤頭
在鄉土不忘亂世
在亂世不忘鄉土
將分散的力量滙集合一
不可
背世道而馳

「嗯……這告示是誰寫的？」

村長出來，跪著回答：

「是武藏寫的。」

「你們瞭解其意嗎？」

「今早村民聚集在此，武藏爲我們解說內容，我想大家都懂了。」

「大師。」

佐渡回頭對寺僧說：

「辛苦你了。你請先回吧！很遺憾我有要事在身。我會再來拜訪，後會有期。」

說完，策馬離去。

卯月之時

1

當代的主公細川三齋公，並沒有鎮守在江戶的藩邸，而居住在豐前小倉本地。

江戶是由長子忠利駐守，加上輔佐的老臣，負責裁斷一切事情。

忠利處事英明。年約二十有幾，非常年輕。與新將軍秀忠移駐到此新府城的天下梟雄豪傑、大將軍們爲伍，一點也不失父親細川三齋的面子。甚至可以說他那種新進的銳氣以及對未來有先見之明的睿智，雖然在諸侯中屬於新人，但是比起戰國時代孕育出來那種只會誇耀的老將軍卻更爲出色。

「少主人呢？」

長岡佐渡在找他。

忠利不在書房也不在馬場。

藩邸非常大，有些庭園根本尚未整理，一部分是林子，一部分則砍伐之後做爲馬場。

「少主人在哪裏？」

佐渡從馬場回來的路上，詢問一名路過的年輕武士。

「他在弓箭場。」

「啊！在練箭啊！」

長岡佐渡穿過林間小路，往弓箭場走去。

——咻。

這兒已經可以聽到從弓箭場傳來射箭的聲音。

「啊……佐渡大人。」

有人叫住他。原來是同藩的岩間角兵衛，他是個務實且手腕辛辣的人，極受重用。

「您要上哪去？」

角兵衛走過來。

「我正要去晉見少主人。」

「少主人現在正在練箭呢。」

「我有些事情必須向他稟報。」

說完，佐渡正要走開。

「佐渡大人，如果您不急的話，我有事與您商談。」

「什麼事？」

「站著不方便說。」

角兵衛環顧四周。

「我們到那邊去談。」

角兵衛邀佐渡到林中的一座亭子。

「不是別的事，而是希望在您與少主人聊天的時候，能夠幫我推薦一個人。」

「是想要到主公家任職的人嗎？」

「我想，佐渡大人您那兒應該也有很多人登門求教，希望能來此任職。但是，我所要推薦的這個人，可能在您的藩邸是比較特殊罕見的人物。」

「喔……主公家裏也一直在延攬人才，但大都是一些只想混個一官半職的人。」

「我要介紹的這個男子與這些人的氣質完全不同。老實說，這個人與內人有親戚關係，從周防的岩國來此已有兩年，目前正住在我家，我覺得他應該是主公需求的人才。」

「岩國來的，那是吉川家的浪人嗎？」

「不，是岩國村一個鄉士的兒子，名叫佐佐木小次郎。年紀尚輕，卻從鐘卷自齋那裏學到富田流的刀法、拔刀術則是傳承吉川家的食客片山伯耆守久安。雖然如此，他並未因此而自滿，更自創一派叫嚴流的刀法。」

角兵衛極盡口舌之能，想將此人推薦給佐渡。

任何人聽到這番納言，一定會採用。可是佐渡並未熱心傾聽。因爲他心中早有理想人選。這一年半來，由於諸事繁忙，幾乎忘了此事，現在他突然想起這個人。

此人就是在葛飾的法典草原從事墾荒的宮本武藏。

2

從那次事件以來，他內心始終銘記著武藏這個名字，無法忘懷。

這種人才是主家想要延攬的人才啊！

佐渡一直把這件事隱藏於內心。

他本來打算再次造訪法典草原，親自與武藏會面並將他推薦給細川家。

此時回顧——當初產生這個念頭，而從德願寺回來至今，已經過了一年多了。

由於公務繁忙，從德願寺回來之後，就無暇再次造訪。

那個人不知如何了？

佐渡從他人的談話當中，突然想起這件事。然而眼前的岩間角兵衛正極力推薦佐佐木小次郎。他詳細說明小次郎的旅歷和作風，希望徵求佐渡的首肯。

「您如果晉見少主人，希望能爲他美言幾句。」

角兵衛再三拜託之後才離去。

「我知道了。」

佐渡回答。

但是在他的心裏，武藏的名字比起角兵衛所提到的小次郎更教他心動。

佐渡來到弓箭場，看到少主人忠利與家臣在練箭。忠利射出的每支箭都命中靶心，動作中流露著高雅的氣質。

他的隨從有時候會建議說道：

「現在戰場上的武器大多使用大砲和槍，至於刀和弓箭都已經落伍了。弓箭逐漸成了武家的裝飾品，平常只需稍做練習就行了。」

忠利聽了便說：

「我的箭是以命中心臟為目的。你看我的練習方式只是為了上戰場對付十幾二十個人的嗎？」

細川家的家臣們對主人三齋公當然是由衷地佩服。但他們並非因為三齋公的餘光而侍奉忠利。忠利的貼身侍衛也不受三齋公的影響，他們對忠利忠心不二，那是因為忠利是一位英明的君主。

這裏有一段談到忠利晚年的插曲，便可明白藩臣是如何敬畏忠利了。

當細川家由豐前小倉的領地移往熊本時，忠利於熊本城門口下轎，衣冠整齊地跪在新坐墊上，對著即將進駐的熊本城行跪拜禮。行禮時，忠利頭冠上的帶子碰到城門的門檻。從此以後，忠利的家臣們及其世代的家臣將軍們，每當通過此門時，絕對不敢從門檻正中央跨過。

由此可見，當時一國之君對城池抱持何等肅穆之心。以及家臣們是何等地尊敬城主。忠利從英年時代已擁有此等氣勢，所以要推薦家臣之事亦大意不得。

長岡佐渡來到弓箭場，看到忠利，立刻想到自己剛才與岩間角兵衛分手時，隨口答應：

「我知道了。」

此刻，他爲自己竟然如此輕率答應對方，好不後悔。

3

站在年輕武士羣中，比賽射箭而汗流浹背的細川忠利，遠遠望去他就像個普通的年輕武士，毫無矯揉做作。這會兒他休息了，與家臣們邊走邊談笑來到弓箭場的講台，擦拭身上的汗水，突然看到老臣佐渡。

「老太爺，你也試著射一箭吧！」

「不，你們年輕人在練習，我這老人還是迴避一下比較好。」

佐渡開玩笑地說。

「你在說什麼？你老是把我們當成小孩。」

「當然，因爲我的弓法無論是在山崎的那場戰爭或是韮山城的困城之戰，全都仰賴主人的指引，已經落伍了。可能無法迎合你們這羣小孩的口味。」

「哈哈哈！佐渡大人又開始談他的得意往事了。」

其他的武士和家臣也都笑了。

忠利也在一旁苦笑。

忠利套回袖子正經地問道：

「你有何事？」

佐渡先稟報公務，然後問道：

「聽說岩間角兵衛想推薦一個人進來，您是否看過推薦函了？」

忠利似乎忘了此事，他先搖頭後又想到什麼似地——

「對了，對了，他經常向我推薦佐佐木小次郎，但是我還沒看到他的信函。」

「您見見他如何？有才能的人其他各家應該也是高薪爭聘。」

「不知他是否眞如此優秀？」

「總之，先請他來吃頓飯。」

「佐渡。」

「是。」

「你是不是受了角兵衛之託。」

忠利苦笑，看了一眼佐渡。

佐渡心裏清楚這少主人的英明，也知道自己受人之託一事，鐵定逃不過他的眼睛。

「正是。」

說完也笑了出來。

忠利重新拉弓，從侍臣手中拿過箭。

「我雖然想見角兵衛推舉的人，但是，我更想見有一天晚上你對我提到的武藏這號人物。」

「少主人您還記得此事？」

「我當然記得，難道你已經忘了嗎？」

「不，因爲從那以後一直沒空再造訪德願寺。」

「延攬人才，再怎麼忙也要撥冗處理。順道去辦事的方式，看來也不是老太爺你的作風。」

「因爲有很多人申請在此奉公，也有不少推薦來的人，再加上少主人似乎只將此事聽過就算了，所以我也不敢貿然進行。」

「不、不，別人的眼光我不相信，但如果是老太爺認爲優秀的人物，我也由衷地等待。」

左渡內心非常惶恐。從藩邸回到自己家裏，立刻騎上馬，只帶了一名隨從，快馬加鞭趕到葛飾的法典草原。

4

今夜不能在德願寺過夜。他打算當天往返。長岡佐渡心急如焚，未去德願寺，驅馬直奔法典草原。

「源三。」

他回頭看著他的隨從。

「這附近不就是法典草原了嗎？」

他的隨從佐藤源三回答：

「我想應該是的。而且這一帶如您所見的，到處都是青翠的農田。從事開墾應該是更往內地去。」

「是嗎？」

這裏離德願寺已經有一段距離了。從這裏再往內陸不就連接常陸路。

夕陽漸漸西下。綠油油的田地裏，成羣的白鷺鷥忽高忽低飛翔著，河邊及丘陵上遍植痲樹，小麥如波浪般迎風搖曳。

「主人。」

「什麼事？」

「那裏聚集了一羣農夫。」

「眞的。」

「我去問他們吧！」

「等等！不知道他們在做什麼？輪流在地上磕頭跪拜。」

「先過去看看吧！」

源三抓住馬口輪，踩在河邊的淺灘，將主人的馬拉到對邊。

「喂！」

農夫們被他的叫聲嚇了一跳，立刻散了開來。

仔細一看，那是一棟小屋。小屋旁邊有個像鳥巢大的小佛架，這些農夫們便是在此膜拜這尊小佛像。

經過一天的辛勞之後，有五十幾名農夫聚集在這裏。看來大家已經準備要回家了。他們帶著已經清洗乾淨的農具，吵吵嚷嚷，此時有一名僧侶從人羣中走出來。

「哎呀！我還以爲是誰來了呢！原來是施主長岡佐渡先生。」

「噢！你是去年春天，當村子裏出事時，爲我帶路的那名德願寺僧侶。」

「正是。今天您是來參拜的嗎？」

「不、不，突然想起有急事，趕緊過來。我是直接往這兒來的。想請問當時那位在此開墾的浪人宮本武藏及小孩伊織，是否還留在此地呢？」

「武藏先生已經離開這兒了。」

「什麼？」

「是的，大約半個月前，突然不知去向。」

「是不是發生了什麼事，所以他才離開？」

「不……就在他離開的那一天，大家都放下工作，爲了慶祝這塊久經洪水泛濫的荒地，終於能夠開墾成青翠的田地，還舉行了豐年祭。不料隔天早上，武藏先生和伊織竟然悄悄離開這間小屋了。」

那僧侶還說，感覺上武藏先生依然在此。說完，他又告訴佐渡事情的始末。

5

自從那時以來。

村人擊退土匪，村裏治安強固，大家又恢復昔時的祥和生活，可說此地無人不曉武藏的大名。

他們尊稱武藏爲——

法典的浪人先生。

或是，

武藏先生。

以前視他如瘋子，或說他壞話的人也都來到他的墾荒小屋，請求他：

「也讓我來幫忙吧！」

武藏對大家一視同仁。

「想來幫忙的人就來吧！想要豐收的人便來吧！只爲自己而活的人太自私自利了。想要爲子孫留下自己勤奮成果的人，全都來吧！」

武藏如此一說，大家都異口同聲。

「我要來，我要來。」

在他開墾的土地上，每天都有四、五十個已經做完分內工作的人們聚集在此，農閒期更有數百人之多，同心協力開墾荒地。

這樣的成果在去年的秋天時就已經可以遏阻自古以來的水患。冬天耕耘，春天插秧播種，並且開墾灌溉用的水利。今年初夏，已有一些新田地長出綠油油的稻田，痲樹或小麥也長了一尺多高。

土匪再也不敢來犯。村民團結一致努力工作，年輕人的父母、妻子們都如神明般敬仰武藏。只要有糕餅或新鮮蔬菜，便立刻拿到小屋來。

明年不管是水田或旱田都會增加一倍喔！後年可能會增加到三倍。

村民們深信土匪不再來犯，對村裏的治安產生信心，並且對開墾荒地也信心十足。

村民們對武藏充滿感激之情。有一天工作完畢，大夥兒帶著酒壺到小屋裏來，圍著武藏和伊織，敲鑼打鼓慶農收。

那時候，武藏說：

「這不是我個人的力量，是靠你們大家的同心協力才達成的。我只不過身先率卒，激發你們的潛力罷了。」

又對一起來慶祝的德願寺僧侶說：

「我是一介漂泊武士，無法長期與大家為伍。為了永遠保有我們共同的信念，就拿此當成我們心中的鵠的吧！」

說完，從包袱裏拿出一尊木雕的觀音像，送給那僧侶。

翌日清晨，村民們來到小屋已不見武藏蹤影。連帶旅行包袱也不見了，看來是帶著伊織在天亮之前不告而別。

「武藏先生不見了。」

「不曉得到哪兒去了。」

村民們有若失去慈父般失落，整天無法工作，只是議論紛紛，互相惋惜不已。

當時那名德願寺的僧侶憶起武藏的話。

「我們不能辜負他的期望，不能讓綠油油的稻田再枯萎，讓我們來開墾更多的田地吧！」

僧侶鼓勵大家，然後在小屋旁邊搭了一個小佛架，將觀音像供奉起來。村民們自動在早晨上工之前和傍晚下工之後，來此膜拜，彷彿是在跟武藏打招呼似地。

聽完僧侶的敍述，長岡佐渡內心好不後悔。他痛心地說：

「哎呀！我來遲了一步。」

卯月的夜色籠罩著草上一片薄霧，佐渡黯然地騎馬踏上歸途。

他邊走邊自言自語：

「太遺憾了……我的怠慢如同不忠……我來晚了，一切都太遲了。」

進城

1

「兩國」這個地名是橋造好以後的事。在當時也沒有兩國橋的存在。

從下總領地延伸過來的道路和奧州分支都在此處的橋邊成了盡頭。

渡船口有兩個嚴守的柵門，儼然是個關卡。

江戶城的縣府制度制訂之後，青山常陸介忠成當了第一任的縣太守。他的手下駐守於此關口盤查來往旅人。

「等等。」

「可以通過。」

每一個人都要接受檢查。

江戶越來越敏感了。

武藏感受到這一點。

三年前，當他從中山道經江戶轉往奧羽時，出入這座城池尚未如此嚴格。

爲何突然變得如此戒備森嚴呢？

武藏帶著伊織站在木柵前排隊時，想了很多。

一個城市在都市化的過程中，人口勢必增加，而人有形形色色千百種，善惡雜陳。都市要有制度，鑽營法律漏洞的小人也會日益活絡起來，因此，在上位者在促使繁榮的過程中，必須重整新文化。然而在此新文化底下，人們爲了膚淺的生活和欲望開始明爭暗鬥，甚至互相廝殺。

這也可能是原因之一吧！

而且這是德川將軍的大本營，對於大坂方面的警戒日增，才必須如此嚴密看守。無論如何，武藏隔著這條大河，看到江戶城新增建爲數不少的房屋和逐漸稀少的綠地，跟以前武藏印象中的江戶相較之下，恍如隔世。

「這位浪人——」

武藏聽到有人叫他，這些穿著皮襪子的官吏已經搜查過武藏全身上下。

另一名官吏在旁厲聲質問。

「你要到城裏做什麼？」

武藏回道：

「我並無特別目的，只是一個四處遊走的武者罷了。」

「沒有目的？」

對方責問他。

「修行不是你的目的嗎？」

「……」

武藏苦笑。

「出生地呢？」

官吏繼續追問。

「美作吉野鄉宮本村。」

「主人呢？」

「我沒有主人。」

「那你哪裏來的旅費盤纏呢？」

「無論走到何處，我都靠一些技術，如木雕、繪畫、寫字營生。有時住在寺廟裏或教人習武，都是承蒙衆人的幫助，才能四處旅行的……如果這些方法都行不通的時候，便露宿荒郊野地，啃樹皮吃草根。」

「那你曾經到過哪些地方呢？」

「我在陸奧住了半年，在下總的法典草原過了兩年農夫生活，但我並不想一輩子耕種，才會來到此地。」

「你帶的小孩呢？」

「他是我在下總收的徒弟，名叫伊織，快十四歲了。」

「在江戶可有落腳處？無落腳處，一概禁止入城。」

盤問沒完沒了，武藏眼見後面的旅人已經大排長龍。若是據實回答，後面的人不知還要等上多久。因此武藏便說：

「有。」

「在哪裏？住在誰家？」

「柳生但馬守宗矩大人。」

2

「什麼？柳生大人家裏？」

官吏臉色一陣慘白，不敢作聲。

武藏覺得好笑，因爲柳生家是剛才自己突然想到的。

雖然與大和的柳生石舟齋並不相識，但曾透過澤庵而彼此有印象。因此即使官吏前去查問，柳生家也不可能回答說：

「我們不認識此人。」

說不定澤庵也來到江戶了。雖然武藏並未達成宿願，與石舟齋面晤，請益其刀法。但是他的長子

——即柳生流的嫡傳者，目前任職於秀忠將軍的軍事教練但馬守中矩，武藏極希望能與他一較上下。

他平常即惦念著此事，以致於方才官吏質問落腳處時，自己竟然脫口說出柳生家。

「原來你與柳生家有交情……剛才非常失禮。但是因爲上級規定必須嚴密盤查，阻止一些不入流的武士進到城內。」

官吏的態度和語氣有了一百八十度的大轉變。接著只做了一些例行性的調查。

「請過。」

甚至還親自送他們到柵門口。

伊織尾隨於武藏身後。

「師父，爲什麼官吏那麼囉嗦？」

「可能是在提防敵人的間諜潛入。」

「可是間諜怎麼可能裝扮成浪人模樣通過呢？這些官吏太不聰明了。」

「小心被他們聽見了。」

「哎呀！渡船已經走了。」

「那就只好等了。我們來欣賞富士山吧！伊職，從這兒可以看到富士山哦！」

「富士山一點也不稀奇，從法典草原還不是可以看得到。」

「今天的富士山不一樣。」

「爲什麼？」

「富士山每天的風貌都不一樣。」

「全都一樣啊！」

「富士山會因時因地和四時的變化，以及欣賞者奇妙的內心變化，產生各種不同的風貌。」

「……」

伊織揀起河邊的石頭打水漂，突然跳過來。

「師父，現在我們是要到柳生家嗎？」

「嗯！怎麼辦呢？」

「可是您剛才在柵門口是這麼說的啊！」

「我是打算去拜訪，但對方可是個大人物呢！」

「能當上將軍家的軍事教練想必很偉大！」

「沒錯。」

「我長大也要像柳生家一樣。」

「別只抱這麼小的願望。」

「什麼？」

「你看富士山。」

「我不可能像富士山啊！」

「我們不必急著想當什麼。先學習富士山屹立不動，不諂媚於世俗。如果受到他人的敬仰，自然而然的，世人自會評斷你的價值。」

「渡船來嘍！」

小孩總喜歡搶先。伊織拋下武藏，先跳上甲板去了。

3

隅田川河面寬窄不一，河中有沙洲也有淺灘，而兩國正好位於此川的入海口。漲潮時，濁流侵襲兩岸，河水比平日暴漲兩倍，變成一條大河。

渡船上的船槳喀拉喀拉地划著川底的沙石。

在萬里晴空的日子裏，河水一片清澈，從船舷上可望見魚羣及河底石縫間的生銹錢幣。

「不知道從此是否能天下太平呢。」

渡船中有人聊天。

「可能沒這麼順利吧！」

另外一個人回答。

「還會有場大戰吧！即使沒有，也會有一場混亂。」

那人的同伴也跟著搭腔。

談話即將切入正題，卻突然欲言又止。其中有人刻意望著水面，卻又暗使眼色，要大家停止話題。

因爲害怕被官吏的耳目聽到。雖然大家都有些忌憚，卻又喜歡談論這類問題。

「這個渡船口的關卡盤查，便可證明此點。來往行人的檢查，最近才變得如此嚴格。聽說這也是因爲京城方面經常派間諜來此的緣故。」

「我還聽說最近有很多盜賊闖入大將軍的官邸。這種事情若傳揚出去必然遭人恥笑，因此，被闖空門的大將軍們都守口如瓶。」

「那一定要保密的。不管盜賊如何利欲薰心，都是賭上老命才能闖進大將軍的官邸。可見這些人動機並不單純呢！」

渡船上的客人簡直就是江戶的縮影。有滿身木屑的木材商人和從京城輾轉而來的藝人，還有耀武揚威的流氓、掘井工人、妓女、僧侶、苦行僧以及像武藏這類的浪人。

船一抵達港口，乘客魚貫上岸。

「喂，浪人。」

一名男子從武藏身後追來。原來是同船的流氓。

「你掉了東西吧！這東西好像是從你身上掉下來的，我幫你撿來了。」

他拿著一袋紅色錦囊，厚厚且發亮的油垢遮蓋了它原來的光澤。

武藏搖搖頭。

「不，這不是我的，可能是其他人掉的吧！」

話才剛說完，他身旁就有一個人說：

「啊！這是我的。」

那個人突然伸手搶去流氓手中的錦囊，收入懷中。

原來是伊織。他矮小的身子站在武藏身旁，若不細看，根本不會注意到他的存在。

流氓生氣了。

「嘿！嘿！即使是你的東西，也不該連一聲謝都沒說就搶去啊！快把錦囊拿出來，好好地跟我說三聲謝謝，我才還給你，要不然我就把你丟到河裏去餵魚。」

4

那名流氓蠻橫不講理，但是伊織的行爲也不對。武藏代爲求情，希望對方不記小人過。可是那名流氓卻說：

「無論你是他的哥哥或是主人，先報上名來。」

武藏降低嗓門。

「我是名沒沒無聞的浪人，叫做宮本武藏。」

那流氓一聽。

「咦？」

他瞪大眼睛盯著武藏。

「你給我小心一點。」

他對著伊織丟下這句話之後，轉身正想離去。

「站住！」

剛才武藏說話語氣委婉，這會兒突然大喝一聲，嚇了那流氓一大跳。

「你，你想幹什麼？」

他意圖甩掉被武藏抓住的袖口。

「你給我報上名來。」

「我的名字嗎？」

「既然我已經報上名字，你怎能不吭一聲就走呢？」

「我是半瓦家的人，叫做菰十郎。」

「好，你可以走了。」

武藏放手。

「你給我記住。」

菰十郎撂下話快步逃走。

伊織看到自己佔了上風。

「活該，膽小鬼。」

伊織用欽佩的眼神望著武藏，跟在他身邊。

他們來到街上。

「伊織。」

「什麼事？」

「以前我們住在荒郊野外與松鼠、狐狸為伍，可以不注重禮儀，但是來到人羣洶湧的大街上，可別忘了應有的禮節喔！」

「我知道了。」

「如果人與人之間能夠和樂地相處，那就是一片安樂土。但是人們與生俱來兩種性格，神性和魔性，只要稍有差錯，魔性就會使這個世界墮入地獄。因此，為了克制我們的魔性，在與人相處時就必須注重禮貌，學習尊重他人，在上位者必須立法、維持整個社會的秩序。你剛才不禮貌的舉動，雖然是一件小事，但是在這種秩序之下會激怒他人的。」

「是的。」

「將來我們要去哪裏還是個未知數，但是我希望你對人要有禮貌。」

對於武藏的諄諄教誨，伊織不斷點頭。

「我知道了。」

伊織連說話的語氣都變得有禮貌了。

「師父，這個東西搞不好又會被我弄丟，可否請師父代為保管。」

說完，將剛才掉在渡船上那破舊的錦囊交給武藏。

武藏先前並未特別注意這個錦囊，現在拿在手上突然想起一件事。

「這不是你父親生前的遺物嗎?」

「是的，我本來寄放在德願寺，今天住持將它還給我，錢沒動用過。所以師父如果您有需要的話，隨時都可以使用這些錢。」

5

「謝謝你。」

武藏向伊織道謝。

武藏這一句淡淡的道謝，卻讓伊織好不喜悅。連這小孩都會體諒自己的師父是多麼的貧窮。

「那麼我就收下了。」

武藏收下他的錦囊，放入懷中。

他邊走邊想著，雖然伊織還是個小孩，但從小生長在土地貧瘠的鄉下，飽受饑困之苦，在他幼小的心靈，無形中養成「節約」的觀念。

相形之下，武藏發現自己對「金錢」漠不關心的缺點。

雖然自己會關心社會的經濟政策，但是對於自己身邊的財務卻毫無概念。甚至反而讓幼小的伊織擔心自己的「經濟」問題。

這少年有的才能是自己所欠缺的。

武藏深深地期待伊織的性格能磨練出大智慧。無論武藏本身或已分手的城太郎都缺乏這種優點。

「今天晚上要住哪裏呢？」

武藏毫無頭緒。

伊織一向不爲熱鬧的市街所誘惑，但此刻卻一反常態，東張西望。最後如他鄉遇故知般興奮地說：

「師父，那裏有好多馬，原來在城裏也有馬市啊！」

最近馬販聚集在此地，專爲賭博而設的茶館和客棧，如雨後春筍般不斷增加且雜亂無章。武藏順著伊織所指的方向望去，看見無數的馬匹並排在「販馬街」的十字路口附近。

一到熱鬧的城鎮，馬蠅四處飛，人聲沸騰。這些噪音夾雜著關東口音的地方方言，因此武藏並不瞭解他們的語意。

原來是一名武家的人帶著一名隨從來此尋找名駒。世界上人才難覓，名駒亦復如此。那位武士說：

「好了，回去吧！根本找不到一匹好馬能推薦給主人。」

丟下這麼一句話，那武士正待轉頭大步離去時，猛然與武藏四目相遇。

「啊！」

武士一臉驚訝。

「你不是宮本先生嗎？」

武藏也盯著武士的臉一樣地驚叫出聲。

「喔！」

原來是在大和的柳生庄曾經親切招待武藏到庄裏的新陰堂，並與武藏徹夜縱談劍術——柳生石舟齋的高徒木村助九郎。

「你何時來到江戶的呢？沒想到會在此遇見你。」

助九郎望著武藏，似乎瞭解武藏仍處於修行途中。

「我才剛從下總過來，大和的大師父別後可無恙？」

「他很好，只是年歲已大了。」

助九郎說完，又說：

「你可以找個時間到但馬守先生家拜訪。我會幫你引見。而且……」

助九郎望著武藏，笑容中隱藏玄機。

「而且閣下掉了一件美麗的東西，有人送到但馬守官邸，因此請你務必前去拜訪。」

——掉了美麗的東西？

「奇怪？到底是什麼？」

武藏摸不著頭緒，助九郎已經轉身與隨從大步走到對街去了。

蒼蠅

1

武藏剛才在販馬街閒逛，現在來到後街。

小客棧櫛比鱗次，街上過半數都是骯髒的小旅館，但因消費便宜，武藏與伊織便決定在此投宿。

這裏每家客棧都附有馬舍，與其說是人住的客棧倒不如說是給馬住的客棧來得恰當。

「先生，靠路邊的二樓，蒼蠅會少一點，我幫您把房間換到那裏去吧！」

由於武藏並非馬販，旅館的人對他稍加禮遇。

比起以前住的懇荒小屋，這裏畢竟還鋪著榻榻米。但是，武藏卻喃喃自語：

「好可怕的蒼蠅啊！」

客棧老闆察覺到武藏似乎不太滿意，便提議幫他換房間。

武藏接受好意，與伊織換到二樓面向馬路的房間。可是那房間被夕陽曬得炙熱難耐。才剛挑剔，武藏就發現自己竟然變得如此奢侈。

「好、好，這裏可以。」

他趕緊安慰自己既來之則安之。

人們對於周遭的感觸頗令人不可思議。昨天之前，住在懇荒的小屋才認爲充足的陽光可孕育幼苗，每天都在期待晴朗的天氣，覺得陽光是無上光明，也是他們的希望。

而當武藏在田裏工作時，汗流浹背也不在意停在身上的蒼蠅，甚至會認爲：

你活著，我也活著辛勤勞動呢！

武藏視蒼蠅爲自然界中擁有生命的朋友。可是才一過了大河，身處鬧市裏，馬上就變得神經質。

西曬的房子好熱！蒼蠅眞討厭！

同時也會想到：

眞想吃點美味的東西。

不只武藏如此，從伊織的臉上更可瞧出人性的巨大轉變。這也難怪，因爲隔壁房間裏有一羣馬販正在大吃大喝，菜香四溢。住在法典的墾荒小屋，如果想吃麵條的話，必須經過春耕、夏耘、秋割、冬藏的辛勤耕種，才能吃得到。可是在此只要招個手，不用一刻鐘，店裏便會送上熱騰騰的碗麵來。

「伊織，我們來吃麵吧！」

武藏一說，伊織立刻高興地點頭。

「嗯！」

他已經垂涎三尺了。

於是他們叫來客棧老闆，詢問可否擀點麵條。老闆回答說：因為其他客人也都點了麵條，可以一起擀。

武藏在等待麵條的空檔，撐著下巴從西曬的窗戶眺望路上來來往往的行人。突然他看到斜對面有個招牌，上面寫著：

靈魂研磨所

本阿彌門流廚子野耕介

而伊織比武藏更早發現那個招牌，面露驚色地問道：

「師父，那上頭寫著靈魂研磨所，到底在賣什麼啊？」

「如果是本阿彌門流的話，就是磨刀師了。因為刀是武士的靈魂。」

武藏回答完又自語道：

「對了，我的刀也該磨一磨了。待會兒我們去看看。」

此刻，隔著拉門傳來隔壁的喧嘩聲。不，好像是因賭博而起了糾紛。武藏久等麵條不來，以手當枕，正待入睡，又被這些聲音給吵醒。他告訴伊織：

「你去請隔壁的人安靜一點。」

2

本來伊織只要打開拉門便可以直接進到隔壁房間，但因爲武藏橫躺在拉門前，伊織只好繞到外面的走廊，來到隔壁房門前。

「各位大叔，請你們別那麼大聲，我師父在隔壁睡覺呢！」

伊織說著。

「什麼？」

馬販們已經爲賭博糾紛怒目相視，這會兒大夥兒都瞪著伊織幼小的身子。

「小鬼，你說什麼？」

面對馬販們的無禮，伊織嘟起嘴又說：

「本來我們討厭樓下的蒼蠅才搬到二樓來，不料你們這麼大聲，實在吵死人了。」

「這話是你的意思還是你主人叫你來說的？」

「是我師父。」

「是他叫你來說的嗎？」

「不管誰說的，你們太吵了。」

「好，跟你這種羊大便的小東西理論也是無濟於事，等一下我們秩父的熊五郎會去賠不是，你們等著瞧吧！」

有兩、三位面目猙獰的人，不知哪一位才是秩父的熊還是狼。

這些人的怒視下，伊織跑回房間。武藏以手當枕已經沈沈入睡。他的袖子遮去了大部分的陽光，夕陽餘暉照在武藏的腳尖和拉門一角。有一大羣黑鴉鴉的蒼蠅停在上頭，伊織不敢吵醒武藏，獨自默默地望著街道，可是隔壁房間依然喧鬧，根本沒法安靜。

原先在伊織的抗議之後，隔壁的賭博紛爭似乎平息下來。可是，接著他們竟無禮地在拉門上挖小洞，窺視這裏，甚至口出穢言。

「嘿！那不知是哪裏來的浪人，被風吹到江戶。既然住在販馬街，還要嫌別人吵。我們生來就是要吵翻天的啊！」

「把他抓出去。」

「你看他還故意裝睡呢！」

「也不去打聽看看，我們關東可沒有懦弱的賭徒會害怕一名武士。」

「光說不練沒用的，把他抓到後面，用馬尿洗臉。」

此時，方才自稱秩父之熊或是狼的男子開口：

「好了，好了，我們不必為一、兩個討飯的武士而勞師動眾。我去叫他當衆道歉，或用馬尿給他洗臉。你們只要安靜地站在一旁觀看即可。」

「這太有趣了。」

馬販們全躲到拉門後靜觀其變。

熊五郎一副眾人靠山的表情，紮緊腰帶。

「失禮了。」

他打開拉門，趾高氣昂地盯著武藏，並踏進武藏的房間。

客棧的人已經把麵條送到武藏和伊織房間的桌子上。大盤子上裝了六團涼麵，伊織與武藏正準備開始吃。

「啊！師父，他們來了。」

伊織嚇了一跳，身體往後挪。熊五郎在伊織後面大搖大擺地盤腿而坐，兩手撐著猙獰的面孔擱在膝蓋上。

「喂！浪人，等一下再吃吧！你明明心裏害怕，卻故做鎮定，吃了會消化不良。」

武藏充耳不聞面露微笑，拿著筷子挑起涼麵，吃得津津有味。

3

熊五郎再也按捺不住。

「住手！」

他突然怒斥一聲。

武藏仍然拿著筷子和涼麵醬的碗。

「你是誰？」

「你不認識我嗎？來到販馬街不知道我大名的傢伙，如果不是間諜就是聾子。」

「在下的確有點重聽，請你大聲報上姓名。」

「在關東馬販當中，一提到秩父的熊五郎，連小孩都嚇得不敢哭。我就是熊五郎。」

「哦！是販馬的啊！」

「我們做生意的對象是武士，賣的是活馬，我們可是有一套的。你最好先有心理準備，好好解釋清楚。」

「解釋什麼？」

「剛才你派小鬼到我們房間說我們太吵。這裏本來就是吵雜的販馬街，不是大官住的旅館，販馬街就是有很多馬販。」

「我知道。」

「既然你知道，爲何在我們玩樂當中還叫人來打岔呢？現在大家都很生氣，掀了桌子。正等待你的解釋。」

「你說解釋什麼啊？」

「除非你給我這個馬販熊五郎和其他人寫一分道歉書，要不然我們會把你拖到後面，用馬尿給你洗臉。」

「這太有趣了。」

「你，你說什麼？」

「我說你們太有趣了。」

「我不是來聽你胡說八道的。快點回答，你選哪條路？」

這隻大熊白天喝多了酒，所以嗓門越來越大。他的額頭冒汗，映著夕陽，連旁觀者都替他覺得熱。

這隻大熊可能認為威力不夠，便脫去上衣露出胸毛。

「快點回答，否則我們不會走。快說，你要選哪一個？」

說著，他從肚兜拔出短刀，插在武藏的麵條前，並重新盤腿坐好。

武藏一逕笑著：

「要選哪一樣比較好呢？」

他把碗放下，用筷子夾去麵條上像是灰塵的東西，丟到窗外。

「……」

武藏全然漠視對方的存在，使得這隻大熊怒不可遏。他瞪大眼睛。武藏依然自顧挑揀麵條上的灰塵。

「……」

忽然，這隻大熊注意到武藏的筷子。那一刻，他幾乎快要窒息，七魂八魄全被武藏的筷子給震懾住了。

原來麵條上無數黑色的小東西是蒼蠅。武藏筷子一夾，蒼蠅根本來不及飛走，便像黑豆一樣被夾住丟往窗外。

「蒼蠅太多了，伊織，幫我把筷子洗一洗。」

伊織拿著筷子走到門外，馬販熊五郎趁機逃到隔壁房間去了。

隔壁傳來一陣騷動，過沒多久，他們的聲音消失了，看來是換了房間。

「伊織，痛快吧！」

他們相視而笑。吃完麵，太陽已西下，一輪明月高掛在磨刀店的屋頂上空。

「前面那家磨刀店看來似乎很有趣，我們去請他磨刀吧！」

武藏腰上佩帶的是一把傷痕累累的無名刀，這會兒他拿著刀正準備出門。

「客倌，有一名武士叫我送信給你。」

客棧的老闆娘從黑梯子下遞上來一封信。

4

是哪裏送來的？

武藏看到信封背後只寫著：

「送信的人呢？」

武藏問道。客棧老闆娘回答已經走了，便回到櫃枱後面。

武藏站在梯子上打開信封，明白「助」就是今天在馬市遇見的木村助九郎。

今早與您巧遇，回去稟報主人之後，但馬守大人很想見您，請您盡速回信告知，何時來訪。

助九郎

「老闆娘，請借我一支筆。」

「這種筆可以嗎？」

「可以……」

武藏站在櫃枱邊，就在助九郎的信紙背面寫：

身爲一名武士並無特別要事待辦，但若能與但馬守大人一較高下，隨時候教。

政名

助

政名是武藏的名號。武藏寫完後，又用剛才那信封的反面寫上：

柳生大人府邸

助先生

他從梯子往樓上瞧。

「伊織！」

「在。」

「你幫我送封信？」

「送到哪裏？」

「柳生但馬守大人的府邸。」

「遵命。」

「你知道在哪裏嗎？」

「我邊走邊問。」

「嗯，很聰明。」

武藏摸摸他的頭。

「可別迷路了。」

「知道了。」

伊織穿上草鞋。

客棧的老闆娘聽見了便親切地說：

「誰都知道柳生府邸。但我先告訴你，你從這條大馬路出去，直走過了日本橋，沿著河邊靠左邊走，然後問人木挽街在哪裏就行了。」

「我知道了。」

伊織能夠外出，好不高興。何況是要到柳生家，使他更興奮。

武藏也穿上草鞋來到街上。他目送伊織幼小的身影消失在販馬客棧和打鐵舖的交叉路口。

「他實在太聰明了。」

武藏來到客棧斜對面的「靈魂研磨所」磨刀店。

雖是店舖卻無店門，有如一般住家，也無陳列商品。

一進去便是一個工作場連著廚房的泥地房。右側是一間地板高出一段六塊榻榻米大的房間。店面與屋內之間立著一扇屏風，武藏便站在泥地房向內喊：

「有人在家嗎？」

他看到光禿禿的牆下，有個人正托腮靠在一口堅固的刀箱上打瞌睡，宛如畫中的莊子。

他就是店主廚子野耕介。他的面頰削瘦如黏土般蒼白，絲毫沒有磨刀師應有的銳利表情。從額頭到下巴，長長的一張臉，再加上口角掛著長長的口水，武藏真不知他要睡到何時才會醒來？

「對不起？」
武藏朝他的耳朵大喊一聲。

論劍

1

似乎聽到武藏的聲音，廚子野耕介這才從春秋大夢中悠悠醒過來，他緩緩地抬頭。

「……？」

一臉不解地望著武藏，好一會兒才回過神來。

「歡迎光臨。」

他這才想到自己打瞌睡的時候，客人上門，於是趕緊以手擦去嘴角的口水。

「有什麼事嗎？」

說著，坐直身子。

武藏心想，這男人未免也太悠閒了。雖然招牌上大言不慚寫著：「靈魂研磨所」，可是，眞讓他研磨武士的靈魂，恐怕再好的刀都會被他給磨鈍呢！

不過，武藏只說了一句：

「就是這個。」

便從腰間取下佩刀。

對方說著，削瘦的肩膀更加聳立，單手扶膝，另一隻手接過武藏的佩刀。並恭敬致禮。

「讓我看看。」

這個男人對於上門的客人一臉冷淡，唯獨面對刀劍時，不論它是名刀或鈍劍，必定慎重敬禮。

接著，他用棉紙握住刀柄，拔刀出鞘，靜靜地將刀刃舉在眉尖，從刀柄到刀鋒，仔細端詳，就在這時候，他的眼神突然一變，彷彿鑲進另外兩隻眼睛，炯炯發亮。

耕介把刀收進鞘中，望著武藏。

「請坐。」

他保持坐姿往後退，並遞給武藏坐墊。

「打擾了。」

武藏不推辭。

雖然武藏是來磨刀的，實際上是因爲他看到招牌上寫著本阿彌門流，心想必是京都出身的磨刀師。說不定正是本阿彌師的門下徒弟，也許可以打聽到久無音訊的光悅是否平安，而且曾經照顧過自己的光悅的母親妙秀尼是否依然健在。

耕介當然不知武藏的來意，只把他當成一般的客人，但當看到武藏的刀之後，態度一變。

「你這把刀是祖傳的嗎？」

他問武藏。

武藏回答此刀並無特別來歷。耕介又問：這是一把戰刀？還是日常使用的刀？武藏回答：

「沒在戰場上用過。只是聊勝於無，經常帶在身邊，是把平凡的廉價刀。」

武藏如此說明。

「嗯……」

耕介看看武藏。

「你想要我怎麼磨？」

他問武藏。

「你說的怎麼磨是什麼意思？」

「你要我磨得銳利或是不銳利呢？」

「磨刀本來就是要磨得銳利啊！」

耕介一聽，面露驚嘆之色：

「啊！那我沒辦法。」

2

磨刀本來就是要磨得銳利，而把刀磨得銳利不就是磨刀師的本分嗎？

武藏也一臉狐疑地望著耕介。耕介搖搖頭，說道：

「我不能磨你的刀，你拿到別處去磨吧！」

他把刀推回給武藏。

這人好不莫名其妙，爲何說不能磨呢？武藏被拒，心裏有點不悅。

武藏沈默，耕介更不說話。

這時有人走到門口。

「耕介先生。」

好像是住在附近的男子走進來說：

「你有沒有釣竿？有的話借我一下。現在河邊漲潮，好多魚浮出水面，可以釣很多喔！要是我今晚豐收，一定送來給你當晚餐。可不可以借我釣竿啊？」

耕介剛好心情不悅。

「我家沒有殺生的工具，你到別處去借吧！」

那鄰居嚇了一跳趕緊走開。接著，耕介面有難色地看著武藏。

武藏漸漸覺得他頗耐人尋味。倒不是欣賞他的才能或機智。若用陶器來比喩，他就像一尊樸拙的茶碗或陶瓶，讓人想一探究竟。

耕介鬢髮微禿，頭上長了一粒好像被老鼠咬過的腫瘤，貼著膏藥。就像窯變中自然形成的變化，更增添幾分古趣。

武藏越看越滑稽，卻不形於色，表情也轉爲和悅。

「老闆。」

隔了一會兒武藏才開口。

「什麼事？」

耕介懶懶地回答。

「我這把刀爲什麼不能磨？難不成我的刀再怎麼磨也是一把鈍刀嗎？」

「不。」

耕介搖搖頭。

「你是這把刀的主人，比誰都瞭解它。它是肥前的好刀。但是，你要我磨得銳利有違我的本意。」

「哦？爲什麼？」

「每個拿刀來的人都是要我把刀磨得銳利，他們都認爲只要磨得銳利就行，這令我很不滿意。」

「但是既然磨刀……」

耕介用手勢阻止武藏繼續往下說。

「你先到門口再看一次我的招牌再說吧！」

「你的招牌上寫著『靈魂研磨所』，其它還有什麼嗎？」

「對。我的招牌上並未寫著磨刀店。因爲我要磨的是武士的靈魂——而此事鮮爲人知，卻是我磨刀師父的教誨。」

「原來如此。」

「我秉持師父的教誨，絕不研磨殺人用的刀。」

「嗯！也有道理，請問您師父是誰？」

「我已經寫在招牌上了，我的師父是京都的本阿彌光悅。」

耕介說出師父的名字時，整個人昂首挺胸，一副與有榮焉的表情。

3

武藏回道：

「我也認識光悅先生，還曾受過他母親妙秀尼的照顧。」

武藏並說出當年與光悅交往的情形，這令耕介好不驚訝。

「這麼說來，您就是那個在一乘寺下松擊敗吉岡一門，轟動一時的宮本武藏嘍？」

說著，瞪大眼睛望著武藏。

武藏覺得他的話有點誇張，渾身不自在。

「是的，我就是武藏。」

耕介一聽，有如面對貴人大駕光臨，立刻卑躬曲膝地說道：

「我眞是有眼不識泰山，獻醜了！還請大人不記小人過。」

「不，不，聽了老闆您所說的話，在下也受益匪淺。光悅先生所教出來的弟子的確不同於凡人。」

「師父從室町將軍以來，便以磨刀爲業，連皇宮的刀劍都是他研磨的。我師父經常說：本來，日本的刀並非用來殺人或害人。而是爲了維護治安、保護社稷善良百姓、消除邪惡，可說是降魔之劍。而且站在人道的立場，上位者更該自我警惕，把隨時佩戴在身的刀劍看做是武士的靈魂——因此我們磨刀的人也要秉持這種精神來磨刀。」

「嗯！的確有理。」

「因此，師父只要一看到好刀，就像看到這個國家的希望之光。如果拿到惡劍，便滿心厭惡，更別說拔去刀鞘了。」

「哦！」

武藏若有所思。

「這麼說來，在下的佩刀讓老闆您感到厭惡嘍？」

「不，不是這個原因。我來到江戶也受很多武士磨刀之託，卻無一人能明瞭刀劍眞正的意義。只會賣弄他們的刀如何把人切成四斷，或從甲冑砍到腦門等等，認爲刀劍就是必須磨得銳利以便殺人。我對這些實在厭惡極了，幾乎想要放棄這行業。幾天前我改變心意，將招牌重新更改爲『靈魂研磨所』，可是，上門的客人還是要求將他們的刀磨得更銳利，眞令人沮喪。」

「所以你看到在下提出同樣的要求而拒絕嗎？」

「不盡然。老實說剛才我看到你的刀刃傷得嚴重，上頭還沾著無數死者的血跡——還以爲你是那種誇耀殺人無數的浪人，才會心生厭惡。」

從耕介口中猶如聽到光悅的聲音，武藏不禁低頭俯聽。接著，他說：

「您所說的我都瞭解了。請您放心，今後我一定會將此大義銘記在心。」

耕介一臉和悅地說：

「那麼我爲您磨吧！不，應該說能爲你這樣的武士研磨靈魂之刀是我們磨刀師的光榮。」

4

不知不覺間，街上已是燈火通明。

武藏交代過後，正要離開。

「對不起，您還有其它的刀嗎？」

耕介問道。

武藏回答沒有。

「那麼我這裏有幾把刀，雖然不是什麼好刀，但在磨刀期間，您可以借一把去用。」

耕介帶武藏到外面房間。

耕介從刀架和刀箱中選出幾把刀，並列在地上。

「請選一把您中意的。」

耕介親切地說。

武藏看得眼花撩亂，不知要選哪一把。雖然他也希望能擁有一把好刀，但他向來一貧如洗，根本不敢奢望。

好刀必然有它的魅力。武藏光是握著刀鞘便可以感受到刀魂。拔刀出鞘，果然是吉野朝代的名作。雖然武藏認爲以自己目前的身分和地位不配擁有這麼高級的刀，可是，在燈下他還是凝視良久，不忍釋手。

「那麼我選這把。」

武藏說出自己的希望。

武藏沒有說要借，因爲他根本不想把刀還給耕介。一把名匠冶煉的名作，自有一股吸引人的強烈魅力，不等耕介回答，武藏內心已要定這把刀。

「不愧是好眼光。」

耕介把其它刀收起來。

武藏因一時的貪念而感到煩躁，若是出價，那必是把昂貴的刀……武藏滿心迷惘，卻壓抑不住擁有它的欲望，便脫口而出。

「耕介先生，這把刀可不可以讓給我？」

「可以。」

「多少錢？」

「只要我開的價就行了。」

「那是多少？」

「金幣二十枚。」

「……」

武藏非常懊悔不該有此貪念，因爲他根本沒有這些錢。

「我還是還給您吧！」

他將刀放回耕介面前。

「爲什麼？」

耕介覺得納悶。

「如果您不買，我可以借給您，您拿去用吧！」

「不，我根本不想借。我第一眼看到它便想擁有它，心裏面受到這種欲望的煎熬，雖然明知道無法擁有，卻又要借來用，將來還的時候一定會很難過。」

「您這麼喜歡它嗎？」

耕介將刀與武藏相比較。

「好吧！既然您如此迷戀這把刀，我就把它配給您吧！不過，您也得送我一樣東西。」

這太令人高興了。武藏不客氣地收了下來，又想到自己一貧如洗。只擁有一把劍的浪人，身無長物足以回報。

耕介說道：

「我師父光悅曾說您會雕刻，如果您有自己刻的觀音像，我就用這把刀跟您交換。」

本來愁容滿面的武藏聽完之後，頓時心中的壓力全都煙消雲散。

5

武藏隨身攜帶的手雕觀音像留在法典草原，這會兒身邊連半尊佛像都沒有。

於是武藏要求耕介給他幾天時間。

「不急。」

耕介毫不在意。

「您住販馬街的客棧不如住在我這裏，我二樓有一間空房，您就搬來住吧！」

武藏求之不得。

武藏告訴耕介，明天便搬來此住，並雕刻觀音像。

耕介非常高興。

「那麼您先來看看那個房間吧！」

耕介帶武藏入內。

「好的。」

武藏尾隨其後，這房子並不怎麼寬敞。茶室外的走廊盡頭架著一個梯子，爬五、六階便可看到上方有一間約八張榻榻米大的房間，窗前可見杏樹樹梢，嫩葉上布滿夜露。

「那是我的磨刀房。」

老闆所指的小屋，屋頂是用牡蠣貝殼鋪蓋成的。

耕介不知何時已經吩咐妻子準備飯菜。

「來喝一杯吧！」

這對夫妻向武藏敬酒。

幾杯下肚之後，主客已經不拘小節，敞開胸懷高談闊論，談的話題全與刀劍有關。一談起刀劍，耕介幾近忘我。原先蒼白的臉頰變得像少年般紅潤，口沫橫飛，口水噴到對方臉上也不在意。

「大家只是口頭上說著，刀劍是我國的神器，是武士的靈魂。然而，無論是武士、商人或神官，大家都不愛惜刀劍。我曾經懷抱志願，花了數年走遍各地神社和大宅第，去尋找古刀中之精品。但是我發現，很少人能因為擁有自古以來著名的刀劍而心滿意足，甚至沒有幾人能好好收藏。這使我感到非常悲哀。譬如說信州的諏訪神社擁有三百多把歷史悠久的俸納刀，其中只剩五把沒有生銹。另外伊予國的大三島神社的藏刀是出了名的。我花了一個多月調查的結果，發現雖然幾百年來所藏的三千把以上的刀劍，也只剩十把還閃閃發光，實在令人遺憾。」

接著他又說：

「大家對古時候傳下來的刀劍和密藏的名劍，只認為它很珍貴，卻不知如何愛惜它。就像盲目溺愛小孩，卻不知如何教養的雙親一般。不，人類的小孩將來可能再生出優良的孩子，在多數當中，一些愚笨的小孩尚不礙事，可是刀劍就不一樣。」

說到此處，耕介吞了一口口水，眼裏重新燃起光芒，削瘦的肩膀聳得更高。

「除了刀劍本身之外，好像任何事都隨著時代每況愈下。從室町到戰國時代，冶刀的技術日趨退步，將來可能會越來越差。我認為我們必須保護古刀，因為這些是日本祖傳的名刀，即使現代技術再好，也仿造不出第二把刀了。這實在是一件既可惜又令人遺憾的事。」

說完，他好像想起什麼事，突然站起。

「您看這把也是別人託我磨的刀，很可惜全都銹了。」

他拿出一把很長的武士刀，放在武藏面前，證實他剛才所說的話並不假。

武藏原本輕鬆地流覽那把長刀，驀地，他大吃一驚，這不是佐佐木小次郎的「曬衣竿」嗎？

6

其實一點也不奇怪，這裏是磨刀店，當然會有人寄刀劍於此。

但是，武藏萬萬沒有料到會在此看到佐佐木小次郎的刀，不禁令他想起往事。

「哦！這把刀好長啊！帶這把刀的人一定是個不尋常的武士。」

武藏說著。

「沒錯。」

耕介同意武藏的說法。

「多年來我看過不少刀，卻鮮見像這麼長的刀。不過……」

耕介把「曬衣竿」拔出刀鞘，刀背對著武藏，交給武藏看。

「您看，很可惜有三、四處生銹了。不過還是可以使用。」

「原來如此。」

「幸運地，這把刀是鎌倉以前名匠所冶煉的。雖然要下點功夫，但是生銹的部位能磨掉。古刀即使生銹了，也只是表面薄薄一層。可是近世的新刀，若是生銹，恐怕就不能使用了。新刀一生銹就像長了惡性瘤一樣，會侵蝕到刀心的部分，光憑此點便可辨別新刀的冶煉技術根本無法和古刀相比。」

「請收起來。」

武藏將刀刃面對自己，刀背向耕介還給他。

「請問這把刀的主人是否親自來此呢？」

「不，有一次我到細川家辦事時，細川家的岩間角兵衛先生要我在回家前順便到他家去。我去的時候，他便將刀託給我，說是他客人的。」

武藏在燈下對著刀看得入神，他自言自語說：

「它的刀質非常優良。」

「因爲這是一把大刀，必須扛在肩上才能攜帶，刀主人委託我將它改爲佩在腰上的刀。若非身材魁梧而且手法高明的武士，是無法將此長刀佩戴腰上的。」

耕介望著刀，自言自語。

看來這主人在酒酣耳熱之際，似乎也累了。武藏趁機告辭離去。他一走到屋外，發現街上燈火已熄，到處一片黑暗。沒想到他在那兒逗留這麼久的時間，現在一定是半夜了。

由於武藏的客棧就在斜對面，很快便回到客棧，他從門口摸黑走上二樓。本來以爲伊織已經睡了，不料房間裏舖著兩床棉被，卻不見伊織的蹤影，枕頭也整齊無人睡過的痕跡。

「難道還沒回來嗎？」

武藏有點擔心。

伊織對江戶城並不熟，也許迷路了。

武藏下樓搖醒門房。那門房睡眼惺忪地回答：

「好像還沒回來，他不是跟先生您一起出去的嗎？」

門房看武藏一臉的迷惑。

「……奇怪了。」

武藏睡不著，他走到伸手不見五指的屋簷下等待。

貪玩的小狐狸

1

「這裏是木挽街嗎？」

伊織有點懷疑。

對於路人指點他來此更加生氣。

「這種地方哪有大將軍的府邸？」

他坐在河邊堆積的木頭上，用草搓揉痠痛的腳掌。

圳河水面上浮滿木材。離此處二、三公里的地方便是入海口。黑暗中，只看到白色的浪花。除此之外，就是一望無際的草原和新塡埋的土地。遠看點點燈火，走近一瞧，原來是一些木材工人和石頭工人住的工寮。

河邊堆積著山也似的木材和石頭。原來江戶城大事修築，市街上房舍林立，當然到處都是伐木工人的工寮了。但是柳生但馬守是何等人物啊！他的府邸怎可能會在這種地方呢？不，根本不可能——這種事連伊織小小的頭腦也會判斷。

「眞是傷腦筋！」

草地上布滿夜露。伊織脫下僵硬的草鞋，炙熱的雙腳踩在冰涼的草地上，全身才逐漸涼爽下來，汗水也乾了。

不知道將軍的府邸在哪裏？夜已深沈，伊織又回不去。何況師父交代的事情沒辦妥就回去，連小孩都會感到可恥。

「都怪客棧的老闆娘隨便報路，才會走錯。」

但是，他卻忘了是因爲自己在堺街的鬧區貪玩才會搞到這麼晚。

無人可問路了，伊織想到必須在此等到天亮，不禁悲從中來。他的責任心使他想叫醒木挽工寮的人，希望能在天亮之前完成師父交代之事。

他往燈火方向走去。

這時，有一名肩上披著簑衣的女人，在小屋前徘徊，並不斷窺視屋內。

她學貓叫想引出屋內的工人，結果失敗，便在屋前徘徊不去。她是個賣春婦。

伊織本來就不瞭解這種女人爲何會在此徘徊。

「阿姨。」

他毫不猶豫地叫那女人。

女人回頭，她的臉擦得像牆壁一樣白，還以爲伊織是附近酒館的小弟，因此瞪著他說：

「剛才丟石頭逃走的就是你吧！」
伊織面露驚嚇。
「不是我，我不住這附近。」
「……」
女人走過來，看了一眼伊織之後，嘿嘿地笑起來。
「什麼事？你怎麼啦？」
「請問一下。」
「你長的眞可愛。」
「我是替我師父辦事的，可是我找不到地方。阿姨，妳可知道？」
「你要去哪兒？」
「柳生但馬守大人家。」
「你說什麼？」
女人聽完不知為什麼突然捧腹大笑。

2

「你可知道柳生大人是一位大官啊？」

女人瞧伊織這樣大的小孩竟然要到官邸去找人，就嘲笑他。

「就算你找到了，人家會給你開門嗎？他可是將軍的兵法教練，你認識裏面的人嗎？」

「我是去送信。」

「送給誰？」

「木村助九郎。」

「他是柳生家的家臣，你這麼說我就瞭解了，可是你剛才說話的樣子好像你是要去見柳生大人呢！」

「別提這些了，請妳告訴我柳生家到底在哪裏？」

「就在河的對岸。過了那座橋是紀伊大人的倉庫，接著便是京極主膳大人的房子，再過去是加藤喜介大人，然後是松平周防守大人的家……」

女人指著對岸的河邊倉庫和圍牆、房舍說給伊織聽。

「再過去便是柳生大人的家。」

伊織問道：

「對岸也叫做木挽街嗎？」

「沒錯。」

「哦！」

「向人問路不能這麼沒禮貌了。看你長得挺可愛，我就送你到柳生大人家門口吧！」

女人說完走在前面。

她披著簑衣的樣子好像雨傘妖怪。當她走到橋中央的時候，一名醉漢擦身而過。

「唧！」

男子學鼠叫逗著女人。

這一來女人追上男人，把伊織的事拋在腦後。

「哎呀！我認識你，不行、不行，我不讓你走。」

她抓住男人想把他拉到橋下，男人說：

「放手。」

「不行。」

「我可沒錢啊！」

「沒錢也無所謂。」

女人像牛皮糖黏著不放，忽然看到伊織傻眼的表情。

「你知道路了吧！我跟這個人還有事，你先走吧！」

女人說著。

但是伊織仍然莫名其妙地看著這對男女互相拉扯。

最後不知是女人力氣大還是男人故意被拉走，他們一起走下橋去。

「？……」

伊織感到奇怪，便從橋欄杆往下瞧，淺淺的河岸雜草叢生。

女人抬頭看到伊織正在偷看他們。

「笨蛋。」

女人非常生氣，揀起石頭丟過來。

「你這小鬼，人小鬼大。」

伊織嚇破了膽，拔腿就跑。在荒野中長大的伊織從來沒見過比那女人的白臉更恐怖的東西。

3

伊織背對著河川，邊走邊看路邊的房子。有倉庫有圍牆，接著又是倉庫然後又是圍牆。

「啊？就是這裏。」

伊織自言自語。

河邊倉庫的白牆壁上畫著二階笠的家徽，連晚上也看得清清楚楚。伊織突然記起一首歌謠，當中說柳生大人也叫二階笠。

倉庫旁有個黑色的門，伊織猜想這一定是柳生家了，便站在門前大聲敲門。

「誰啊？」

門內傳來斥責聲。

伊織也大聲回答。

「我是宮本武藏的弟子，帶信給你們。」

門房嘀咕了兩、三聲，最後還是來應門。

「有什麼事？挑這種時間來。」

伊織把信交給門房。

「請轉交此信。如果有回信我就帶回去，如果沒有，我這就離去。」

門房拿著信：

「喂，喂，小孩，這不是要交給我們木村助九郎先生嗎？」

「是的。」

「木村先生不住這裏。」

「那麼他住哪裏？」

「日窪。」

「可是大家都告訴我，他住在木挽街。」

「很多人都這麼認爲，不過這裏不是住家而是倉庫。裏面全都堆放一些築城用的木材。」

「那麼，大人和家臣們都住在日窪嗎？」

「沒錯。」

「日窪很遠嗎？」

「有一段路喔！」

「在哪裏？」

「在城外近郊的山上。」

「什麼山？」

「麻布村山。」

「我不知道。」

伊織嘆了一口氣。

但是責任感又驅使他不能就此罷手。

「門房先生，你能不能畫一張日窪的地圖？」

「你現在要趕到麻布村，天就亮了。」

「沒關係的。」

「別去了。麻布那裏有很多狐狸出沒。要是被狐狸拐走了可怎麼辦？你認識木村先生嗎？」

「我師父認識他。」

「反正都這麼晚了，你就到米倉去睡一覺再走吧！」

伊織咬咬指甲，考慮了一下。

這時，又有一名管倉庫的男子走過來，問明原委之後也說道：

「這麼晚了，一個小孩怎能獨自到麻布村？而且還有強盜出沒呢！你可眞行，一個人從販馬街過來。」

兩人都勸伊織天亮再走。

伊織像老鼠般窩在米倉的角落裏睡覺。這麼多的米對貧窮的伊織來說，就好比躺在黃金上睡覺一樣，他沈沈地入睡了。

4

從伊織的睡姿看起來他還是個單純的少年。

倉庫的負責人和門房都忘了這回事。伊織躺在米倉中，一睡睡到第二天中午。

「啊？」

他一覺醒來，整個人跳了起來。

「糟了！」

他立刻想起師父交代的任務，一臉狼狽。揉著惺忪的眼睛，從米糠和稻草中飛奔而出。

他跑到陽光下，太陽刺得他眼睛睜不開。昨晚的門房正在小屋中吃便當。

「小孩，你醒了？」

「大叔，請你畫一張去日窪的地圖，好嗎？」

「你睡過頭，心慌了是不是？你餓了吧？」

「我肚子餓得兩眼昏花了。」

「哈哈哈，這裏還有一個便當給你吃吧！」

吃便當時，門房爲他畫了往麻布村的地圖以及日窪柳生家的位置。

伊織拿著地圖急忙趕路。他心裏只惦念師父交代的任務，忘記昨晚沒回客棧，武藏正焦慮萬分。

他按照門房所畫的地圖走過許多街道，轉了幾個彎之後，終於來到江戶城下。

這一帶都是壕溝，壕溝旁新埋的土地上有許多武士的住宅，以及大官的豪門巨苑。壕溝裏有無數船隻載著石頭和木材，來往穿梭，遠處的城牆和石壁上架著許多施工用的鷹架，就像牽牛花的竹籬笆。日比谷的原野上傳來工作及斧頭的砍伐聲，有人歌頌新幕府的威勢，伊織對這一切都充滿好奇心。

花開堪折直須折
武藏野草原上
遍地桔梗花　林投花
花色迷人
令人想起那姑娘
下不了手啊
花上的露珠兒
沾溼了我衣袖

石頭工人邊修築城牆邊唱著有趣的俚曲。伊織停下腳步，看著工人運石伐木等施工情形，不覺又耽誤了時間。

新石牆、新房子，充滿創新的氣息。這景像吸引了少年的心，令他年輕的心爲之澎湃不已，還有滿心的幻想。

「啊！眞希望快點長大，去修築城牆。」

他望著監工的武士，看得出神。

不久，水面被夕陽染成紅色，耳邊傳來烏鴉回巢的啼聲！

「啊！太陽快下山了。」

伊織又急忙趕路。

今天醒來時已過中午。伊織耽誤了一天的時間，這才警覺到時間緊迫，趕緊照著地圖找路，終於來到麻布村的山路上。

5

山上的坡道在樹蔭遮蓋下一片黑暗。伊織穿過這段路，來到山上，還可以看到夕陽。

一來到麻布山上，住戶變得稀少，只有在山谷裏還能看到農田和少數的農家。

很早以前，這附近也叫麻生里或麻布留山，出產很多麻。天慶年間，平將門直搗關八州時，曾經在此地與源經基對峙。之後過了八十年，也就是長元年間，平忠恆叛亂，源賴信擔任征夷大將軍，授賜鬼丸劍，張旗討伐，在此麻生山布置陣營，曾於此招集八州兵馬。

「累死了……」

伊織一口氣爬上山來。站在山上俯瞰芝海、澁谷、青山、今井、飯倉、三田等附近的村落。

在伊織腦中毫無歷史概念。可是，望著千年老樹和山澗流水，險峻的山谷使他體會出在麻生時代，平氏與源氏等人出生在這片原野——也就是武家的故鄉，以及當時的景象。

咚。

咚、咚、咚。

「哦？」

不知何處傳來擊鼓聲。

伊織眺望山下。

從蒼鬱的樹蔭間，他看到一座神社的屋頂。

剛才爬上山時，一路上都看見這間飯倉大神宮。

這一帶所產的米都爲官用，所以也叫官田。此處也是伊勢大神宮的廚房用地，飯倉之名便是由此而來。

大神宮裏供奉什麼神呢？這個伊織很淸楚，在拜武藏爲師之前，他就知道了。

因此，最近江戶人口中突然開始喊著：

德川萬歲，德川萬歲！

伊織對於江戶人如此崇拜德川感到不解。

剛才也看到江戶城大規模的修築工事，以及金碧輝煌的大官門第。再看看這間寒酸的宮殿，雖然屋頂上的樫木與屏風比較特殊，但外觀卻與一般農家毫無兩樣，這使得伊織更覺奇怪。

難道德川比較偉大嗎？

他單純地感到懷疑。

對了，下次問武藏師父吧！

最後他終於將此事暫擱一旁，又想起重要的柳生家到底在哪裏呢？

該怎麼走，他毫無頭緒。於是他又拿出門房所畫的地圖。

——奇怪？

他歪著頭。

因爲自己所在的位置跟地圖上一點也不符合。他一看圖就不知道路該怎麼走了，再看看路更不知如何對照地圖。

——眞奇怪！

夕陽漸漸西沈，周邊反而愈明亮，就如同隔著格子門更容易感到陽光的閃耀一般。薄暮襲來。無論他如何搓著眼睛，彩虹般的亮光仍然照著他的睫毛。

——嘿！畜牲。

伊織好像發現了什麼。

他一躍跳開，望著身後的草堆，拔出身上的小刀撲了過去。

「吱！」

一隻狐狸跳出草叢逃走了。

紅紅的夕陽下，草上濺了一道血跡。

6

那隻黃色的狐狸身上的毛閃閃發亮，不知是尾巴還是腳被伊織砍中，哀嚎一聲，便像箭一般逃走了。

「你這隻畜牲！」

伊織拿著刀窮追不捨。狐狸逃得快，伊織也追得緊。

受傷的狐狸有點跛腳，眼看牠快要倒下去了，伊織往前一撲，狐狸又咻——一聲逃之夭夭。

在野地長大的伊織，從小在母親懷裏就已經聽過很多狐狸變成人形的故事，雖然他喜歡野豬和野兔，可是只有狐狸令他憎惡，甚至覺得恐怖。

因此，剛才看到在草叢中睡覺的狐狸時，他立刻聯想到一定是這個狐狸迷惑自己，他才會迷路。

不，應該說從昨夜開始，這隻狐狸便纏著自己不放。

可惡的傢伙！

如果不殺了牠，牠又要作祟了。

伊織心裏如是想，更加窮追不捨，狐狸的影子突然跳下雜草叢生的懸崖。

但是伊織知道狐狸狡猾，故意用障眼法矇騙人類，其實可能已經在自己背後了。

因此他便用腳踢踢附近的草叢，尋找狐狸。

草上沾滿露水，伊織氣喘吁吁地坐在地上，他實在太渴了，便去舔薄荷草上的露水。

他坐在地上喘息，全身汗水淋漓，心臟咚咚地劇烈跳動。

「……啊！畜牲，躲到哪裏去了？」

雖說逃走就算了，但是受傷的狐狸令伊織覺得不安。

「牠一定會回來復仇的。」

他不得不有這種覺悟。

果然過了一會兒，他耳中似乎傳來妖怪的聲音。

「？……」

伊織瞪大眼睛四處張望，以防再度被狐狸欺騙。

妖怪的聲音越來越近了，聽來好像是笛子的聲音。

「……來了。」

伊織沾口水在眉毛上，小心地站起來。

定睛一看，有一名女子從晚霞中過來。女子身穿披風，側坐在放著螺鈿鞍的馬背，馬繩則掛在馬鞍旁。

聽說馬懂音律，這匹馬似乎聽懂女人所吹的橫笛，配合著笛聲，緩慢地走過來。

狐狸變的——

伊織馬上如此聯想。

背著夕陽，騎馬吹笛，緩緩走過來的美麗佳人，對伊織來說，絕對不會是個人類。

7

伊織像青蛙般蜷縮身子躲在草叢中。

此處剛好是往南邊山谷的下坡道轉角。伊織盤算著，等那騎馬女子經過這裏，便可趁其不備襲擊她，把她的狐狸皮剝掉。

火紅的夕陽正要西沈到澁谷的山邊。朦朧的雲霧籠罩整個天邊，地上已是一片昏暗。

——阿通姑娘。

不知從何處傳來呼聲。

「阿通姑娘。」

伊織口中學著叫，他懷疑剛才那呼聲不是人的聲音。

一定是另外一隻狐狸。

一定是另外一隻狐狸在叫這隻狐狸——伊織堅信騎馬的女人是狐狸的化身。

伊織從草叢中看到騎在馬上的佳人已經來到上坡路的轉角處。這一帶樹木稀少，所以馬背上女子的身影映在地上，上半身籠罩在夕陽裏，看得非常清楚。

伊織在草叢中想著。

她不會知道我躲在這裏吧！

想到這裏，他又握緊刀子。

那名女子往南方斜坡走去了。伊織正準備衝出去刺砍馬屁股，從小伊織就聽家鄉村裏的人說，狐狸變的人身在前面，而狐狸尾巴卻藏在後面，因此伊織呑著口水準備偷擊。

但是——

騎馬的女子來到路口突然停下馬。她將笛子插回腰帶中，用手遮著眉端。

「……？」

她在馬上左顧右盼，似乎在尋找什麼人。

——阿通姑娘。

不知何處又傳來同樣的聲音，馬上的佳人白皙的臉龐露出笑容。

「啊！兵庫先生。」

她小聲地叫著。

伊織終於看到一名武士從南邊山谷爬上來。

——咦？

伊織一陣愕然。

那名武士有點跛腳，一定是剛才被自己砍傷的跛腳狐狸變的。這麼一想，伊織嚇得全身發抖，連尿都撒了出來。

女子和跛腳的武士說了幾句話之後，武士抓著馬口輪走過伊織躲藏的草叢前。

——就是現在！

雖然伊織準備攻擊，身體卻無法動彈。不止如此，那跛腳武士好像發現伊織的動靜，從馬身邊回頭瞪了伊織一眼。

伊織感到他的眼光比火紅的太陽還要刺眼，二道光直逼自己。

伊織下意識地俯臥在草叢中。打從出娘胎至今十四歲，從未感覺如此恐怖過。若不是怕被發現，恐怕他早已嚇得哇哇大哭了。

寄人籬下

1

這個斜坡很陡。

兵庫抓著馬口輪，側身配合馬的速度走路。

「阿通姑娘，妳今天回來晚了。」

他望著馬鞍又說：

「若說妳去參拜，實在太晚回來。而且天色已黑，叔父非常擔心呢！叫我來接妳。妳是不是又繞到什麼地方去了？」

「是的。」

阿通前傾著身子，並未回答兵庫的話，只說：

「讓我騎馬太可惜了。」

說著翻身下馬，兵庫也停下腳步。

「爲何下馬?坐在上面就行了。」

兵庫回頭望著阿通。

「我一個女子，不配讓你爲我牽馬。」

「妳還是這麼客氣。不過，若我騎馬讓女人來牽馬，那才更奇怪。」

「就讓我們一起牽著馬走吧!」

說著，阿通和兵庫牽著馬並行走在馬的兩側。

他們往山下走，道路越來越暗。天空上已有星光點點。山谷裏有些地方可見人家的燈火。而澁谷川流經山間，傳來潺潺水聲。

附近人稱谷川橋這頭爲北日窪，對岸叫做南日窪。

從橋頭到北側懸崖一帶，聽說有一間看榮稟達和尙創立的和尙學校。

剛才他們走過一扇寫著「曹洞宗大學林栴檀苑」的大門，就是那所學校的入口。

柳生家剛好在大學林的對岸，也就是南側的懸崖。因此沿著澁川谷居住的農夫或小商人們，稱呼大學林的僧侶叫北眾，稱柳生家的門徒叫南眾。

柳生兵庫雖爲門徒，卻是宗家石舟齋的孫子，也是但馬守的侄子，所以身分特殊，來去自由。

相對於大和的柳生本家，此處又別稱江戶柳生。而本家的石舟齋最疼愛的便是這個孫子兵庫。

兵庫於二十出頭時，便受加藤清正徵召，打破往例，授與高薪。曾被招到肥後，享祿三千石，並曾移駐熊本。但是在關原之役後——關東派和京城派互相鬥爭，兵庫處於這種複雜的政治漩渦下，去年提出——

宗家大祖父病危。

以這爲由回到大和。之後又說：

「我還得到各處修行磨練。」

他便沒再回去肥後。花了一、兩年的時間走遍各地修行，去年來到江戶柳生的叔父家，才在此停留。

兵庫今年二十八歲。在但馬守的家裏經常會遇見阿通。兩名年輕人很快就熟絡了。但考慮阿通複雜的身世和背景，也畏懼叔父的反對，因此兵庫從未對叔父或阿通表明自己的心意。

2

在此我們得說明，爲何阿通會寄住柳生家。

阿通與武藏分散之後，已經有三年無武藏音訊。而事情是發生在當年阿通由京都經木曾街道往江戶的途中。

前面提過，有一個壞蛋在福島的關所和奈良井的客棧之間等待阿通，脅迫她騎馬翻山越嶺往甲州方向逃逸。

那名嫌犯可能讀者記憶猶新——他就是本位田又八。阿通雖然受到又八的監視和束縛，她還是護住了自己的貞操。當時，武藏和城太郎也失去聯繫，各自來到江戶的時候，阿通也到達了江戶。

在哪裏？

如果要仔細描述的話，就必須回溯到兩年前，在此略過這一段描寫，只簡單扼要地描述她被救到柳生家的經過。

話說又八到了江戶。

總之，得先找個飯碗。

他開始找工作。

不過又八在尋找工作時，並未一刻放過阿通自由。

我們是京城來的夫妻。

無論走到哪裏，又八都如此向人介紹。

當時正在修建江戶城，極需石匠、泥匠和木工。但是又八在伏見城已經嘗過修城的辛勞。

「有沒有夫妻一起工作的地方？或是在家裏做些記帳的工作也可以。」

又八仍是優柔寡斷，原先想幫助他的人也都說：

「江戶可沒那麼好混，能讓你找到這麼輕鬆的差事。」

最後，大家都感到厭煩不再幫助他了。

因此，幾個月之後，阿通只要能保住貞操，凡事都順著又八，希望能趁其不備逃跑。

有一天她走在路上，遇見畫有二階笠家徽的箱子和轎子的隊伍通過。她聽到路邊行禮的人們小聲說著：

「那就是柳生大人啊！」

「他是將軍家的兵法教練但馬守先生啊！」

阿通聽了突然想起大和的柳生庄以及自己與柳生家的關係，便想著，此時若大喊救命，自己便能獲救了。可是又八在身邊，她只能茫然地望著隊伍。

「啊！的確是阿通姑娘、阿通姑娘！」

後面傳來呼叫阿通的名字。

正是剛才走在但馬守轎子旁、頭戴斗笠的武士。仔細一看，原來是在柳生庄經常見面的人——石舟齋的高徒木村助九郎。

阿通心想，這是佛祖大慈大悲派來救自己的使者，便趕緊跑過去。

「啊！是你！」

她不顧又八，衝到木村身邊。

阿通當時就被助九郎救到日窪的柳生家。而又八就像被搶走獵物的老鷹，不可能善罷干休。

「有話到柳生家來談。」

助九郎這一句話，令又八恨得牙癢癢。自己的無能加上柳生家的盛名，使他不敢吭氣，只能眼睜睜地看著阿通隨著他們一行人離去。

3

石舟齋從未到過江戶。雖然遠在本國柳生庄，但依然掛念擔任秀忠將軍兵法教練而移駐江戶的孩子但馬太守。

現在江戶四處都在學習柳生流派的劍法。

「御流儀。」

只要如此一說，便知道指的是將軍家所學的柳生流劍法。

「天下名人是誰？」

一談起這個，首屈一指的便是但馬太守宗矩。

即使如此，這位但馬太守在父親石舟齋的眼中仍然是個孩子。

「如果他沒有壞習慣就好了。」

石舟齋會批評他：

「他那麼隨心所欲，能擔當大任嗎？」

他一直把但馬太守當小孩子看。擔心他的飲食起居。可見即使是劍聖名人亦如凡夫俗子，對孩子的關懷都是一樣的。

尤其是石舟齋從去年開始生病，自己感覺來日不多，更加惦念兒子和孫子的前途。另外，他也掛念著多年來隨侍在側的門下四高徒：出淵、庄田、村田等人，並將他們推薦給越前家、榊原家以及知己的大將軍家裏。

四高徒中的木村助九郎會被派到江戶，也是因為石舟齋認為通情達理的助九郎將來必能輔佐但馬太守。

這就是這兩、三年來柳生家的概況。江戶柳生家雖然是個官邸，卻充滿著家庭溫馨。但馬守身旁多了一名女子和一名侄子來此寄住。

那就是阿通和柳生兵庫。

當助九郎帶阿通回來的時候，但馬太守想到阿通曾經侍奉過石舟齋，因此毫不考慮地接納她。

「妳不必介意，可以永遠留在此地幫忙家務。」

後來侄子兵庫來了之後，但馬太守常說：

「年輕的一對。」

但馬太守經常以長輩的身分關心他們。

然而兵庫與宗矩性情不同。他生性樂觀，不管叔父怎麼個想法。

「阿通姑娘眞好，我也喜歡阿通姑娘。」

他並不隱諱。

縱使他所說的喜歡含有更深的意思。

他卻從來未對叔父和阿通表示過——

要娶她為妻。

或是——

我愛戀她。

此刻，

他們一起牽著馬走在夕陽下的日窪谷，最後爬向南面的坡道，回到柳生家門前。兵庫敲門大喊：

「平藏，開門！平藏，開門啊！兵庫和阿通姑娘回來了。」

飛函

1

但馬太守宗矩今年三十八歲。

他算不上敏捷剛毅，卻是個聰明人。與其說他注重精神層面，不如說他是個理性的人。這點迥異於年邁的父親石舟齋，也與侄子兵庫天才型的特質大異其趣。

當大御所家康命令柳生家：

「請推薦一人到江戶擔任秀忠的武術教練。」

石舟齋在兒子、孫子、侄子及門人當中，立刻挑選出宗矩。

「宗矩，你去吧！」

因爲他認爲宗矩的聰明和溫和個性是最適合擔任此職。

所謂御流儀劍術和柳生家的宗旨，便是：

治天下武學。

這是石舟齋晚年的信條。而能擔任將軍家兵法教練的，除了宗矩別無他人。

家康招聘宗矩並非只爲了教導兒子秀忠劍道。

家康自己也曾師事奧山某學習劍術。然而他主要的目的在於——

領悟治國的大智。

家康經常把這個理念掛於嘴邊。

因此，御流儀劍法並非只是個人劍術高低的問題。它的大原則在於——

統御天下劍法。

也是——

領悟治國道理。

這便是它的着眼點。

劍道始於求勝、求生存，這也是劍道最終的目標。因此御流儀不能接受在個人比武當中，輸了也無所謂的想法。

不，應該說御流儀主張爲了維持柳生家的威嚴，必須優於其他流派。

宗矩經常爲此苦惱不已。表面上看來，他是光榮的被選至江戶，是個幸運兒。實際上正受到最嚴厲的考驗。

——眞羨慕侄子。

宗矩經常羨慕兵庫。

——眞想跟他一樣。

然而以他的立場和個性，都無法像兵庫那般自由自在。

現在兵庫正穿過橋廊，來到宗矩的房間。

這棟房舍豪華壯麗。不是京都的建築師父，而是請了很多鄉下的師父模仿千倉建築而蓋的。宗矩住在麻布山丘低矮的建築中，至少可以慰藉他思念故鄉柳生府之情。

「叔父。」

兵庫看一看房內，在門口坐下。

宗矩已知兵庫歸來。

「是兵庫嗎？」

宗矩視線並未離開千庭的花園。

「可以進去嗎？」

「有事嗎？」

「沒什麼要事，只是想問您一件事。」

「進來吧！」

兵庫這才推門進去。

柳生家家風嚴謹，十分注重禮儀。兵庫雖受祖父石舟齋寵愛，平日與叔父不親近，每次見面總是正襟危坐。

2

宗矩木納寡言。他一看到兵庫突然想起某事。

「阿通呢？」

宗矩問道。

「回來了。」

兵庫接著解釋。

「阿通說她到冰川神社參拜，回途時順便四周閒逛，才會這麼晚回來。」

「是你去接她的嗎？」

「是的。」

「……」

宗矩望著蠟燭良久不語，最後終於說：

「我們無法將一名年輕女子久留在家裏。我曾向助九郎提過此事，希望他找機會另外安置阿通。」

「話雖如此……」

兵庫不太同意宗矩。

「阿通無依無靠，身世可憐，離開這裏又能上哪兒去呢？」

「如果老是爲她設想，就永遠無法解決了。」

「祖父也曾說過她是個心地善良的人。」

「我並非說她不好，可是這宅邸裏淸一色是年輕男子，一位美女住在這兒，會招惹許多閒話，而且也會影響武士的士氣。」

「……」

兵庫並不認爲宗矩是在暗示自己。因爲自己尚未成婚，而且對阿通並無非分之念。

兵庫認爲叔父剛才那番話是在對叔父自己說的。宗矩奉父母之命，娶了門當戶對的妻室。但是這個妻子一直深居簡出，幾乎不露面。不知和叔父是否感情和睦？她還年輕，又是個大家閨秀，對於丈夫身邊有一名像阿通這麼年輕貌美的女性，一定不好受。

今夜宗矩的臉色不太好看。

有時兵庫看到宗矩心情不好，獨自一人在房間默默沈思，便會猜想：

他是不是跟妻子不愉快了？

兵庫以一個單身漢的心情揣測宗矩的感受。宗矩正直木訥，即使妻子有所抱怨，也不可能大聲斥喝：

「妳給我閉嘴！」

對外，他必須擔任將軍家武術指導之重任。對內，又必須應付妻室的要求。

宗矩不易將心事形於色，總是獨自一人沈思。

「這事我會和助九郎商量，不要再麻煩您了，阿通姑娘的事就交給我和助九郎來處理吧！」

兵庫瞭解叔父的心情。宗矩聽了，只說一句：

「愈快愈好。」

就在此時，木村助九郎剛好來到隔壁房間。

「主人。」

助九郎把一個信盒放到面前，坐在離燈火較遠之處。

「什麼事？」

宗矩回頭望著助九郎，助九郎趨前稟報：

「本家派使者快馬加鞭送信來。」

3

「快馬加鞭？」

宗矩似乎已猜中是何事，聲調突然提高。

兵庫也察覺到了。

那是……

他知道此事不宜開口，便默默地從助九郎面前拿起信盒。

「什麼事呢？」

他將信盒交到叔父手中。

宗矩展開信函。

那是本家柳生城的總管庄田喜左衛門所寫的快信，字跡潦草：

太祖（石舟齋）最近身體欠佳，經常傷風感冒，尤其此次病情較前惡化。恐有性命之危。卻強做振作，太祖特別交代，但馬太守擔任將軍家之重任，即使病情危篤，亦不必煩勞歸鄉。雖然如此，臣下諸人仍希望與您商量，故先以飛函向您稟報。

某月某日

「病情危篤——」

宗矩和兵庫同時喃喃自語，神情黯淡。

兵庫看到叔父一副胸有成竹的樣子。他非常佩服叔父宗矩即使在這種情況下也一心不亂。這是他聰慧過人之處。若換成自己的話，可能已經不知所措，心亂如麻，只會聯想到祖父臨終前之容顏和本家家臣們哭喪的表情，以致無法冷靜地判斷了。

「兵庫。」

「在。」

「你立刻代我回去。」

「遵命。」

「請轉告江戶這邊一切安好，請他老人家放心。」

「是。」

「也拜託你多照顧他。」

「是。」

「快馬加鞭送飛函來，可能情況危急。現在也只能求神保佑了……你趕快回去，務必要在他臨終之前趕到他身邊。」

「我這就去。」

「你立刻啓程嗎？」

「是的，在下身無大任，至少這時候能爲家裏做點事。」

兵庫說完向叔父告辭，回到自己房間。

當他準備出發時，本家送來的惡耗已經傳遍府內，全家上下瀰漫著憂傷的氣氛。

阿通不知何時也準備好旅裝，來到他房間。

「兵庫先生，請你帶我一起走。」

她哭著趴在地上懇求兵庫。

「雖然我幫不上忙，但我至少能夠到石舟齋先生枕邊，回報他對我萬分之一的照顧之恩。我在柳生庄蒙受他老人家的大恩大德，現在能住在這裏，也是受他老人家的餘澤……所以請你務必帶我一起去。」

兵庫非常瞭解阿通的個性。雖然知道叔父會反對，但是他卻無法拒絕阿通。

他又想到剛才宗矩提到阿通的事，也許這正是個機會。

「好，但是這趟旅行刻不容緩。無論騎馬或坐轎子妳都能跟得上嗎？」

兵庫再次確定阿通的意志。

「是的，我一定跟得上。」

阿通高興地擦拭眼淚，替兵庫整理行李。

4

阿通來到但馬守宗矩的房間，說明自己的心意並感謝長時間的照顧，並向宗矩辭行。

「喔！妳也要去嗎？老人家看到妳一定會很高興的。」

宗矩也同意。

「一路小心。」

宗矩叫人拿盤纏和臨別贈禮給阿通，雖然離情依依，關懷之情仍無微不至。

家臣們立於門口兩側送行。

「後會有期！」

兵庫向他們道別之後出門。

阿通用腰帶紮高裙襬，戴上鮮豔的城市女斗笠，手持拐杖。若是肩膀上再扛上藤花，就活像是大津繪圖中的藤娘了——大家看到她婉約的神態，對她的離去都依依不捨。

他們決定沿路再雇乘坐的工具，現在連夜可以趕到三軒家附近。

兵庫打算離開日窪之後，經由大山街道，在玉川搭渡船，然後出東海道。一路上，夜霧沾溼了阿通的彩笠。他們踩在雜草叢生的谷川沿岸，最後終於來到陸面較寬的斜坡道。

「這裏叫道玄坡。」

兵庫告訴阿通。

鎌倉時代，這裏便是來往關東的要道。雖然路面已經拓寬，兩旁仍圍繞著蒼鬱的樹木，一到夜晚，幾無人影。

「妳害怕嗎？」

兵庫步伐較大，走在前面，經常停下來等阿通。

「不。」

阿通微微一笑，趕緊加快腳步追趕兵庫。

阿通心想自己絕對不能連累兵庫而拖延回柳生城探病的時間。

「這裏經常有山賊出沒。」

「山賊？」

阿通瞪大眼睛，兵庫笑著說：

「這是很久以前的事了。和田義盛一族有個叫道玄坡太郎的人，當了山賊，就住在這附近的洞穴裏。」

「別談那麼可怕的事了。」

「妳不是說妳不害怕嗎？」

「唉！你眞壞。」

「哈哈哈！」

兵庫的笑聲響徹雲霄。

不知爲何，兵庫心裏有點飄飄然。祖父病危，趕路途中，自己竟如此輕鬆，雖然有點對不住他老人家，但兵庫的內心的確感到快樂。能跟阿通同行讓他雀躍不已。

「——哎呀！」

阿通好像看到什麼，猛然後退一步。

「什麼東西？」

兵庫下意識地護住阿通的背。

「……那裏好像有人？」

「哪裏？」

「好像是個小孩，坐在路邊……看他好像不太高興，正自言自語呢！」

「？……」

兵庫走近一看，他記得這個小孩。就是今天傍晚帶阿通回府邸的途中，躲在草叢裏的那個小孩。

5

伊織一看到兵庫和阿通便跳了起來。

「啊！」

「畜牲！」

伊織這麼一喊，便向他們砍了過來。

「咦？」

阿通一叫，伊織也砍向她。

「妳這個狐狸精。」

小孩力氣小，手上的刀也小，但讓人費解的是他的表情。好像鬼魂附身，沒頭沒腦地衝過來，兵庫不得不往後退。

「狐狸、狐狸！」

伊織的聲音像老太婆般沙啞。兵庫躲開他銳利的刀鋒，站在一旁看著他，伊織最後大喊一聲。

「納命來！」
他揮刀砍斷一棵矮樹，樹倒下的同時，自己也精疲力盡地跌坐到地上。
「納命來，狐狸。」
他聳著肩膀，氣喘吁吁。
他的樣子就好像砍了敵人。兵庫這才會意過來，回頭朝阿通微微一笑。
「眞可憐，這小孩好像被狐狸嚇到了。」
「哎呀！怪不得他眼神那麼嚇人。」
「就像狐狸的眼睛。」
「我們可不可以助他一臂之力啊？」
「如果是瘋子或是笨蛋，可能治不了。幸好他是小孩，治療可以馬上見效的。」
兵庫走到伊織面前瞪著他的臉。
伊織抬頭一看到兵庫，又怒斥一聲，重新拿起刀。
「畜牲，你還在啊？」
伊織正要起身，兵庫大喝一聲，貫穿他的耳膜。
「喂！」
兵庫突然一把抱住伊織，跑到剛才走過的一座橋上。然後抓住伊織的雙腳，從橋欄杆往下倒吊著。
「娘啊！」

伊織尖聲大叫。

「爹啊！」

兵庫仍不放手，伊織叫出第三聲時就哭出來。

「師父啊！救命啊！」

阿通從後面跑過來，看到兵庫殘酷的方法，好似自己受苦。

「不行，不行，兵庫先生你不能如此對待小孩。」

話才剛說完，兵庫將伊織抱回橋上。

「已經好了吧！」

說完放開伊織。

哇！哇！伊織大聲地哭叫。好像對這世上無人能傾聽他的哭泣而感到悲傷似的，越哭越大聲。

阿通走到他身邊，輕輕撫摸他的肩膀。現在，伊織的肩膀已不像剛才那麼僵硬了。

「……你從哪裏來？」

伊織邊哭邊說。

「那邊。」

他用手指著方向。

「那邊是哪邊？」

「江戶。」

「江戶的哪裏？」

「販馬街。」

「哎呀！你從大老遠來這裏做什麼？」

「我來送信的，結果迷路了。」

「這麼說來，你白天就出來嘍？」

「不。」

伊織搖搖頭，現在他的心情比較平復了。

「我從昨天就出來了。」

「你已經迷路兩天了啊？」

阿通一陣憐憫之情，臉上也擠不出一絲笑容了。

6

阿通又問他。

「你要送信去哪裏？」

伊織好像在等阿通問他，立刻回答。

「柳生大人家。」

說著，從懷裏取出自己拚命保護而揉成一團的信。他藉著星光看信上的文字。

「對了，我要把信送到柳生家中的木村助九郎先生。」

唉！伊織爲何沒將信給對自己如此親切的阿通看一下呢？是他盡責的表現嗎？還是命運在冥冥之中捉弄人呢？

伊織手上所握的那團書信，對阿通而言，簡直比牛郎織女星更爲珍貴。她萬萬沒想到，這封信是幾年來夢寐以求想見的人——也就是武藏的手筆。

而阿通也無意看那封信。

「兵庫先生，這小孩說是要去找府裏的木村先生。」

兵庫聽了說：

「這麼說來，你搞錯方向了。可是這裏離柳生家已經很近了。你沿著這條河，走一段路之後左轉，然後在三岔路口往有兩棵大松樹的方向去就對了。」

「你可別又被狐狸迷惑了。」

阿通有點擔心。

但是伊織心裏的悲傷已經煙消雲散，他篤定的表情說道：

「謝謝。」

說完便跑走了。

他沿著澁谷川跑了不久，又回過頭來確認。

「左轉對不對？又爬左邊的山坡是嗎？」

他小心地指著左邊的方向。

「沒錯。」

兵庫點頭目送他離去。

「那邊很暗，要小心喔！」

現在已經聽不到伊織的回答了。

像一片嫩葉被納入蒼鬱的樹林當中，伊織的身影已經消失不見了。

兵庫和阿通仍站在橋上，目送他離去。

「這小孩非常機伶啊！」

「他眞聰明。」

阿通暗自拿他與城太郎比較。印象中的城太郎應該比伊織略高一點。仔細一算，城太郎今年已經十七歲了。

不知他變得如何了。

於是她又想起武藏，心中充滿無限思念。

也許會在意想不到的旅途中遇到他。

她經常如此幻想以解相思之苦，甚至習慣於忍耐這種思念的苦楚了。

「快走吧！今晚已經耽誤了。明天開始可不能再耽誤時間。」

兵庫如此警惕自己。現在他覺得悠哉的個性是自己的缺點。

阿通也趕緊趕路，可是她的心仍留在路邊的野草上。

也許武藏曾經踏過這些野花野草呢？

她內心深處思念著武藏，卻無法對兵庫啓齒。

手抄經典

1

「阿婆，您在練字啊？」

菰十郎從外面回來，探了一下阿杉婆的房間，看到她正在寫字，覺得又驚訝又感動。

這裏是半瓦彌次兵衛的家。

阿杉回道：

「是啊！」

說完，又執筆專心練字。

菰十郎坐到她身邊。

「原來您是在抄經文啊？」

他自言自語。

阿杉婆充耳不聞繼續寫字。

「您年紀這麼大了還練字幹什麼?難不成您死後還想當老師啊?」

「囉嗦。抄經文可要專心一志,別吵我,快點走開!」

「今天我在外頭聽到一些事想要告訴您,才趕回來的。」

「等一下我再聽吧!」

「您要寫到什麼時候?」

「一字一句都是菩提心,我必須專心抄寫,可能要花三天吧!」

「您眞有耐性啊!」

「不止三天,這個夏天我還想寫幾十本呢!我準備在有生之年,至少要抄寫一千本以上留給後世的不肖子孫去讀。」

「要寫上一千本?」

「這是我的心願。」

「您說要把抄下的經文留給後世的不肖子孫,到底是爲了什麼?可否告訴我?不是我誇口,我也算得上是不肖子了!」

「你也是不肖子嗎?」

「在這家裏混吃混喝的人都是不肖子。若說孝順的人,大概只有我們老闆吧!」

「這世上眞可悲啊!」

「哈哈!瞧您一副語重心長的,八成您的兒子也是個不肖子吧!」

「那傢伙只會傷我的心，恐怕沒有人比他更不肖了。因此我才立志要抄寫這部《父母恩重經》，留給世上的不肖子去讀。」

「這麼說來，您抄寫一千本《父母恩重經》是打算分送一千個人嗎？」

「若有一人能發菩提心，便能感化百人，百人又能感化千萬人，我的志願非常大，不只要感化一千人。」

阿杉放下筆，她從身邊抄好的五、六本經典當中拿出一本。

「這本送給你。有空時請多念誦。」

她鄭重地交給菰十郎。

菰十郎看到阿杉婆如此認眞，覺得很滑稽，差點笑了出來。但也不能把它當草紙隨便塞到懷裏，便拿著經典貼在額頭，向阿杉婆行道謝禮。

「我要跟您講另外一件事。」

菰十郎立刻轉變話題。

「阿婆，大概是您的信心感動老天了，今天我在外面遇到一個人哦！」

「遇到誰？」

「就是您要報仇的那個宮本武藏。我從隅田川的渡船下來時遇見的。」

2

「啊！你說遇到武藏？」

老太婆立刻停止寫經。

「武藏到哪裏去了？你有沒有調查清楚？」

「我菰十郎這麼厲害怎麼可能放過他？我假裝和他分手，然後一路尾隨，看到他進了販馬街的客棧。」

「嗯！那裏離這兒的木工街太近了，簡直近在咫尺。」

「才沒那麼近呢！」

「不、不，很近。我翻山越嶺走遍各地到處尋找他，現在竟在同一個地區，那就算很近了。」

「說的也是。販馬街在日本橋的那頭，木工街在日本橋的這頭，的確不像走遍全國那麼遠。」

老太婆立刻起身，從架子上拿出祕藏的傳家短刀。

「阿菰，你帶路。」

「到哪裏？」

「你明明知道。」

「我一直認爲您很沈得住氣，怎麼這麼心急，您現在就要去販馬街嗎？」

「沒錯。我早就有此覺悟。要是我死了，請把我的骨灰送到美作吉野的本位田家去。」

「哎呀！您等等，我好不容易才打聽到此事，您若這麼做，我一定會被老闆罵的。」

「我可管不了那麼多，因爲武藏隨時會離開客棧。」

「這點您毋須擔心，我已經派人看住他了。」

「你能保證不會讓他逃走嗎？」

「您這麼說好像我在跟您討人情似的。眞拿您沒辦法。算了，我保證就是。」

菰十郎又說：

「這個時候您不如冷靜一下，去抄寫經文如何？」

「彌次兵衛先生今天也不在家嗎？」

「老闆到秩父的三峰去談生意，不知何時回來。」

「我無法等到他回來再商量。」

「所以我想請佐佐木小次郎來商量，您覺得如何？」

翌日清晨，在販馬街盯稍武藏行蹤的年輕人回報。

（武藏昨夜到旅館前的磨刀店，很晚才回來。今天早上便搬出旅館，移到對面的磨刀師廚子野耕介家的二樓去了。）

阿杉婆氣急敗壞地說：

「你看吧！人家也有腳，可不會一直待在同一個地方啊！」

她對菰十郎抱怨。今天早上更是焦急得幾乎無法安坐寫經。

不過，老太婆性子急，這是衆所皆知的事，所以大夥兒並不理睬她。

「武藏再怎麼厲害也不會長翅膀飛走，您不用那麼心急。待會兒我交代小六去找佐佐木先生來商量就是。」

菰十郎說著。

「什麼，你昨夜說要找小次郎，到現在還沒派人去啊？眞麻煩，我自己去吧！小次郎的家在哪裏？」

老太婆回到自己房間準備外出。

3

佐佐木小次郎在江戶的住家，位於細川藩的重臣岩間角兵衛屋內的一棟房子。而岩間的住家位於高繩街道伊皿子坡的山腰，俗稱「月岬」的高原上，有著紅色的大門。

半瓦家的人告訴老太婆閉著眼睛也能找得到。

「知道了，知道了。」

年輕人認為阿杉婆年老體衰，比較遲鈍。

「很簡單，我去去就回來，家裏由你們打點了。老闆不在，大家要小心火燭。」

她穿上草鞋，拿著枴杖，腰間插著傳家的短刀出了半瓦家。

有事外出的菰十郎回來。

「咦，老太婆在哪裏？」

他到處尋找。

家裏的人回答：

「她已經出去了。我們一告訴她佐佐木先生的住處，她就走了，才剛走沒多久。」

「眞拿這老太婆沒辦法。喂！小六哥啊！」

他這一喊，本來在賭博房的小六立刻飛奔出來。

「什麼事？兄弟。」

「你還問什麼事呢？你昨晚喝太多了，沒去佐佐木先生那裏，所以老太婆生氣一個人出去了。」

「她自己去不是更好嗎？」

「話不能這麼說，老闆回來後，老太婆一定會去告狀的。」

「她嘴巴很厲害呢！」

「她嘴巴雖厲害，身子骨卻很單薄，好像一折就斷。雖然個性強悍，但若被馬踩到可能會一命嗚呼。」

「這老太婆眞難侍候。」

「她才剛出門，你趕快追上去，帶她到小次郎先生家。」

「我連自己的父母都沒照顧過，還要來照顧這個老太婆。」

「這樣你才能贖罪啊！」

小六不賭錢了，急忙跑去追趕阿杉婆。

菰十郎微微一笑，進到年輕人的房間，躺在一角睡著了。

那個房間有三十塊榻榻米大，上面鋪著草蓆，到處散亂著大刀、手槍，以及勾棒。牆壁上還掛著毛巾、衣服、防火衣、內衣等等，最令人驚訝的是，竟然還有女人的紅絹短袖上衣和梳粧枱。

有一回有人問：

「怎麼會有這種東西？」

正打算要丟棄它。

「不能丟，那是佐佐木師父交代要掛的。」

有人這麼回答：

問起理由，那人回答：

「因爲這屋子裏淸一色都是大男人，平常爲了點芝麻小事就干戈相向，但是眞正生死關頭時，卻又施展不出本領來。因此佐佐木師父才向老闆建議掛這些東西。」

可是，光是女人的上衣和梳粧枱，根本無法緩和殺氣。

「嘿！你別騙我們？」

「誰騙你們了？」

「你騙人。」

「我才沒騙你。」

「喂、喂！」

大家趁半瓦不在時，在這大房間內飲酒作樂，玩牌賭博，現在這羣年輕人的臉上個個殺氣騰騰。

4

菰十郎看到這副光景。

「你們怎麼玩不膩呢？」

他躺在牀板上，翹著二郎腿，盯著天花板，屋內實在太吵了，根本無法午睡。

可是他又不想摻一腳下去賭博，只好閉著眼睛休息。

「呸！今天手氣眞背！」

有一個人手氣太差，錢都輸光了，帶著慘淡的表情躺到菰十郎身旁。接著又來一個、兩個，一個個都躺了下來，都是運氣不好的慘敗者。

突然有一個人說：

「菰哥，這是什麼？」

他撿起菰十郎懷中掉出來的一本經文。

「這不是經文嗎？你怎麼會帶這種東西啊？」

那個人覺得很奇怪。

菰十郎正要入睡，張著惺忪的眼皮。

「嗯！這個嗎？這是本位田的老太婆立下弘願，發誓要抄寫一千本的經文。」

「借我看。」

有一個識字者搶了過去。

「原來是老太婆的手筆，還有平假名，連小孩也會念。」

「那麼你會？」

「我才不念這種東西。」

「你就和著節拍念來給我們聽看看吧！」

「別開玩笑，這是經文，可不是歌謠。」

「你別傻了。以前人不都把經文拿來當歌謠唱。和讚韻就是其中的一種啊！」

「可是這不是和讚韻啊！」

「管它什麼韻，快點唱給我們聽。不然我們要打你了。」

「哎喲、哎喲！」

「那我唱嘍！」

那男子並未站起來，躺在牀上，把經文拿得高高地。

佛說父母恩重經

如是我聞

一時　佛

於王舍城耆闍崛山中說法

菩薩　聲聞

比丘　比丘尼　憂婆塞　憂婆夷

一切諸天人

龍神鬼神等

皆聚集於此聽法

一心圍繞寶座

瞻仰佛祖尊顏——

「這是什麼啊？」

「比丘尼是不是最近臉塗白粉在花街柳巷賣笑的人啊？」

「噓！別說話。」

彼時　佛陀乃爲說法
一切善男子善女人
父有慈恩
母有慈恩
人之所以能出生在世
皆緣於
宿業之因
父母之緣

「什麼啊！原來是在談父親和母親的事啊！釋迦牟尼佛說的也不過是這些眾所皆知的事罷了。」
「噓——阿武你眞吵！」
「你看，他不念了，剛才聽得舒服，我正要睡著了呢！」
「好了，他已經不吵了，你再多念點吧！要押韻哦！」

5

人無父則不生
無母則不育
因之
稟氣父胤
托形母胎

念誦的人禮儀不端，他改變睡姿挖著鼻孔繼續念道：

以此因緣之故
悲母之念子
世間無比
其恩浩蕩

念到這裡，大家都沈默下來，念誦的人反而覺得不帶勁兒。

「喂！有沒有人在聽啊？」

「我們在聽啊！」

始受胎時
十月期間
行住坐臥
蒙諸苦惱
飲食衣服
執念不生
毫無貪念
一心但求
安然生產

「好累，念到這兒就好了吧！」

「我們正聽得起勁呢！繼續往下念吧！」

懷胎足月

生產之時
業風吹促
如骨節痛苦
父亦身心戰懼
憂念母子
諸親眷族皆苦惱
既生墮草上
父母欣無限
猶如貧女得寶珠

剛開始大家只不過隨便聽聽，漸漸瞭解經文深意，大家不禁都聽得出神。

嬰兒初啼
母亦脱胎換骨
爾來
母懷是寢處
母膝是遊場

母奶是食物
母愛是生命
母飢中時
吐哺餵子
無母不養
及離闌車
十指爪中
食子不淨
……計人
飲母之乳
一日八十斛
父母恩重
昊天罔極

「……」
「怎麼不念了？」
「我這就要念了。」

「哎喲，你哭了，你竟然邊念邊哭啊！」

「別胡扯！」

念誦的人虛張聲勢又繼續念。

母傭東西鄰
或汲水或燒水
或臼米或磨秣
還家時
未至家門
我兒家啼哭
若思戀此
心愕胸不平
乃奔還家
兒遙見母來
弄腦晃頭
嗚咽向母
母曲身舒兩手

我口親子口
兩情一致　恩受如洽
兩歲　離懷始行
無父　則不知火燒身事
無母　則不知刀墮指事
三歲　離乳始食
無父　則不知毒落命事
無母　則不知藥救病事
父母往外座席
若得美味珍饈
不食藏懷
喚子與子
子喜親歡

「你又哭了嗎？」

「這讓我回想起往事。」

「你邊念邊哭，害我們也都快跟著掉眼淚了。」

6

無賴漢也有雙親。

雖然他們言行粗暴，整日醉生夢死，但他們也不是石頭裏迸出來的。

這些人平常只要一提到父母親。

（呸！沒用的傢伙！）

受到別人的取笑。

（哼！父親算什麼？）

他們裝出不認雙親的表情，以爲如此才是英勇的表現。

可是，在聽過經文之後，他們的心底憶起父母，個個鴉雀無聲。

剛開始念誦《父母恩重經》時，也只是隨口哼哼，但經文深入淺出，念者聽者漸漸瞭解其意。

我也有父母。

一想到這裏，大家不禁憶起兒時，吮乳、跪膝爬行的情景。

雖然有的人以手當枕，或高舉雙腳露出腿毛，隨意躺在榻榻米上聽經文，不知不覺間也都流下淚來。

「喂……」

其中有一人對著念誦的人說：
「下面還有經文嗎？」
「有啊！」
「再繼續往下念。」
「等一下。」
念誦的男子坐起身來，擤一把鼻涕，這回他正襟危坐。

及子漸長
與友相交
父索子衣
母梳子髮
美好盡與子
己著故纏弊
及子索婦
家娶他女
疏遠轉父母
夫婦特親近

私房中樂語

「嗯！說得的確有理。」

有人嘆了一口氣。

父母年高
氣老力衰
所倚者子
所賴唯婦
然從朝至暮
未敢一度來問
夜半衾冷
五體不安　談笑不復
如孤客宿泊旅寓
——或復急事
疾命呼子
十喚九違
遂不來仕

反怒罵曰
老耄殘世
不如早死
父母聞之　怨念塞胸
涕淚衝臉
噫　汝幼少時
無吾何能養
無吾何能育
噫……

「我念不下去了，誰來念吧！」
念誦經文的男子，丟下經文哭了起來。
大家鴉雀無聲，躺著、臥著、坐著的人，全都默不吭聲。
同一個房間的另一邊有一羣人正爲了賭博而爭吵。然而這一邊這羣人卻都紅著眼眶。
這時，門外有一個人看到房內奇妙的氣氛。
「半瓦出去旅行還沒回來嗎？」
原來是突然造訪的佐佐木小次郎。

血染五月雨

1

一組人忙於賭博，另外一組忙於哭泣，無人回答。
「喂！到底怎麼了？」
小次郎走到仰躺且雙手掩面的菰十郎身邊。
「啊！是師父。」
菰十郎和其他人急忙拭去眼淚，擤去鼻涕，坐起身子。
「我們不知道師父來了。」
大家覺得很難為情，趕緊上前打招呼。
「你們在哭嗎？」
「不，沒什麼。」
「眞奇怪，小六呢？」

「跟著老太婆後面到師父您那兒去了。」

「我那兒？」

「是的。」

「奇怪，本位田的老太婆到我家裏做什麼？」

另外一組正在賭博的人看到小次郎，便急忙散去。而和菰十郎一起哭泣的其他人也悄悄走開。

菰十郎告訴小次郎昨天在渡船口碰見武藏的事。

「碰巧老闆正出門旅行，大家商量的結果，還是去找師父您比較好，所以老太婆才急著去找您。」

一聽到武藏的名字，小次郎眼睛一亮。

「這麼說來，武藏此刻人在販馬街嘍？」

「不過，聽說他已離開客棧，搬到磨刀師耕介的家裏去了。」

「哦！這就奇怪了。」

「何事奇怪？」

「我的愛刀『曬衣竿』正放在耕介那裏，準備叫他磨呢！」

「啊！師父的那把長刀——這可眞是奇緣啊！」

「其實，今天我出來就是想說刀可能磨好了，正要去拿呢！」

「您去過耕介的店了。」

「不，我先來這兒，待會過去。」

「幸虧師父還沒去，不然，搞不好會著了武藏的道呢！」

「我才不怕武藏。不過，老太婆不在，要商量什麼呢？」

「我想她應該還沒到伊皿子，我派飛毛腿去叫他們回來。」

小次郎到後院等待。

到了點燈的時刻。

才看到老太婆坐在轎子裏，由小六和剛才的飛毛腿男子陪伴，急急回來。

那一夜，他們在後院房間商議。

小次郎認爲不須等半瓦彌次兵衛回來，自己就可以替老太婆找武藏報仇。

雖然菰十郎和小六都聽說武藏武功高強，但是他們不相信武藏會贏過小次郎。

「這就進行嗎？」

老太婆回道：

「對，找他報仇去。」

雖然老太婆個性要強，畢竟歲月不饒人。今天光是伊皿子來回一趟，便讓她感到腰痠背痛。於是小次郎決定今夜先按兵不動，明天晚上再行動。

2

翌日中午。

老太婆沐浴更衣，染髮、染齒。

到了黃昏，各式皆已打扮妥當，老太婆決死的裝扮中，白色的內衣印滿了各地神社佛閣的印章，看來彷若衣服的花紋一般。

這些神社有浪華（譯註：今之大阪）的住吉神社；京都的清水寺；男山八幡宮；江戶的淺草觀音寺，以及旅行各地的寺廟佛閣，她相信穿著這件衣服比穿上任何盔甲更爲安全。

她還不忘在腰帶上放一封給兒子又八的遺書，並附上一分自己抄寫的《父母恩重經》。

更令人驚訝的是，她經常把一封書信放在錢包底下，信上寫著：

我雖年事已高，卻抱持一分大志願，要找武藏報仇。也許壯志未酬，半途病倒也說不定，如有三長兩短，期待善心人士用我袋中錢財，爲我辦後事，拜託！拜託！

作州吉野鄉士

本位田後家　阿杉

老太婆連自己的後事都準備好了。

接著，她在腰間插上一把小刀，小腿綁上白色綁腿，手戴護手，無袖上衣上又繫緊一條精心縫製的腰帶，一切就緒後，端來一碗水放在寫經的桌上。

「我走了。」

她像在對大家告別，雙目緊閉。

也許是在向死於旅途中的權叔說話吧！

菰十郎瞇著眼睛從格子門縫偷窺屋內：

「阿婆，還沒好嗎？」

「好了。」

「該出門了，小次郎先生也在等您呢！」

「我隨時可出發了。」

「可以嗎？那麼請到這邊的房間來。」

佐佐木小次郎、少年小六還有菰十郎，三人在後面房間準備好要幫助阿杉婆。他們為阿杉婆留了一個位子。阿杉婆來到房間，像個木頭人般直直地坐下來。

「為這一戰乾杯！」

小六拿了一只三角陶杯交給阿婆，並為她斟酒。

接著為小次郎斟酒。

乾杯之後，四人便熄燈離去。

家裏有不少隨從表示願意助一臂之力，但小次郎認爲人多手雜，而且雖然是夜晚，在江戶城裏恐怕引人側目，因此辭謝他們的好意。

「請等一下。」

四個人一出大門，立刻有一名隨從爲他們點燈。

外頭正是風雨欲來的前兆，天空上烏雲密布。

黑暗中，不斷傳來杜鵑的啼聲。

3

街道上陸續傳來狗吠聲。

連動物都感到這四個人異乎尋常。

「……奇怪了？」

少年小六站在黝暗的十字路口，頻頻回頭。

「什麼事？小六。」

「好像有個傢伙從剛才一直跟蹤我們？」

「那是家裏的年輕人。他們一直要求要去幫忙，雖然被我拒絕了，還是有一、兩個人跟過來。」

聽了小次郎的解釋，小六說：

「這些傢伙眞拿他們沒辦法。比起吃飯，他們就是愛看殺人。怎麼辦呢？」

「別理他們。不管我的阻止而堅持跟來的，也算是男子漢。」

說完，這四人便不再放在心上，來到販馬街的轉角處。

「嗯！那裏就是磨刀師耕介的店。」

小次郎站在離店稍遠的地方。

大家壓低嗓門。

「師父，今夜是初來此地嗎？」

「嗯！我要磨的刀是岩間角兵衛派人送來的。」

「現在該怎麼做？」

「按照原先的計畫，老太婆和其他人都躲到樹蔭底下。」

「可是，萬一武藏從後門逃走了，怎麼辦？」

「沒問題，武藏和我一樣，不可能臨陣逃脫的。萬一他逃走了，他就失去當一名武士的資格。所以他不可能逃走。」

「我們要分躲在房子兩邊嗎？」

「我會把武藏從屋子裏引出來，並肩走在街上。大約十步左右，再拔刀砍他——那時就請老太婆來了結他。」

老太婆不斷道謝。

「非常謝謝，您就像八幡宮的神明一樣。」

阿杉合掌朝小次郎膜拜。

小次郎走進向「靈魂研磨所」，此刻，他的內心充滿了正義感。

本來，他與武藏之間根本沒有什麼仇恨。

但是，隨著武藏聲譽日高，小次郎愈感不快。何況，大家都認爲武藏的實力遠在小次郎之上。因此，小次郎對武藏抱著不一樣的戒心。

他這種心情從幾年前便開始持續不斷。也就是說，當初雙方都是年輕力盛、血氣方剛，就像大力士比武時，容易引起磨擦。

但是——

回想起來，除了京都吉岡一門的問題之外，尙有受痛苦煎熬的朱實，以及本位田家的阿杉婆，三者交錯的情感中，小次郎與武藏即使沒有宿怨，也是水火不容，擴大了敵對的鴻溝。

再加上小次郎聽信阿杉婆的片面之詞，對武藏存有成見。正義之心促使他必須濟弱扶傾，原來扭曲的情感也變得理所當然。事到如今，這兩人似乎註定是相剋的。

「磨刀師、磨刀師，你睡了嗎？」

小次郎站在耕介的店前，敲著門大聲高喊。

4

亮光從門縫間流瀉出來。雖然店中無人，小次郎確信人一定在後面廂房中。

「哪一位？」

是主人的聲音。

小次郎從門外喊道：

「我託過細川家的岩間角兵衛來此磨刀。」

「啊！是那把長刀嗎？」

「沒錯。」

「好的。」

耕介打開門。

他盯著小次郎，擋在門口說道：

「還沒磨好。」

耕介不客氣地說著。

「是嗎？」

小次郎反問，人已經進到屋內，坐在榻榻米的邊上。

「你什麼時候磨好？」

「這個嘛……」

耕介抓抓自己的臉頰。他眼尾下垂，使得臉變得更長，表情似乎在嘲笑，這讓小次郎沈不住氣。

「我不是託人很早就拿來了嗎？」

「我告訴過岩間先生，不知何時會磨好。」

「拖太久可不好。」

「如果有事，你先拿回去吧！」

「什麼？」

這不是做生意的人應該說的話。小次郎從耕介的語氣和態度上看出他早已知道自己會來訪，並且有武藏撐腰，才會如此強悍。

因此，小次郎決定單刀直入。

「我還有一件事要問你，你這裏是不是有一位作州來的宮本武藏？」

「你聽誰說的。」

耕介感到些許意外：

「他在是在。」

耕介語意含糊。

「我在京都便與武藏相識。好久沒見到他了，可否請他出來？」

「請教您貴姓？」

「佐佐木小次郎，這麼說他就知道了。」

「我不知道他會怎麼回答，反正我幫你傳達就是了。」

「啊！請等一下。」

「還有什麼事嗎？」

「我來得太唐突，若武藏對我起疑心就不好了。老實說，我在細川家聽說有一位像武藏的人住在耕介的店裏，所以才會前來拜訪，我想找個地方與他喝酒，麻煩你轉告。」

「是的。」

耕介穿過門簾到後面去了。

小次郎心裏想。

即使武藏不逃走，也不會中我的計，若是他不出來那該怎麼辦？自己是不是應該代替阿杉婆出面向他挑戰呢？

「啊！」

小次郎盤算著各種對策。突然從黑暗的屋外傳來叫聲。

這不是普通的叫聲，而是一聲慘叫，令人戰慄。

5

糟了！

小次郎猛然從邊上彈起來。

對方已識破圈套！

還是自己反中對方的計！

該不是武藏從後門繞到前方找阿杉婆和孤十郎、少年小六先下手了。

「好，既然如此。」

小次郎立刻藏身黑暗中。

時機成熟了。

小次郎這麼想著。

他全身備戰，渾身血液充滿鬥志。

期待日後一決勝負。

這是當年兩人在叡山往大津的茶館中，立下的誓言。

小次郎並未忘記。

這個時刻終於來臨了。

小次郎決定，如果阿杉婆被殺，自己一定要用武藏的血來祭祀她。

在小次郎的腦海裏，這種俠義與正義的念頭，像火花迸開來。他跑了十步左右。

「師、師父！」

有人倒在路邊痛苦呻吟。聽到小次郎的腳步聲，大聲呼叫。

「啊！是小六。」

「被砍了……我被砍了。」

「十郎呢？菰十郎呢？」

「菰十郎也一樣。」

「什麼？」

小次郎看到菰十郎躺在離自己十一、二公尺的血泊中，已經奄奄一息了。

唯獨不見阿杉婆的蹤影。

雖然如此，小次郎卻無暇找人。因爲武藏隨時可能從任何一個方向攻擊自己，他必須保持警戒。

「小六、小六。」

他大聲呼叫即將斷氣的少年。

「武藏，武藏到底跑到哪裏去了？武藏呢？」

「不，不對。」

小六已經抬不起頭來。他趴在地上猛搖著頭，終於說出：

「不是武藏。」

「什麼？」

「不是武藏。」

「你，你說什麼？」

「……」

「小六，你再說一次，你說那個人不是武藏嗎？」

「……」

少年已經不能回話了。

小次郎彷彿被打了一拳，整個腦海混亂不堪。不是武藏，那會是誰在一瞬間殺死兩個人呢？

這回小次郎走到菰十郎的屍體邊，抓起被血染紅的衣領。

「十郎，你振作點，對方是誰？跑哪裏去了？」

菰十郎張了一下眼，用盡最後一口氣，說了一些無關於小次郎問話的話。

「娘……娘……兒子不孝了。」

昨日《父母恩重經》的經義才剛滲入他血中，這會兒卻從他的傷口不斷湧出。

小次郎並不知情。

「你在胡言亂語什麼？」

說著，甩開菰十郎的衣領。

6

不知從何處傳來阿杉婆的叫聲。

「小次郎先生，小次郎先生。」

小次郎循聲音跑過去一看——簡直慘不忍睹。

老太婆掉在水溝中，頭髮、臉上沾滿菜屑和稻草。

「拉我上去，快點拉我上去。」

老太婆在下面揮著手。

「這到底是怎麼回事啊？」

小次郎幾乎快翻臉了，他用力拉起老太婆。老太婆像塊抹布般攤在地上。

「剛才那個男人到底跑到哪裏去了？」

她的問題正是小次郎想要問的。

「阿婆，那男子到底是誰啊？」

「我不認識他，我敢確信他一定是剛才一直尾隨在我們後面的那個人。」

「他是不是突襲菰十郎和小六呢？」

「沒錯。他的動作快得像一陣旋風。他突然從樹下跑出來，先砍菰十郎再砍小六。」

「後來逃到哪裏去了？」

「我拄著枴杖，慌張失措，才會掉到臭水溝裏。雖然沒看到，但從他的腳步聲判斷是往那個方向跑走了。」

「往河的方向嗎？」

小次郎立刻追過去。

他跑過馬市的空地，來到柳原堤。

被砍下來的柳木堆積在原野上。那裏有些人影和燈火。小次郎看到四、五頂轎子，轎夫正在打盹。

「喂！轎夫。」

「是的。」

「剛才我的同伴在路上被人殺了，還有一個老太婆掉到臭水溝裏，可否請你們把他們抬到木工街的半瓦家。」

「什麼？有人在路上被殺？」

「兇手應該逃到這邊來了，有沒有人看到他？」

「……沒看到，是剛才嗎？」

「沒錯。」

轎夫抬來了三頂空轎子。

「先生，錢向誰收呢？」

「向半瓦家收。」

小次郎說完又跑開。他到河邊四處搜尋，但毫無蛛絲馬跡。是別人在路上砍殺的嗎？

小次郎往回走，來到桐樹田。他打算穿過桐樹林回半瓦家，因爲今天諸事不利，而且阿杉婆不在，也失去了討伐武藏的意義。他並不希望在心情紊亂時與武藏對峙，選擇避開才是聰明之舉，若是蒙著頭往前衝便太愚蠢了。

他這麼想著，突然——

小次郎看到從桐樹林裡閃出一道白光。刹那間，頭上飄落四、五片桐樹葉，同時，那道白光已經掃向他頭上了。

7

「卑鄙！」

小次郎怒斥。

「才不卑鄙！」

那人迎面又是一刀。

小次郎連轉三圈，躲開對方的攻擊，並跳開七尺遠。

「你可是武藏？怎會偷襲別人？」

小次郎話聲甫落，又驚訝大叫。

「誰？……你是誰？你可能認錯人了。」

與小次郎交手的男子聳動著肩膀，氣喘吁吁。他揮出第四刀之後，知道自己的攻法不對，便將刀舉在胸前，眼神銳利直逼小次郎。

「住口！我不會看錯人。我是平河天神境內的小幡堪兵衛景憲的弟子，名叫北條新藏，你聽完心裏有數了吧！」

「哦！是小幡的弟子？」

「你羞辱我師父，又殺我師兄弟。」

「噢，若你不服氣，隨時奉陪，我佐佐木小次郎不會逃走。」

「我就是來討回公道的。」

「討得了嗎？」

「當然可以。」

他的刀鋒節節逼近小次郎。

小次郎瞧他慢慢逼近，靜靜地抬頭挺胸，用手握住腰上的大刀。

「來吧！」

北條新藏看到小次郎的誘敵，更提高警覺。就在此時，小次郎身體——應該說只有上半身突然往前傾，他的手肘彷彿飛出去一般。
霎時──鏗鏘一聲。
這一瞬間，他的刀已經收入鞘內。
當然小次郎已經拔出刀刃，又收刀入鞘。但是速度之快，令人不及眨眼。只見一道白光閃向北條新藏的頸部，根本看不出是否砍中對方。
然而──
新藏只是張開雙腳僵立在原地。身上看不到任何血跡，好像遭到雷殛，他右手握著刀，左手壓住左邊的頸子。
突然，一個聲音──
「啊？」
黑暗中傳來叫聲。小次郎聞聲有點慌張，接著是一陣急促的腳步聲。
「怎麼了？」
跑過來的原來是耕介，他看到僵立在那兒的北條新藏，正要過去撐住他，新藏的身體突然像一具朽木，直挺挺地倒了下來。
他的身體正好倒在耕介的雙臂中。
「啊！殺人了，天啊！這附近的人啊！快來呀！這裏有人被殺了。」
他對著黑夜大喊。

隨著他的喊叫聲，新藏的脖子像裂開的貝殼般露出血紅的傷口，濃稠溫熱的鮮血汩汩流出，從脖子直流到耕介的袖口上。

心無雜念

1

噗通一聲，黑暗中傳來院裏梅子落地的聲音。武藏面對一盞燈火而坐。

明亮的燈火，映照他蓬亂的頭髮，他的髮質又硬又乾燥，帶點紅色。仔細看他的髮根處有一個舊傷痕，那是小時候長瘡所留下的疤。

（有這麼難養的小孩嗎？）

母親經常如此感嘆，而他頑強的個性，就像這道疤永難消失。

此時他心底突然憶念起母親，覺得手中正在雕刻的觀音就像母親。

「……」

剛才店主人耕介，站在二樓的房門外，說道：

「您還這麼認眞刻啊？剛才店裏來了一名自稱佐佐木小次郎的人說要見您，您想不想去見他呢？還是要我告訴他，您已經睡著了？……無論如何，我都尊重您的意思。」

耕介在門外說了兩、三次，而武藏已經記不得有沒有答覆耕介。

後來耕介聽到附近似乎有動靜。

「啊？」

他好像聽到外面有聲音，突然跑出去，可是武藏並未因此而分心，仍然拿著小刀繼續雕刻，桌上和地上掉滿了木屑。

武藏準備要雕一尊觀音像，爲的是拿它交換耕介那把好刀，他從昨日早上便開始著手雕刻。

對於這個約定，耕介有特別的期望。

那就是——

既然要武藏雕刻，就用自己密藏多年的上等木材來刻。

說完，耕介恭謹地拿出那塊木材。果然是六、七百年前的上等枕形角木，長度大約一尺左右。

武藏不明白這塊舊木材爲何如此珍貴。耕介向他說明：這是河內石川郡的東條磯長靈廟用的木材，是天平年代的古木。有一次要修繕年久失修的聖德太子御廟時，粗心的寺僧和工匠把拆下來的木頭丟到廚房當柴燒。那時耕介看到，頗覺惋惜，便帶了一塊回來。

這塊木材的木紋細緻，運刀的感覺流暢。武藏一想到這木材如此珍貴，若失敗了也沒得替換——這麼一想，運刀的手反而變得生硬不自然。

此刻，砰的一聲，夜風吹開了庭院的柴扉。

「……？」

武藏抬起頭，心想：

「是不是伊織回來了？」

他豎起耳朵傾聽。

2

不是伊織回來。後面的木門好像不是被風吹開的。

主人耕介高聲叱喝：

「老婆，快點啊！妳在發什麼呆？救人分秒必爭，說不定還有救，要躺哪裏都可以，快點搬到安靜的地方。」

除了耕介之外，好像還有其他幫忙抬傷者的人。

「有沒有酒可以清洗傷口？沒有的話，我回去拿。」

有人如此說著。

「我去叫醫生。」

也有人這麼說。一陣忙亂之後，終於恢復寧靜。

「各位，非常謝謝你們，幸虧有你們幫忙，他才能逃出鬼門關，請各位放心回去睡覺吧！」

武藏聽耕介這麼一說，暗想是不是這家的人遇到什麼災禍？

武藏感到好奇，拍去膝蓋上的木屑，走下梯子。走廊後面的房間亮著，武藏過去察看，看到耕介夫婦正坐在一位垂死的傷者身邊。

「喔！您還沒睡啊？」

耕介看到武藏，讓出一個位子。

武藏也靜靜地坐到那個人枕邊。

「這人是誰？」

「我也很驚訝……」

耕介以驚訝的表情回答武藏。

「我救他的時候，並不知他是何許人，帶回來一看，竟然是我最尊敬的甲州流兵法家小幡先生的門人。」

「哦！是嗎？」

「沒錯，他叫北條新藏，是北條安房守的兒子——爲了學兵法，長年跟隨在小幡先生身邊學習。」

「嗯！」

武藏輕輕地翻開新藏脖子上的白紗布。剛才用酒洗滌過的傷口，被俐落的刀法削切成貝殼的肉片在燈光下，凹陷的傷口清楚地露出淡紅色的動脈。

千鈞一髮——經常有人如此形容。而這負傷者的生命恰可用它來形容。可是，這般俐落的刀法是誰使的呢？

依傷口研判，此刀法由下往上砍，像燕尾般收刀，若非如此，絕削不出這種傷口來。

——斬燕刀法。

武藏猛然想起佐佐木小次郎得意的刀法，又想起剛才耕介在門外告訴自己，佐佐木小次郎來訪之事。

「您知道事情眞相嗎？」

「不，什麼都不知道。」

「是嗎？我知道是誰下的手，無論如何，等傷者復原之後再問他也不遲，看起來對方是佐佐木小次郎。」

武藏點著頭，充滿自信。

3

武藏回到房間之後，以手當枕，躺在木屑上。

雖然有棉被，可是他並不想蓋。

已經過了兩個晚上，伊織還沒回來。

如果是迷路的話，也未免花去太久的時間了。本來伊織是去柳生家送信，也許木村助九郎看他是個小孩子，留他下來住幾天也說不定。

武藏雖然牽掛此事，但並不擔心，只是從昨天早上開始雕刻觀音像而身心俱疲。武藏並非專業的雕刻家，不懂深奧的刀法和技巧。

在他的心裏已描繪著一尊觀音的形像，他盡量讓自己心無雜念、專心雕刻。可是就在他運刀之時，種種雜念叢生，使他精神爲之渙散。

眼見觀音即將成形，卻因爲雜念萌生，武藏只好又重新削過，雕過又雕，如此重複數次之後，那塊木頭就像條柴魚，原本是一大塊天平年代的古木，縮到八寸、五寸……最後剩下三寸了。

他昏昏沈沈地好像聽到杜鵑鳥叫了兩次，就睡著了，大約過了半刻鐘，醒來之後體力也恢復，頭腦更清晰。

「這一次一定要刻好。」

他走到後面井邊洗臉，雖然已近破曉時分，他仍重新點燃燈火，拿起刻刀。

睡過一覺，刀法果然不同。這塊古木新刻的木紋細緻，顯現出千年的文化。這次如果再刻壞，珍貴的木材便只剩下一堆木屑了，武藏決心今夜一定要成功。

他目光炯炯拿著小刀，有如臨敵時拿的劍一般，力道十足。

他未曾伸直腰背。

滴水未進。

東方已經泛著魚肚白。小鳥開始啼唱。還有這戶人家的開門聲，武藏對這些絲毫未察覺，因爲他已進入忘我的境界了。

「武藏先生。」

主人耕介推門進門來。武藏這才把腰伸直。

「啊！還是不行。」

武藏棄刀投降。

那塊木材別說原形，連拇指大的木頭也不剩，只有一大堆木屑猶如積雪般落在武藏膝上和身邊。

耕介睜大眼睛。

「啊！沒刻成啊！」

「嗯！不行。」

「這塊天平的木材？」

「全部削光了。我削了又雕，就是雕不出觀音像。」

武藏嘆了一口氣。他雙手擱在後腦勺，似乎想要甩開觀音雕像和煩惱似的。

「不行，我現在得坐禪。」

說著坐下來。

他閉上疲勞的雙眼，除去心中種種雜念，現在他已經達到「空」的境界。

4

早起的旅客陸續地走出客棧。旅客大多是馬販。一連四、五天的馬市在昨天是尾聲，因此，今天開始客棧的客人就少了。

伊織今早回到客棧，正欲上樓。

「喂，小孩子。」

老闆娘從櫃枱急忙叫住他。

伊織站在樓梯上。

「什麼事？」

他回頭看到老闆娘的額頭。

「你要去那裏？」

「我嗎？」

「沒錯。」

「我師父住在二樓，難道我不能上去二樓嗎？」

「咦？」

老闆娘愣了一下又說：

「你到底是什麼時候出門的？」

「這個嘛！」

伊織屈指一算。

「前天的前一天吧！」

「那不就是大前天嗎？」

「對、對。」

「你說要送信去柳生家，到現在才回來嗎？」

「是啊！」

「可是柳生家的府邸就在江戶城內啊！」

「可是老闆娘妳告訴我是在木挽街，我才會繞了一大圈。妳說的那裏是倉庫，他的家是在麻布村的日窪。」

「那也不至於花上三天吧！你是不是被狐狸精騙了？」

「妳很清楚啊！老闆娘妳是狐狸的親戚嗎？」

伊織邊開玩笑邊要爬上樓去，老闆娘又馬上阻止：

「你師父已經不住這裏了。」

「騙人！」

伊織還是跑上去，最後呆呆地下樓來。

「老闆娘，師父是不是換到其它房間了？」

「我已經告訴你，他走了，你還不相信。」

「眞的嗎？」

「要是不信，你可以看一下帳單，他已經結過帳了。」

「爲什麼，爲什麼我還沒回來，他就走了呢？」

「因爲你太晚回來了嘛！」

「可是……」

伊織哭了起來。

「老闆娘，妳知不道我師父到哪裏去了？有沒有留話？」

「什麼也沒有，他一定認爲帶著像你這樣的小孩，礙手礙腳的才會拋棄你。」

伊織臉色大變，立刻跑到路上，在路上左顧右盼。老闆娘在屋內拿著梳子刷著頭頂上漸稀的頭髮。

「我騙你的，我騙你的。你師父搬到對面磨刀店的二樓去了。他在那裏，你別再哭了，快去找他。」

話還沒說完，一隻草鞋從路上飛向櫃枱。

5

武藏正在睡覺，伊織恭敬地跪了下來。

「我回來了。」

耕介把伊織帶來之後，便躡手躡腳，趕緊回到主屋的病房裏。

伊織也察覺到今天屋內不愉快的氣氛，再加上武藏睡覺的身邊，四處散落著木屑，燈已熄滅，燭台的油也燃燒殆盡，尚未收拾。

「……我回來了。」

他擔心被責罵，不敢大聲說話。

「……誰？」

武藏問道：

他張開眼睛。

「是伊織。」

武藏聽到立刻起身，看到安然歸來的伊織，正跪在自己腳邊，便放下心來。

「伊織嗎？」

說完，便不再開口。

「我回來晚了。」

武藏仍不說話，伊織又說：

「很抱歉。」

伊織賠禮致歉，可是武藏並未理睬，自顧繫緊腰帶。

「打開窗戶，把這裏打掃乾淨。」

交代完便走出房門。

「遵命。」

伊織向主人借來掃把，清掃屋內，但還是很擔心，他不知道武藏出去做什麼，便偷看園裏。

他看到武藏正在井邊梳洗。

伊織又看到井邊掉了一地的梅子。使他想起以前曾經拿梅子來沾鹽吃的滋味。他又想到，如果醃起來便一整年都可以吃醃梅子，爲何這裏的人不這麼做呢？

「耕介先生，傷者現在狀況如何？」

武藏邊擦抹著臉、邊對著屋內說話。

「恢復得很快。」

耕介回答。

「想必你也累了，待會兒我來替你照顧他。」

武藏說完，耕介回說不必。

「我只是苦於無人可以代替我去通知平河天神的小幡景憲先生。」

武藏告訴耕介，自己去或派伊織去都行，便答應這件事。回到二樓，看到房間已經打掃乾淨。

武藏坐下來。

「伊織。」

「是。」

「你送信之後，是否有回信？」

本來擔心會挨武藏罵的伊織終於露出了笑容。

「信已送到，柳生家的木村助九郎先生也有回信。」

說完，從懷裏掏出一封信函。

「讓我看看。」

伊織將信交給武藏。

6

木村助九郎的回函中寫著：

雖然您衷心期盼，但是柳生流只有在將軍家才能學習，不准任何人公然比武。只要閣下非爲比武而來，主人但馬太守大人非常願意在武館招待您。如果想進一步瞭解柳生流之眞髓，最好能接觸柳生兵庫先生。只可惜，兵庫先生因爲本家大和的石舟齋大人病危，昨夜趕回大和去了。非常遺憾，現在家裏上下正擔心此事，請另擇他日再拜訪但馬守大人。

他又在信上補充一句。

屆時我一定幫閣下安排。

「……」

武藏微笑著把信收起來。

伊織看到他的笑容，更加放心。這才敢把跪得發麻的腳伸直。

「師父，柳生大人的府邸不在木挽街，而是在麻布的日窪。房子既寬廣又壯觀，而且木村助九郎先生請我吃了好多東西。」

伊織開始滔滔不絕了。

「伊織。」

武藏眉尖露出難色。伊織瞧見，立刻把腳縮回去。

「是。」

連說話的口氣也改變了。

「你說迷了路，可是今天已經第三天了，爲什麼那麼晚才回來呢？」

「我在麻布的山上被狐狸騙了。」

「狐狸？」

「對。」

「在原野長大的小孩怎麼會被狐狸騙了？」

「我不知道。但是我被狐狸騙了一天一夜，現在回想起來，也不知道自己曾走過哪些路了。」

「嗯！眞奇怪！」

「眞的好奇怪喔！本來我是不怕狐狸的，但是，後來我才知道江戶的狐狸比鄉下的狐狸還會騙人。」

「對了。」

武藏瞧他一本正經的模樣，也無心責罵他。

「是不是你惡作劇了？」

「沒有，因爲狐狸跟隨著我，所以我特別留意，在被牠矇騙之前，就砍了牠的腳和尾巴，所以那隻狐狸來報仇了。」

「不是這樣。」

「不是嗎？」

「來報仇的不是有形的狐狸，而是你的內心。你仔細想想，在我回來之前好好想清楚，再回答我。」

「是……師父，您現在要去哪裏？」

「鞠街的平河天神附近。」

「今晚會回來吧！」

「哈哈哈！如果我也被狐狸騙了，恐怕也要花上三天喔！」

今天烏雲密布。武藏把伊織留在家裏，自己出了門去。

門可羅雀

1

平河天神的森林裏蟬聲瀰漫，偶爾也傳來貓頭鷹的叫聲。

「是這裏吧！」——

武藏停下腳步。

前面有一棟大房子，即使白天也寂靜無聲。

「有人在家嗎？」

武藏站在門口。自己的聲音好像洞窟迴音傳回來——他感覺這棟房子空蕩蕩的。

過了一會兒，門內傳來腳步聲。一個不像門房的年輕小武士提刀出現在武藏面前。

「你是哪一位？」

他直愣愣地站在那兒。

年紀大約二十四、五歲的年輕人，看起來倒有些骨氣。

武藏報上姓名後，問道：

「小幡堪兵衛的小幡兵學所是這裏嗎？」

「正是。」

年輕人的回答簡單俐落。

他認為武藏是個遊歷諸國的浪人，並未把他放在眼裏。

武藏說道：

「貴府的弟子北條新藏受了傷，正在磨刀師耕介家療養，這是耕介託我來轉告你們。」

年輕人聽完。

「咦？北條新藏竟然受傷了。」

年輕人先是一陣驚愕，但馬上恢復冷靜：

「剛才真是失禮，我是勘兵衛景憲的兒子，名叫小幡余五郎。謝謝你來通報，請進來休息片刻。」

「不、不，我是來送口信的，說完立刻就走。」

「新藏有無生命危險？」

「今早已有起色，由於他現在不能移動身體，所以最好留在耕介家一陣子。」

「我有口信請你代傳給耕介。」

「請說。」

「老實說，家父勘兵衛至今仍臥病在牀，而代理父親當教練的北條從去年秋天便不見蹤影。講堂只好關閉，由於人手不足，才變成如今光景。」

「佐佐木小次郎跟你們有何冤仇？」

「當時因為我不在，所以詳情不清楚。聽門人說，佐佐木趁父親病中，侮辱家父，使門人蒙羞，雖然數次找他報仇，反被佐佐木所殺。最後，北條新藏下決心離開此地，要去找小次郎報仇。」

「原來如此。我已經瞭解來龍去脈了，我會替您轉達。只是你們別再去找佐佐木小次郎報仇了。無論在刀法或計謀上，你們都不是他的對手，佐佐木小次郎不管是劍法、口才以及策略皆非泛泛之輩。」

武藏誇獎小次郎時，余五郎年輕的眼眸裏流露出不快之色。武藏見狀更想警告他：

「驕傲自誇的人就讓他去吧！為了小小的宿怨而惹來大禍，太不值得。北條新藏已經吃了虧，你們可別再重蹈覆轍。不記取教訓，那就太愚笨了。」

武藏說完這些忠告之後，便離開了。

2

武藏走後，余五郎雙手抱胸獨自倚在牆上。

他喃喃自語：

「眞遺憾啊……」

他的聲音顫抖。

「連新藏也被他砍傷了……」

他抬起頭，迷惘地望著天花板，寬敞的講堂和主屋現在幾乎無人，十分冷清。

余五郎從旅途中歸來時，新藏已經不在了。只留一封遺書。上面寫著一定要找佐佐木小次郎報仇。而且發誓不成功便成仁。

現在余五郎最不希望發生的事情，終究變成事實了。

新藏離家之後，兵學的課程也無法繼續。世上的評語都傾向於小次郎，認爲兵學所的學生都是一些膽小鬼，只重理論毫無實力。

然而，門徒當中有些不想去澄清此不名譽之事的人，或是因爲父親勘兵衛景憲病重，以及甲州流衰微而移到長沼流門下——曾幾何時，兵學所門可羅雀。最近更只剩兩、三名入室弟子幫忙家務。

「……這事絕不能讓父親知道。」

他暗自下決心。

「以後的事就走著瞧了。」

總之，他現在最重要的是照顧重病的父親。

但是，醫生已經明講父親的病已無希望痊癒。

以後再說吧！

余五郎思及此，強忍著內心的悲痛。

「余五郎、余五郎。」

父親從後房裏叫他。

雖然父親生病，但剛才的叫聲似乎有點激動，不像個病人。

「——是。」

余五郎急忙跑過去。

他從門外回答。

「您在叫我嗎？」

他跪下來看父親，父親也許累了，自己打開窗戶並用枕頭墊在背上，正靠著牆坐在牀上。

「余五郎。」

「孩兒在。」

「我從窗戶看到有位武士走出去。」

余五郎本想隱瞞父親，所以有點慌張。

「是……可能是剛才來傳信的人吧！」

「傳信？從哪裏來的？」

「他叫宮本武藏，來傳口信說北條新藏出了事情。」

「嗯？……宮本武藏？……奇怪，他應該不是江戶人。」

「他說是作州的浪人，父親您對他是否有印象？」

「不——」

勘兵衛景憲搖著泛白的雙鬢。

「我不認識他。但是我從年輕到老經歷過好幾場戰爭，也見過許多武功高強的人，但是從未遇上一個眞正的武士。剛才看到那名武士離去，令我有點心動。我很想見他，很想與那名武士當面談談。——余五郎，你快點去把他追回來。」

3

雖然醫生吩咐病人不可說太多話。但是病人有點興奮。——把武藏請來。

他竟然如此要求。余五郎擔心這樣會影響父親的病情。

「遵命！」

但是他還是遵從病人的意願。

「可是，父親您剛才從窗戶看到他的背影，爲何就能如此看重他呢？」

「你不瞭解。等你像我這樣蒼老的時候自然就會瞭解了。」

「可是，一定有其它理由吧！」

「嗯。」

「請您告訴我，讓我也多增加點見識。」

「剛才的武士凡事小心翼翼，連對我這個病人都是如此。這就是他厲害之處。」

「可是他不知道父親在這房裏吧！」

「不，他知道。」

「他如何知道？」

「當他一進門來，便仔細觀察這房子的結構，哪些窗戶亮著燈，哪些沒有，連庭院的路徑都細心觀察過──而且，他態度從容，絲毫看不出他在觀察。我從遠處遙望他，非常驚訝他是何方人氏？」

「這麼說來，剛才的武士是個城府很深的人了。」

「再說下去就沒完沒了，你快去追他回來。」

「可是，這會不會影響您的病情？」

「我這些年來一直在期盼這樣的知己，我的兵學並非只爲了傳給兒子。」

「這是父親您經常說的事。」

「勘兵衛景憲的兵學雖然稱爲甲州流，但是並非只是弘揚甲州武士的方程式陣法。現在的時代已經跟信玄、謙信以及信長爭霸時不同了。學問使命亦不一樣──我的兵學秉持著小幡勘兵衛流的主旨，主張追求眞正的和平──啊！這種兵學，應該傳給誰呢？」

「……」

「余五郎。」

「在。」

「我想傳授給你的，如山一般高。但是你尚未成熟，就連跟剛才的武士面對面都無法察覺出對方的氣量呢！」

「孩兒慚愧。」

「以父親嚴格的眼光看來，你的程度還不夠。倒不如傳授給眞正有實力的人，再將你託付給他。我內心一直期待這個人的出現，就像花謝時一定得將花粉託給蜜蜂傳播大地……」

「……父親請別說洩氣話，只要好好休養，您一定能夠安享餘年的。」

「別說傻話了，別說傻話了。」

父親重複說了兩遍。

「快點去追他回來！」

「好的。」

「請你好好轉達我的意思，可別失禮了。」

「遵命。」

余五郎說完，趕緊奔向門外。

4

他追了出去，可是已經不見武藏的蹤影。

他到平河天神宮附近尋找，也到鞠街的路上，全都不見武藏的人影。

「沒辦法——也許後會有期吧！」

余五郎放棄了。

雖然父親很賞識武藏，但余五郎還是不認爲武藏是如此優秀的人。

因爲武藏年齡與自己相彷，能力再強也不會高出自己多少。

再加上武藏回去之前的那番話：

「跟佐佐木小次郎過不去是愚笨的人。小次郎非比尋常，這小小的仇恨，你們最好別計較了。」

武藏這些話在余五郎腦中迴響，讓余五郎覺得他是特地來長小次郎的威風。

「他算什麼。」

他對武藏頗不服氣。

他甚至輕視小次郎和武藏。對於父親所言，表面看起來雖是順從，心中卻非常不服氣。

（我也不像父親眼中那麼的不成熟。）

余五郎曾經花一年，有時甚至兩年或三年，只要有時間，他便四處旅行修練，也到各家拜師學藝，甚至學禪，他認爲自己已經習得所有的武藝了。可是父親卻總認爲自己乳臭未乾，這回只是從窗戶看見武藏的背影，便如此激賞他，就差沒說：

「你還要多向他學習。」

——回去吧！

在回家的路上，余五郎突然感到非常寂寞。

「父親爲何老是認爲兒子乳臭未乾呢？」

他眞希望父親能夠誇獎自己。可是父親病重，無法預測明日是否依然健在，這使余五郎感到更加寂寞。

「喔！余五郎先生，你不是余五郎先生嗎？」

背後有人叫他。

「喔！你是？」

余五郎回頭走向對方。原來是細川家的家侍中戶川範太夫。以前雖然曾經來家裏聽過課，最近很少看到他了。

「老師的病情如何呢？我最近由於公務繁忙，一直沒去問候。」

「他還是老樣子。」

「大概是年紀大了……我聽說教頭北條新藏被殺傷了，此事當眞嗎？」

「你怎麼知道的。」

「今天早上我在藩邸聽到的。」

「昨晚才有人來通報，今早便已經傳到細川家了？」

「佐佐木小次郎在藩邸的重臣岩間角兵衛家裏當食客，可能是角兵衛將此事傳播開來吧！連少主忠利公也都知道了。」

余五郎年輕力壯，血氣方剛，無法靜下心來聽完此事，但也不欲人察覺自己的不悅，便故作輕鬆與範太夫告別。此時，他心中已暗下了決定。

街上的雜草

1

耕介的妻子正在煮稀飯。

那是準備給後房的病人吃的。

伊織望著廚房。

「伯母，梅子已經成熟了。」

耕介的妻子說：

「啊！梅子已經熟了，蟬也開始啼了。」

她對此似乎毫無感覺。

「伯母，您們爲什麼不醃梅子呢？」

「家裏人口少，而且醃那麼多梅子要用很多鹽。」

「鹽不會壞掉，可是梅子不醃的話，就會全部爛掉。不能因爲家裏人少，而不考慮戰爭和洪水時的需要——伯母您照顧人太忙了，我幫您醃吧！」

「哎呀！這小孩連洪水也考慮到了。不像個孩子啊！」

伊織到倉庫抱出空甕，望著梅樹。

伊織具備自立的才能，做起家事來令家庭主婦都自嘆不如呢。雖然如此，現在他卻被一隻停在樹上的蟬給吸引了注意力。

伊織悄悄地靠近，一把抓住蟬。蟬在他掌中，像老人一般慘叫。

伊織看著自己的拳頭，心裏突然湧出奇妙的感覺。因爲蟬雖然無血液，但身體卻比手心還熱。也許沒有血液的蟬，在面臨生死關頭之際，身體會像火一般燃燒吧！伊織雖未深思，但忽然覺得可怕，又覺得可憐，便將牠放了。

蟬撞上隔壁的屋頂又彈回街上。——伊織立刻爬到梅樹上。

這棵樹很大。樹上有一隻五彩繽紛的毛毛蟲，還有甲蟲，葉子裏還捲著小蝌蚪。小蝴蝶正在睡覺，牛虻則到處飛舞。

猶如身處世外桃源，伊織都看傻了。他不忍心搖晃梅樹，以免驚嚇到昆蟲王國裏的紳士淑女們。因此他先摘了一個梅子咬在口中。

然後他從附近的枝葉開始搖。原先以爲梅子看起來很容易搖落，其實不然。所以他只好先摘取身邊的梅子，丟到地上的空甕裏。

「——啊！畜牲。」

伊織不知看到什麼?怒斥一聲，並對著屋房的空地丟了三、四顆梅子。

本來架在圍牆上的曬衣竿，隨著梅子飛過來，突然啪嗒一聲掉落在地。接著，急促的腳步聲從空地跑往馬路。

此時，武藏正好外出不在家。

在加工廠專心磨刀的耕介聽到聲音，從窗戶露出臉來，瞪著眼睛問:

「剛才那是什麼聲音?」

2

伊織立刻從樹上跳下來。

「伯父，剛才又有一個奇怪的男子躲在空地那裏。我用梅子把他打跑了。若是我們不注意，恐怕會再來喔!」

他向磨刀房內的耕介說著。

耕介邊擦著手走到門外。

「是什麼人?」

「是個無賴。」

「半瓦家的手下嗎?」

「那人長的就像前幾天晚上到店裏鬧事的人。」
「長的像貓的人嗎？」
「他究竟有什麼目的？」
「是來找後面的傷者報復的吧！」
「啊！找北條先生嗎？」
伊織回頭望著病人的房間。
病人正在房裏吃稀飯。
北條新藏手上的傷已經不必綁繃帶了。
「——老闆。」
那是新藏的叫聲。
耕介走到門前。
「怎麼樣？好一點了嗎？」
新藏收拾碗筷，重新坐好。
「耕介先生，非常感謝您的照顧。」
「不用客氣，因爲我要工作所以沒法照顧你。」
「我一直受您的照顧，也給您添了麻煩。半瓦家的人不斷來此騷擾，要找我報仇，若我在此久待，恐怕會給您增添麻煩，更令我過意不去。」

「你不必擔心這個……」

「不，我身體也差不多恢復了，我想今天向您告辭。」

「你要回去了？」

「改日再向您致謝。」

「……請等一下，剛好今天武藏不在，就等他回來再說吧！」

「我受武藏先生不少照顧，還是勞煩您代我向他致謝吧！我現在已經可以自由行動了。」

「可是，半瓦家的一些無賴會因爲你殺了菰十郎和少年小六而來尋仇。你一走出這家門，恐怕他們早已經在外面守株待兔了。我既然知道，就不能讓你獨自回去。」

「我殺菰十郎和小六是有正當理由的。他們恨我，我也恨他們，我問心無愧。」

「雖然如此，我仍然不放心你的身體。」

「非常謝謝您的關懷，但我不礙事的，尊夫人在哪裏，我要向她道謝……」

新藏準備離去，站了起來。

這對夫妻心想再怎麼挽留，也無濟於事，便送他出門。他們走到店裏，剛好武藏汗流浹背地從外面回來。

武藏看到北條，瞪大眼睛問道：

「哦！北條先生您要出門去哪裏？——什麼？要回家——看你恢復體力，我很高興，但是一個人回去，可能半路會遭遇不測。我送您到平河天神吧！」

3

北條婉拒武藏的好意。

「別這麼客氣！」

武藏堅持。

北條新藏接受武藏的一片好意，離開耕介的家。

「您好久沒走路了，會不會累？」

「好像有點頭重腳輕，搖搖晃晃的。」

「別太勉強，到平河天神還有一段路，最好坐轎子回去。」

武藏這麼說著。

「我剛才沒對您說清楚，我已經不能回小幡兵學所了。」

「那您要去哪裏？」

「……我眞是沒面子。」

新藏低頭說著。

「我想暫時回到父親身邊。」

說完又告訴武藏：

武藏找來一頂轎子硬要新藏乘坐。轎夫也請武藏一起坐，但武藏拒絕，自顧走在新藏的轎邊。

「啊！他乘上轎子了。」

「他看到我們嘍！」

「別騷動，還沒到！」

轎夫和武藏來到外壕溝，向右轉的時候，街角有一羣無賴跟在他們後面，有的捲起褲管，有的捲起袖子。

他們是半瓦家的人，一副來尋仇的樣子。每個人眼睛都是盯著武藏的背和轎子。

當他們來到牛淵的時候，有一顆石頭打在轎子的架子上，接著尾隨在後的那羣無賴大叫：

「嘿！等一等！」

「畜牲，別跑。」

「別跑啊！」

「等一等！」

轎夫早已嚇破膽，見狀棄轎逃走。接著，又有兩、三粒石頭飛向武藏。

北條新藏不願被別人認爲他膽小，提刀走出轎子。

「找我嗎？」

他擺出架勢，準備應戰。武藏護著他。

「就在牛欄鎮。」

「你們有什麼事?」

他對丟石頭的人們說道。

無賴們就像探著淺灘,一步一步靠攏過來。

「你明知故問。」

無賴們恨恨地說道。

「把那畜牲交給我們,你要敢輕舉妄動,可別怪我們連你也一起殺了。」

無賴們氣勢高昂,殺氣騰騰。

可是雷聲大雨點小,沒有人敢拿起大刀砍過來。可能也是因爲武藏的眼光懾住他們,使他們保持一定的距離,而武藏和新藏只是默默地盯住他們。

「你們這羣人裏面有沒有一個叫做半瓦的無賴老闆,在的話就請他出來。」

武藏突然迸出這話,無賴漢中有一人回答:

「我們老闆不在,他不在的時候,由我這個老人掌管一切。我叫念佛太佐衛門,如果你有什麼遺言,告訴我也是一樣。」

這老人穿著白褂子,脖子上掛著一串念珠。他走向武藏,報上姓名。

4

武藏說：

「你們為何找北條新藏先生尋仇呢？」

念佛太左衛門代表大家回答：

「我們有兩名兄弟被他殺了，豈能坐視不管，這有失我們的面子。」

「可是，北條說之前菰十郎和少年小六曾經幫助佐佐木小次郎到小幡家偷襲門人。」

「此一時彼一時，既然我們的兄弟被殺了，我們就必須報仇，要不然我們還算是男子漢嗎？」

「原來如此。」

武藏同意他們的說法，卻又說：

「在你們的世界裏的確如此。但是在武士的世界裏卻非如此。武士的世界必須講理、不准遷怒。武士特別尊重道義，為了名聲允許報仇，但是冤冤相報何時了？會遭人恥笑的。而你們的做法就是如此。」

「什麼？你敢恥笑我們？」

「別拿佐佐木小次郎當靠山。你們若是以武士的身分來挑戰，我還可以接受。但你們不過替人跑腿，就如此騷動，簡直不可取。」

「我不管你們武士不武士的，我們可是無賴漢，無賴漢也有無賴漢的做法。」

「在同一個世界若要分別武士和無賴漢的做法，可能不只於此地，街道上到處都會沾滿血跡的。我們只好到衙門去裁斷了，念佛先生。」

「什麼？」

「我們到衙門去。讓他們來評斷是非吧！」

「別做白日夢了。如果要去衙門，我們就不須如此大費周章了。」

「你貴庚？」

「什麼？」

「枉費你年事已高，竟然帶領年輕人做這種事。」

「你不必說大話。你給我看好，我太左衛門打起架來，可不輸給年輕人啊！」

在太左衛門身後的無賴漢見他拔出腰間的佩刀也趕緊附和著：

「打死他！」

「老爺，可別輸了。」

說著，攻向武藏。

說時遲那時快，武藏一手抓住太左衛門的腋下，一手揪住他的白髮，大約走了十步左右，再把他丟到城外的壕溝裏去。

武藏又轉向無賴漢，在他們的亂刀中抱住北條新藏，趁著一陣騷動快步跑過牛淵草原，當他們跑到九段坡山腰附近的時候，武藏的人影越來越小。

5

牛淵和九段坡是後來才取的地名。當時那附近古木蒼鬱、懸崖峭壁、外壕內淵，到處可見險峻的溪流峽谷，由多處的沼澤形成的溼地，當時的名稱非常樸實，曾經叫做蟋蟀橋或是啄木鳥坡。

武藏不理睬那些愣住了的無賴漢，逕自來到坡道的中腰部分。

「可以了。北條先生您快走吧！」

武藏放下新藏，瞧他猶豫不決，趕緊催促他快跑。

無賴漢們這才回過神來。

「啊！逃跑了。」

這麼一叫，立刻又氣勢洶洶地說道：

「別讓他逃走了。」

他們從山下爬坡往上追，口中怒罵不止。

「懦夫。」

「看來不怎麼厲害嘛！」

「不知恥！」

「你這樣算是武士嗎？」

「竟敢把我們太左衛門丟到壕溝裏，畜牲，還我們公道來。」

「現在連武藏也是我們的敵人了。」

「你們兩個給我站住。」

「懦夫。」

「不知恥的傢伙。」

「臭武士！」

「給我們站住啊！」

耳邊傳來各種怒罵毀謗之辭，武藏頭也不回地催促北條新藏趕快走。

「現在只有逃跑了。」

武藏說完，拔腿就跑。

「要逃跑也眞不簡單啊！」

武藏邊跑邊笑，幾乎甩開了那羣無賴漢。

跑了一陣子之後，回頭一看，已經無人追來。大病初癒的新藏跑完這一段路，已經令他臉色蒼白，氣喘如牛。

「您累了。」

「不、不，沒那麼累。」

「您會不會認爲讓他們如此痛罵而不回嘴，感到遺憾呢？」

「……」

「哈哈哈！等您冷靜下來就會懂了。有時逃走也很令人愉快……那裏有一條河，您去盥洗一下，然後我送您回去。」

從這裏已經可以看得到赤城的森林。北條新藏的家就在赤城明神的寺廟附近。

「您一定要到我家來見見我父親。」

新藏這麼說著，但是武藏站在紅土牆邊。

「我們後會有期，請您好好療傷。」

說完便道別離去。

因爲發生了這件事，武藏之名在一夜之間便傳遍整個江戶城。

——他是個懦夫。

——他是個膽小鬼。

——他不知恥，有辱武士道的精神。那傢伙在京都打敗吉岡，不是因爲吉岡太弱，而是武藏擅長逃跑，沽名釣譽。

武藏惡名昭彰，無人爲他辯護。

除了半瓦的人到處散播謠言之外，街上十字路口竟然張貼布告，上面寫著：

警告背著我們逃跑的宮本武藏，本位田又八的老太婆正在找你報仇。我們兄弟也不會饒過你，你要是不敢出面，就不配當一名武士。

半瓦家全體

本冊完

小說歷史

津輕風雲錄

長部日出雄著／張玲玲譯

定價130元

反叛主家南部的大浦彌四郎——津輕為信，巧妙的運用權謀收攬在北畠顯村苛政下的民心，利用百姓、盜匪、無賴漢組成的遊擊部隊，奇襲主家南部，再趁秀吉討伐北條氏出兵小田原之際，運用權謀術數，獲得秀吉津輕領主的認可，完成津輕的統一。

而為信麾下的遊民，則是一羣明知每賭必輸，還是忍不住賭博誘惑的傢伙，他們不僅沈溺在賭場的輸贏，亦執拗於人生的賭局，賭錢、賭命、賭盡一生，至死無悔。

北雄契丹的亡國遺恨

遼宮春秋

林佩芬◎著

萬馬奔騰，千里鷹揚，西元十世紀崛起於北方草原的契丹、曾經讓長城內的君王自稱兒皇帝，並且與宋朝南北對峙了一百多年，卻命定般地走上盛極而衰的命運。溫柔嫺淑的后妃、阿諛諂媚的佞臣，要從兩者中擇優而取之，原本是易如反掌的事，然而遼道宗與天祚帝祖孫兩朝，竟不約而同地嘗到了抉擇錯誤的苦果。佞臣們藉著精心研擬的陷阱，不但讓疑心甚重的皇帝演出殺妻害子的慘劇，更激起了女眞的反抗……

國家圖書館出版品預行編目資料

宮本武藏／吉川英治著；劉敏譯. -初版. --臺北市：遠流，1998
冊；　公分. --(小說歷史；100-106)

ISBN 957-32-3437-8（一套：平裝）
ISBN 957-32-3438-6（第一卷：平裝）
ISBN 957-32-3439-4（第二卷：平裝）
ISBN 957-32-3440-8（第三卷：平裝）
ISBN 957-32-3441-6（第四卷：平裝）
ISBN 957-32-3442-4（第五卷：平裝）
ISBN 957-32-3443-2（第六卷：平裝）
ISBN 957-32-3444-0（第七卷：平裝）

861.57　　87000868